Collection folio junior

dirigée par
Jean-Olivier Héron
et Pierre Marchand

Né en 1835, **Mark Twain** (Pseudonyme de Samuel Langhorne Clemens) grandit à Hannibal, petit village sur la rive droite du Mississipi. A dix-huit ans, il s'engage comme pilote sur le fleuve et amasse les connaissances qui lui permettront, plus tard, d'écrire Tom Sawyer. Il a vingt-six ans quand éclate la guerre de Sécession. Né dans le Sud, il refuse de se battre pour le maintien de l'esclavage et s'enfuit dans les montagnes de l'Ouest où il se fait chercheur d'or, mais sans succès. Il devient alors journaliste et publie Tom Sawyer en 1876, suivi huit ans plus tard de Huckleberry Finn. Mort le 21 avril 1910, il est considéré comme un des meilleurs écrivains américains, rêveur et visionnaire.

Claude Lapointe a dessiné non seulement la couverture des *Aventures de Tom Sawyer*, mais aussi les illustrations intérieures. Professeur à l'École des beaux-arts de Strasbourg, il travaille pour de nombreux éditeurs. Pour folio junior, il a illustré, entre autres, *Le Roi Mathias Ier*, de Janusz Korczak et *Grabuge et l'indomptable Amélie*, d'Elvire de Brissac.

Titre original :
The Adventures of Tom Sawyer
ISBN 2-07-033449-X

Dépôt légal : Juin 1992
1er dépôt légal dans la même collection : Septembre 1987
N° d'éditeur : **56290** — N° d'imprimeur : 58114
Imprimé en France sur les presses de l'Imprimerie Hérissey

Mark Twain

Les aventures de Tom Sawyer

Traduit de l'anglais
par François de Gaïl

Illustrations de Claude Lapointe

Mercure de France

Préface

La plupart des aventures relatées dans ce livre sont vécues ; une ou deux me sont personnelles, les autres sont arrivées à mes camarades d'école. Huck Finn est décrit d'après nature ; Tom Sawyer aussi ; les traits de ce dernier personnage sont toutefois empruntés à trois garçons de ma connaissance : il appartient par conséquent à ce que les architectes nomment l'ordre composite.

Les superstitions plus ou moins bizarres dont il est question ici étaient fréquemment en honneur chez les enfants comme chez les esclaves de l'Ouest, à l'époque de ce récit, c'est-à-dire il y a trente ou quarante ans. Bien que ce livre ait surtout pour but de divertir jeunes gens et jeunes filles, j'espère qu'il n'en sera pas moins apprécié par les grandes personnes, auxquelles je me suis également proposé de remémorer pour leur agrément l'ambiance dans laquelle elles ont vécu, leurs sentiments, leur mentalité d'alors, et les entreprises parfois étranges auxquelles elles ont pu se trouver mêlées.

Hartford, 1876.

I
Jeux et combats

— Tom !

Pas de réponse.

— Tom !

— Où est-il encore passé ? Voyons, Tom !

Pas de réponse.

La vieille dame abaissa ses lunettes et, regardant par-dessus, elle inspecta la pièce ; puis elle releva ses lunettes sur son front et recommença le même manège en regardant par-dessous. Il lui arrivait rarement — il ne lui arrivait même jamais — de regarder *à travers* ses lunettes quand elle s'adressait à un être d'aussi peu d'importance qu'un jeune garçon. Les lunettes étaient pour elle un ornement dont elle tirait vanité plutôt qu'un objet d'utilité courante ; en fait, si la monture lui inspirait un orgueil légitime, les verres ne lui rendaient guère plus de services que si elle eût regardé à travers deux couvercles de casserole. Pendant un moment elle parut perplexe ; enfin, sans colère, mais à voix suffisamment haute pour être entendue des meubles, elle dit :

— Si jamais je te mets la main dessus, je...

Sa phrase resta inachevée. Tout en parlant elle s'était penchée en avant et envoyait de grands coups de balai sous le lit. Entre deux séries de coups il lui fallait reprendre haleine. Tout cela pour ne déranger que le chat.

— Je n'ai jamais vu un galopin pareil !

Elle se dirigea vers la porte ouverte. Du seuil elle

examina les tiges de tomate et les mauvaises herbes qui constituaient le plus bel ornement de son jardin. De Tom, pas l'ombre. Elevant la voix de façon à se faire entendre à distance, elle héla :

— Oh ho ! Tom !

Tout près d'elle, elle perçut un léger bruit. Elle se retourna juste à temps pour attraper par les basques de sa veste un jeune garnement qu'elle arrêta dans sa fuite.

— Evidemment ! j'aurais dû penser à ce placard. Qu'est-ce que tu as encore été faire là-dedans ?

— Rien, tante.

— Rien ? Regarde tes mains, regarde ta bouche. Avec quoi t'es-tu barbouillé comme ça ?

— Je ne sais pas, tante.

— Moi je le sais ; je vais te le dire. C'est avec de la confiture. Voilà trente-six fois que je te dis que si tu touches à la confiture, tu auras affaire à moi. Passe-moi cette baguette.

Aux mains de la tante, la baguette décrivit dans l'air des cercles menaçants. La situation devenait intenable.

— Oh, ma tante ! Regardez... regardez derrière vous !

La vieille dame fit brusquement volte-face ; en un geste instinctif de protection elle serra ses jupes. Mettant à profit cette diversion, le gamin s'échappa, escalada la haute clôture en planches et disparut de l'autre côté.

La tante Polly resta un moment tout interloquée, puis elle prit le parti de rire de l'incident.

— Diable de gosse ! et toujours je m'y laisse prendre ! Comme s'il ne m'avait pas joué assez de tours pour que je m'attende à tout de sa part ! Mais les vieux fous sont les plus fous. Vieux chien n'apprend plus rien, comme on dit. Il ne joue jamais le même tour deux fois de suite ; avec lui on ne sait jamais ce qui va arriver ; on dirait qu'il sait jusqu'où il peut aller sans que je me mette en colère et que, s'il détourne mon attention, s'il me fait rire, c'est fini, je suis désarmée. Dieu me pardonne, je ne remplis pas mon devoir vis-à-vis de cet enfant. Qui aime bien châtie bien, la Bible a raison. J'ai tort d'être indulgente, cela ne lui rend pas service, bien sûr ! mais après tout, il n'en est pas moins le fils de ma chère sœur qui n'est plus, la pauvre, et je n'ai pas le courage de le corriger. Quand je lui pardonne, ma conscience me fait des reproches ; et quand je le punis. c'est mon cœur qui n'est pas content. L'homme né de la femme ne vivra pas longtemps et il aura beaucoup d'ennuis ; c'est l'Ecriture qui le dit et il faut croire que c'est vrai. Il fera sûrement l'école buissonnière cet après-midi et il faudra, pour le punir, que je le fasse travailler demain. C'est dur de le faire travailler le samedi quand tous ses camarades sont en congé ; mais ce qu'il déteste par-dessus tout c'est le travail, et il faut que j'accomplisse mon devoir vis-à-vis de lui sinon c'est un très mauvais service que je lui rends.

Tom fit l'école buissonnière et il s'amusa beaucoup. Il rentra juste à temps pour aider Jim, le négrillon, à scier le bois et à fendre le petit bois du lendemain avant le dîner..., c'est-à-dire juste à temps pour raconter à Jim l'emploi de sa journée, pendant que Jim abattait les trois quarts de la besogne. Quant à Sid, le frère ou plutôt le demi-frère cadet de Tom, il s'acquitta de sa tâche qui consistait à ramasser les éclats. C'était un garçon tranquille et qui ne cherchait pas aventure.

Pendant que, tout en dînant, Tom profitait de chaque occasion qui s'offrait de subtiliser un morceau de sucre, la tante Polly lui posa nombre de questions insidieuses qui, sans en avoir l'air, devaient lui extorquer de dangereuses révélations. Comme beaucoup d'âmes simples, elle s'imaginait naïvement avoir des dons de diplomate, et elle se plaisait à considérer ses ruses les plus cousues de fil blanc comme les chefs-d'œuvre d'une astuce raffinée.

— Tom... il faisait chaud à l'école, dis-moi ?

— Oui.

— Très chaud ?

— O-oui.

— Cela ne t'a pas donné envie d'aller te baigner ?

Cette dernière question éveilla les soupçons de Tom ; pressentant le danger, il scruta le visage de sa tante mais n'y découvrit rien de suspect. Il répondit :

— Non, enfin... pas tellement.

La vieille dame étendit la main pour tâter la chemise de Tom ; puis elle dit :

— Mais tu n'as pas trop chaud maintenant en tout cas.

Elle était très fière d'avoir constaté que la chemise de Tom était sèche sans que personne eût pu comprendre que c'était là l'objet de ses recherches. Malgré cela Tom vit où elle voulait en venir. Pour parer une nouvelle attaque, il la devança :

— Nous nous sommes pompé de l'eau sur la tête ; j'ai les cheveux encore tout mouillés. Tiens, regarde.

La tante Polly, bien obligée de s'avouer que ce détail lui avait échappé, en fut humiliée ; elle avait perdu un point. Mais elle eut une autre idée.

— Tom, pour qu'on te pompe sur la tête, tu n'as pas dû avoir besoin d'enlever le col de ta chemise là où je l'ai cousu, dis-moi ? Déboutonne ta veste.

Le visage de Tom se rasséréna. Il déboutonna sa veste. Le col était bel et bien cousu à la chemise.

— Ça va. Je m'étais figuré que tu avais fait l'école buissonnière et que tu avais été prendre un bain. Mais je te pardonne, Tom. Tu es comme le chat de la fable, moins mauvais que tu n'en as l'air. Va pour cette fois.

Elle était à moitié vexée que sa sagacité ait été prise en défaut, et à moitié contente de voir que pour une fois Tom s'était amendé.

Par malheur Sidney intervint.

— Mais, ma tante, vous lui aviez cousu son col avec du fil blanc, et maintenant il est cousu avec du fil noir.

— Oui, bien sûr, j'avais pris du fil blanc. Tom !

Tom s'était esquivé sans demander son reste. Arrivé à la porte il se retourna :

— Sid, tu me paieras ça.

Une fois en sûreté, Tom retourna les revers de sa veste sous lesquels étaient piquées deux grandes aiguilles, l'une garnie de fil blanc, l'autre de fil noir.

— Sans cet animal de Sid elle n'aurait jamais vu le truc. Et puis zut ! tantôt elle se sert de fil blanc, tantôt elle prend du fil noir. Il n'y a pas moyen de s'y reconnaître. Pourquoi ne fait-elle pas toujours la même chose ? Mais Sid ne perdra pas pour attendre. Qu'est-ce que je vais lui passer !

Tom n'était pas l'enfant modèle du village. Il savait très bien qui était l'enfant modèle et il le détestait.

Au bout de deux minutes à peine, il avait oublié toutes ses mésaventures. Non qu'il attachât à ses soucis moins d'importance qu'un homme n'en attache aux siens, mais parce qu'un intérêt nouveau, un intérêt puissant les éclipsait et les lui faisait momentanément oublier ; ainsi un homme, absorbé par une entreprise nouvelle, perd conscience de ses ennuis anciens. Cet intérêt de fraîche date consistait en une nouvelle façon de siffler, qu'un nègre venait de lui apprendre ; il en faisait grand cas et il était impatient de s'y exercer sans être dérangé. C'était une espèce de gazouillement d'oiseau, une sorte de roulade imitative, obtenue pendant le sifflement par des contacts de la langue sur le palais à intervalles rapprochés ; tout lecteur qui se rappelle avoir été jeune saura ce que je veux dire. Tom y mettait tant d'application qu'il ne tarda pas à acquérir une véritable maîtrise en la matière ; et bientôt il parcourait les rues, des flots d'harmonie plein la bouche et de la gratitude plein le cœur. Son état d'esprit ressemblait à celui d'un astronome qui viendrait de découvrir une nouvelle planète. Que dis-je ? il lui aurait rendu des points.

Les soirées d'été sont longues ; la nuit ne tombait pas encore. Tout à coup Tom cessa de gazouiller. Un étranger, un garçon tant soit peu plus grand que lui, venait à sa rencontre. Dans les rues du pauvre et paisible petit village de Saint-Pétersbourg, un nouveau venu de l'un ou de l'autre sexe, quel que soit son âge, faisait sensation. Et ce jeune garçon était bien habillé. Bien habillé un jour de semaine ! A lui seul ce fait constituait déjà une rareté. Son chapeau était à la dernière mode, son complet bleu sortait de chez le bon faiseur. Alors qu'on n'en était encore qu'au vendredi, il avait — déjà ! — des chaussures aux pieds. Il portait même une cravate, un ruban aux couleurs vives. Il avait un air de citadin qui eut le don de provoquer l'exaspération de Tom. Plus Tom le regardait, plus il se donnait l'air de dédaigner une telle élégance, et plus son propre accoutrement lui paraissait minable et débraillé. Ni l'un ni l'autre n'ouvrait la bouche. Si l'un avançait, l'autre avançait, mais de côté, de sorte qu'ils tournaient en rond.

Ils ne se quittaient pas des yeux. N'y tenant plus, Tom finit par dire :

— Je ne serais pas en peine de te flanquer une raclée, tu sais.

— Eh bien, je voudrais voir ça.

— Ce n'est pas ça qui me gêne.

— Essaie un peu.

— Tu vas voir.

— Je t'en défie.

Un silence inquiétant s'ensuivit. Puis Tom :

— Comment t'appelles-tu ?

— Ça ne te regarde pas.

— Mettons que ça me regarde.

— Eh bien, prouve-le.

— Un mot de plus et je...

— Voilà un mot, voilà deux mots, voilà trois mots. Et alors ?

— Ne fais pas le malin ; je te rosserais d'une main si je voulais.

— Ce n'est pas le tout de le dire.

— Je le ferai si tu continues.

— J'en ai vu plus d'un comme toi.

— Pour qui te prends-tu, malin ? Oh ! ce chapeau !

— Si mon chapeau ne te plaît pas, tant pis pour toi. Je te défie de me l'enlever, tu verras ce que tu vas prendre.

— Menteur.

— Menteur toi-même.

— Le plus menteur des deux...

— Prends garde.

— Si tu ne te tais pas je t'envoie un pavé sur la tête.

— Que tu dis.

— Je le ferai.

— Tu dis tout le temps que tu vas le faire et puis tu ne le fais pas. Tu as peur ?

— Non, je n'ai pas peur.

— Tu as peur.

— Je n'ai pas peur.

— Tu as peur.

Nouveau silence, nouvelles manœuvres de côté ; les

adversaires se mesurent du regard. Les voici épaule contre épaule Tom reprend :

— Va-t'en de là !

— Va-t'en toi-même.

— Je ne m'en irai pas.

— Eh bien, moi non plus.

Tous deux, arc-boutés sur une jambe, se poussent l'un l'autre de toutes leurs forces en échangeant des regards haineux. Mais ni l'un ni l'autre ne peut prendre l'avantage. En nage, le sang à la tête, chacun relâche son effort avec une sage lenteur. Puis Tom dit :

— Tu es un lâche et un poltron. Je le dirai à mon grand frère ; il peut te flanquer par terre d'une chiquenaude, lui ; tu verras ça.

— Je m'en fiche pas mal de ton grand frère. J'ai un frère plus grand que lui ; il te fera passer par-dessus la clôture et en moins de deux encore.

Inutile de dire qu'il n'y avait pas plus de grand frère d'un côté que de l'autre.

— Menteur.

— Ce n'est pas parce que tu le dis que j'en suis un.

De son orteil Tom traça une ligne dans la poussière et dit :

— Je te mets au défi de dépasser cette ligne. Si tu la passes je te flanquerai une tripotée dont tu te souviendras longtemps ; et capon qui s'en dédit !

Le nouveau venu s'empressa de franchir la ligne interdite.

— Tu as dit que tu me rosserais, il faut le faire.

— Ne me touche pas ; prends garde.

— Tu as dit que tu le ferais ; eh bien ! vas-y.

— Pour deux sous je le fais.

L'autre fouilla dans sa poche, prit les deux sous et les tendit d'un air moqueur à Tom qui les jeta par terre. Aussitôt les deux gamins s'empoignèrent l'un l'autre et roulèrent dans la poussière, cramponnés l'un à l'autre comme deux chats. Pendant toute une minute ils se tirèrent les cheveux, déchirèrent leurs vêtements, échangèrent les horions et les égratignures, se couvrant de poussière et de gloire. La mêlée eut une fin ; et du brouillard de la bataille Tom émergea à califourchon sur son adversaire qu'il martelait de coups de poing.

— Dis « assez » !

L'autre se débattait pour se dégager. Il pleurait, mais surtout de rage.

— Dis « assez » ! et les coups de poing redoublèrent.

D'une voix étouffée le nouveau venu finit par dire : « Assez ! » Tom le laissa se relever et lui dit :

— Que cela te serve de leçon. Avant de te moquer du monde tâche de savoir à qui tu as affaire.

L'autre quitta le terrain en secouant la poussière de ses vêtements, en pleurant, en reniflant ; de temps en temps il regardait derrière lui, hochait la tête et proférait à l'égard de Tom les menaces les plus terribles pour « la prochaine fois qu'il l'attraperait ». Tom ricana et partit de son côté, la tête haute. Aussitôt que Tom eut le dos tourné, le nouveau venu ramassa une pierre, la lança et atteignit Tom entre les deux épaules ; après quoi il s'enfuit à toutes jambes. Tom poursuivit le traître jusque chez lui, ce qui lui valut de savoir où il demeurait. Il resta un certain temps à la grille, mettant l'ennemi au défi de sortir ; l'ennemi se contenta de lui faire des grimaces derrière la vitre et déclina l'invitation. La mère de l'ennemi parut ; elle traita Tom de méchant, de vicieux et de mal élevé, et lui intima l'ordre de s'en aller. Tom obtempéra non sans avoir accablé son adversaire de ses dernières invectives.

Il rentra tard ce soir-là ; et quand il essaya de passer par la fenêtre, il tomba dans une embuscade tendue par sa tante. Lorsque la vieille dame vit dans quel état étaient les vêtements de son neveu, elle n'hésita plus, et la résolution qu'elle avait prise de transformer le congé du samedi après-midi de Tom en une demi-journée de travaux forcés devint inébranlable.

II
Le sens des affaires

Nous voici au samedi matin ; le soleil d'été darde ses rayons sur le monde qui déborde de vie. Il y a une chanson dans tous les cœurs et, si le cœur est jeune, la chanson monte aux lèvres. Chaque visage exprime la joie, chaque pas dénote l'allégresse. Les caroubiers resplendissent, l'atmosphère est lourde du parfum des fleurs. Au-delà et au-dessus du village, Cardiff Hill apparaît. La colline est toute verte de végétation et s'offre aux yeux comme un pays de cocagne, un pays de rêve et de repos.

Sur un trottoir, on voit apparaître Tom. Il porte un seau de lait de chaux et un pinceau à long manche.

Il inspecte la clôture dont les dimensions effrayantes le rendent sombre et mélancolique. Trente mètres de long, neuf pieds de haut. L'existence lui paraît un fardeau sans intérêt. Avec un soupir il trempe son pinceau dans le lait de chaux et en barbouille la planche supérieure de la palissade ; il répète l'opération, recommence une troisième fois ; puis il compare la minuscule surface blanche à l'immensité de celle qui reste à blanchir, et découragé s'assied sur une caisse. Jim franchit la grille du jardin ; il a un seau à la main, il s'avance en sautillant et en fredonnant « Les filles de Buffalo... ». Aller chercher de l'eau à la pompe du village, c'était une chose que Tom avait toujours détestée ; aujourd'hui cela lui faisait un tout autre effet. A la pompe il y a toujours beaucoup de monde. Des jeunes gens et des jeunes filles, dont la peau présente toutes les variétés de nuances du blanc au noir, y attendent leur tour ; on s'y repose, on y joue, on y échange des jouets, on s'y bouscule, on s'y dispute. Tom se rappelle, chose curieuse, que, bien que la pompe ne soit qu'à cent cinquante mètres de distance, il arrivait souvent à Jim de ne revenir avec son seau qu'au bout d'une heure, et encore fallait-il aller le chercher.

— Dis donc, Jim, dit Tom, si tu badigeonnais un peu, j'irais puiser de l'eau pendant ce temps-là.

Jim secoua la tête.

— Pas moyen, Massa Tom. Maîtresse m'a dit d'aller chercher de l'eau, de ne pas m'amuser en route. Elle a dit qu'elle pensait que Massa Tom me demanderait de badigeonner, et alors elle m'a dit d'aller mon chemin et de faire ce que j'ai à faire ; et elle a menacé de venir elle-même badigeonner la clôture.

— T'en fais pas pour ce qu'elle a dit, Jim. C'est sa façon de parler. Donne-moi le seau..., je n'en ai que pour une minute. Elle n'en saura rien.

— Oh ! je n'ose pas, Massa Tom. Maîtresse m'arracherait la tête.

— Elle ! elle ne tape jamais pour de bon. Elle donne des coups de dé sur la tête, cela ne fait peur à personne. Elle crie fort mais cela ne fait pas de mal ; tant qu'elle ne pleure pas, ça va bien. Jim, je te donnerai quelque chose d'épatant. Une bille !

Jim hésita.

— Une bille blanche, Jim ! Une énorme bille.

— Je ne dis pas non, Massa Tom ; mais j'ai peur de maîtresse...

— Et de plus, si tu acceptes, je te montrerai mon doigt de pied qui est écorché.

Jim n'avait rien d'un héros ; la promesse d'une telle attraction l'emporta. Il déposa son seau, prit la bille et, passionnément intéressé, se pencha vers Tom pour le voir dérouler son pansement. Un instant plus tard Jim dévalait la rue, d'une main tenant son seau, de l'autre comprimant son postérieur endolori, tandis que Tom badigeonnait avec énergie. Triomphante, une pantoufle à la main, la tante Polly quittait le champ de bataille.

Mais l'ardeur de Tom ne fut pas de longue durée. Il pensa à tout ce qu'il avait projeté de faire en ce malheureux après-midi ; son chagrin redoubla. Bientôt ses camarades, libres, partiraient faire de merveilleuses promenades et ils se paieraient la tête du pauvre Tom qui, lui, devait rester là à travailler. Rien que de penser à cela, il se sentait devenir enragé. Il sortit tout ce qu'il avait dans ses poches et il en fit l'inventaire : des débris de jouets, des billes et quelques autres bricoles : assez peut-être pour marchander l'échange d'un *travail* contre un autre... même pas la moitié de ce qu'il fallait pour acheter une demi-heure de liberté. Il remit en poche son avoir insuffisant et dut renoncer à l'idée de soudoyer un remplaçant. A nouveau le désespoir allait l'envahir quand tout à coup il eut une inspiration. Une idée lumineuse, un trait de génie !

Il reprit son pinceau et se remit au travail. Justement Ben Rogers débouchait là-bas, au coin de la rue. Entre tous ses camarades c'était celui dont il redoutait le plus les railleries. A l'allure de Ben on devinait tout le plaisir qu'il se promettait de sa journée. Tout en grignotant une pomme il fredonnait une sorte de murmure plus ou moins mélodieux, entrecoupé de bruits de cloche émis d'une voix grave. Ben jouait le rôle d'un bateau à vapeur rentrant au port. Comme il approchait, il ralentit l'allure, suivit le milieu de la chaussée comme un chenal, pencha vers tribord, vira pesamment avec force détails de circonstance car il personnifiait le *Grand Missouri* et n'oubliait pas qu'il avait neuf pieds de tirant d'eau. Il était à la fois le navire, le capitaine et l'appareil de signalisation aux machines. Tantôt, sur sa passerelle, le capitaine donnait des ordres, tantôt l'équipage les exécutait :

— Stop ! Drelin din din ! — Le navire courait sur son erre et se rangeait lentement le long du quai, c'est-à-dire en l'espèce, du trottoir. « Drelin din din ! », le tout accompagné de gestes appropriés.

— Machine arrière à bâbord ! Drelin din din ! Ch-ch-chou-ou-ou ! — De la main droite il décrivait de grands cercles car il s'agissait d'une roue de vingt-cinq pieds de diamètre.

— Machine arrière à bâbord ! Drelin din din ! Ch-ch-chou-ou ! — A son tour la main gauche décrivait des cercles.

— Tribord stop ! Drelin din din ! Bâbord stop ! En avant tribord ! Tribord stop ! Laisse arriver ! Drelin din din ! Ch-ch-chou-ou ! Jette l'amarre ! Dépêchons-nous un peu ! Accoste le quai ! Lâche la vapeur ! Drelin din din !

Sans se soucier le moins du monde des évolutions du pseudo-steamer, Tom continuait à badigeonner. Ben le regarda un instant.

— Hé ! dis donc, te voilà amarré aussi, toi !

Pas de réponse. D'un œil d'artiste Tom examine l'effet de son dernier coup de pinceau. Autre coup de pinceau suivi du même examen. Ben s'approche de lui. A le voir grignoter sa pomme, Tom sent l'eau lui venir à la bouche ; mais imperturbable, il continue.

— Dis donc, vieux ! tu travailles ?

Tom se retourne brusquement.

— Ah ! c'est toi, Ben ! Je ne t'avais pas vu.

— Oui. Nous allons nous baigner. Tu ne viens pas ? Non, tu aimes mieux travailler, je vois ça !

Tom dévisage l'autre un instant et dit :

— Qu'est-ce que tu appelles travailler ?

— Ce n'est pas du travail, ça ?

Tom donne un coup de pinceau et négligemment répond :

— P't'êt' ben qu'oui, p't'êt' ben qu'non. Tel que c'est, ça me va.

— Tu ne vas pas me faire croire que tu aimes ça !

Nouveaux coups de pinceau.

— Que j'aime ça ? Pourquoi pas ? On n'a pas tous les jours la chance de badigeonner une clôture.

La question se présentait sous un nouvel aspect. Ben cessa de mordiller sa pomme. Tom promenait son pinceau de gauche à droite et de droite à gauche, se reculait pour juger de l'effet, ajoutait une touche ici ou là, se reculait à nouveau. Ben suit des yeux chacun de ses mouvements, il s'intéresse, il se passionne. Il finit par dire :

— Dis donc, Tom, laisse-moi badigeonner un peu, moi aussi.

Tom hésite ; Tom est sur le point de consentir, mais au dernier moment il se reprend :

— N... non, je ne peux pas faire ça, Ben. Vois-tu, tante Polly a des idées très arrêtées à propos de cette clôture. Surtout de ce côté-ci, sur la rue. Si c'était du côté jardin je ne dirais pas non, et ça lui serait égal,

à elle aussi. Mais elle est très exigeante ; il faut que ça soit bien fait. Il n'y en a peut-être pas un d'entre nous sur mille..., un sur deux mille, qui ferait ça comme il faut.

— Allons, allons, laisse-moi essayer rien qu'un tout petit peu. Si j'étais à ta place, je te laisserais faire, Tom.

— Ben, moi, je voudrais bien, foi d'Indien ; mais tante Polly... Enfin voilà : Jim a demandé à le faire : elle n'a pas voulu. Sid a demandé à le faire : elle n'a pas voulu. Tu vois où j'en suis ? Si tu te mets à badigeonner la clôture, suppose qu'il arrive quelque chose : je serais dans de jolis draps !

— Sois tranquille, je saurai m'y prendre. Laisse-moi essayer. Tiens, je te donnerai la moitié de ma pomme.

— Eh bien, voilà... Après tout, non, Ben. J'ai peur que...

— Je te donnerai tout ce qui reste de ma pomme !

Tom abandonna son pinceau comme à contrecœur. Il était ravi du succès de sa manœuvre. Et tandis que l'ex-*Grand Missouri* peinait et transpirait au soleil, l'artiste en retraite, assis à l'ombre sur un tonneau, les jambes ballantes, grignotait sa pomme tout en méditant le massacre d'autres innocents. Les victimes ne manquaient pas. Tour à tour elles se présentaient, d'abord dans l'intention de se divertir, puis elles restaient pour badigeonner. Avant que Ben en eût assez, Tom avait négocié sa succession en faveur de Billy Fisher, moyennant un cerf-volant en bon état de réparation. Après Billy Fisher, Johnny Miller se fit adjuger la place moyennant un rat mort et la ficelle qui servait à le traîner ; et ainsi de suite, les uns après les autres. Au milieu de l'après-midi, Tom, qui le matin était pauvre comme Job, regorgeait de richesses. En outre du butin déjà mentionné, il comptait au tableau douze billes, l'embouchure d'un sifflet, un morceau de verre bleu, un canon en bois, une clef qui n'ouvrait rien, un bout de craie, un bouchon de carafe, un soldat de plomb, deux têtards, six pétards, un chat borgne, un bouton de porte en cuivre, un collier de chien... sans chien, un manche de couteau, quatre morceaux de pelure d'orange et un châssis de fenêtre hors d'usage.

Tom s'était bien amusé, il avait passé un après-midi délicieux à ne rien faire ; de nombreux camarades lui avaient tenu compagnie, et la clôture était revêtue de trois couches de badigeon ! Si sa provision de lait de chaux n'avait pas été épuisée il aurait mis en faillite tous les gamins du village.

Tom se dit en lui-même qu'après tout l'existence était fort supportable. Sans s'en douter il avait découvert une grande loi sociale : à savoir, que pour amener un homme ou un enfant à désirer une chose, il n'y a qu'à lui rendre cette chose difficile à atteindre. Si Tom avait été un grand, un profond philosophe comme l'auteur de ce livre, il aurait compris que le travail consiste en une tâche que l'on est obligé d'accomplir, alors que le plaisir consiste en une occupation à laquelle on n'est pas obligé de se livrer. Et ceci l'aurait aidé à comprendre pourquoi la fabrication de fleurs artificielles, par exemple, est un travail alors que l'ascension du mont Blanc est un plaisir. Pendant l'été, en Angleterre, certaines services quotidiens de voyageurs, sur des parcours réguliers variant de trente à cinquante kilomètres, sont effectués par des voitures attelées de quatre chevaux ; ce sont des gentlemen abondamment pourvus des biens de ce monde qui les conduisent, parce que ce privilège leur coûte une somme considérable ; mais si on leur offrait des appointements pour assurer ce service, ils considéreraient cela comme un travail et dédaigneraient de s'y adonner.

Tom réfléchit un instant aux changements qui venaient de se produire dans sa situation sociale, puis il se dirigea vers le quartier général pour s'y faire porter rentrant.

III
Mars et Vénus

Tom se présenta à la tante Polly, qui était assise près d'une fenêtre ouverte dans une grande et belle pièce qui lui servait à la fois de chambre à coucher, de salle à manger et de bibliothèque. Dans la paisible tranquillité d'une journée d'été, le parfum des fleurs, le bourdonnement des abeilles aidant, la vieille dame somnolait sur son tricot. Elle n'avait pas d'autre compagnie que son chat, lequel était lui-même endormi sur ses genoux. Elle avait relevé ses lunettes sur son front. Dans son idée Tom avait dû déserter depuis longtemps. Elle fut tout étonnée de le voir se présenter avec sa désinvolture habituelle et lui demander :

— Maintenant est-ce que je peux aller jouer, ma tante ?

— Déjà ? Où en es-tu ?

— J'ai fini, ma tante.

— Ne mens pas, Tom ; tu sais bien que je n'aime pas ça.

— Ma tante, je ne mens pas ; c'est fini.

Tante Polly n'en croyait pas ses oreilles. Elle sortit pour s'en rendre compte par elle-même, se disant que si seulement l'affirmation de Tom se révélait vraie dans la proportion de vingt-cinq pour cent, ce serait déjà inespéré. Et elle fut bien obligée de se rendre à l'évidence. La palissade tout entière avait reçu non pas une couche mais trois couches de lait de chaux ; et qui plus est le badigeon s'étendait même sur une partie du trottoir. Dès lors l'étonnement de la vieille dame ne connut plus de bornes. Elle lui donna libre cours.

— Ah ça, par exemple ! il n'y a pas à dire, Tom, tu peux travailler quand tu veux.

Elle trouva qu'elle en avait trop dit.

— Mais je dois dire oue cela ne t'arrive pas souvent. Eh bien, va jouer. Et n'attends pas la fin de la semaine pour revenir ou tu auras affaire à moi.

Elle était tellement ébahie du résultat qu'elle ramena Tom avec elle jusqu'à l'armoire aux provisions, choisit une belle pomme et la lui donna, non toutefois sans agrémenter cette largesse d'un petit sermon en vue de démontrer à son neveu que sa pomme lui paraîtrait d'autant meilleure qu'il l'avait méritée comme récompense à la suite d'une bonne action. Et tandis qu'elle terminait son homélie par une citation appropriée des Saintes Ecritures, Tom s'adjugea un gâteau supplémentaire.

Puis il sortit. Au même moment Sid gravissait l'escalier extérieur qui derrière la maison conduisait aux pièces du second étage. En un clin d'œil Sid fut entouré d'une grêle de projectiles ; avant que tante Polly, revenue de sa surprise, ait eu le temps de venir à son secours, six ou sept mottes avaient atteint leur but. Tom avait escaladé la clôture et avait disparu. Il y avait bien une grille mais Tom était généralement bien trop pressé pour prendre le temps de passer par là. En révélant la supercherie du fil noir, Sid lui avait attiré de nombreux ennuis. Maintenant justice était faite, Tom avait la conscience tranquille.

Il fit le tour de la maison et s'engagea dans un sentier boueux qui passait derrière l'étable. Là il était en sûreté, il ne risquait plus d'être pris ni d'être puni. En hâte il se dirigea vers la grand-place du village où deux armées de gamins s'étaient donné rendez-vous pour se livrer bataille. Tom était général de l'une des deux armées ; Joe Harper, son meilleur ami, commandait l'autre. Les deux grands chefs ne daignaient pas combattre en personne ; tranquillement assis l'un près de l'autre sur une éminence, ils laissaient cela à leurs subordonnés et dirigeaient les opérations au moyen d'ordres transmis par leurs aides de camp. Le combat fut long et acharné ; l'armée de Tom remporta une grande victoire. On compta les morts, on échangea les prisonniers, on convint du jour de la prochaine bataille ; les deux armées formèrent les rangs et se séparèrent, et Tom rentra chez sa tante.

Chemin faisant il passa devant la maison de Jeff Thatcher et là vit dans le jardin une jeune fille qu'il ne connaissait pas, une charmante enfant aux yeux bleus, aux cheveux blonds divisés en deux longues nattes ; elle portait une robe d'été avec des volants brodés. Tom, qui sur le champ de bataille venait de remporter un succès retentissant, succomba sans coup férir aux jeux de l'amour. Une certaine Amy Lawrence disparut de son cœur sans même laisser le moindre souvenir. Il avait cru l'aimer à la folie ; ce n'était pas de la passion qu'il avait pour elle, c'était de l'adoration ; et déjà tout cela s'estompait dans le passé.

Il lui avait fait la cour pendant des mois et venait, il y avait à peine huit jours, de lui faire l'aveu de sa flamme. Pendant sept brèves journées il avait été le gamin le plus fier et le plus heureux du monde... En un instant il n'était plus question de rien, sa bien-aimée disparaissait de son cœur comme un étranger quitte un salon, sa visite terminée.

Il contempla ce nouvel ange d'un œil furtif jusqu'à ce qu'il vît qu'elle l'avait remarqué ; dès lors il fit comme s'il ne l'avait pas vue et se livra à toutes sortes d'excentricités en vue de provoquer son admiration. Cela dura un certain temps. Tout à coup, au milieu d'une acrobatie dangereuse, il regarda de côté et vit qu'elle s'en retournait vers la maison. Tom se précipita vers la barrière et s'y accouda, dans l'espoir que la jeune fille resterait encore un peu. Elle s'arrêta un moment sur les marches et se dirigea vers la porte. Comme elle mettait le pied sur le seuil, Tom poussa un grand soupir ; mais aussitôt sa figure s'éclaira : avant de disparaître la jeune fille lui avait jeté une fleur par-dessus la haie.

Tom courut et s'arrêta à un pas de la fleur ; la main en auvent sur les yeux, il fit semblant de regarder vers le bout de la rue comme si quelque chose d'intéressant s'était passé de ce côté. Puis il ramassa un fétu de paille et le fit tenir en équilibre sur le bout de son nez en penchant la tête en arrière ; ce faisant, il se rapprochait peu à peu de la fleur ; finalement il mit le pied dessus ; de ses orteils agiles il la prit et disparut en sautillant derrière le coin de la rue, pour une minute seulement, le temps de passer la fleur à une boutonnière de sa veste, près de son cœur ou peut-être près de son estomac car il n'était pas très fort en anatomie et ne cherchait pas midi à quatorze heures.

Il revint et jusqu'à la tombée de la nuit recommença son manège devant la grille ; mais la jeune fille ne se montra plus, bien que Tom se berçât de l'espoir que peut-être derrière une fenêtre elle l'avait regardé. Finalement, l'oreille basse, il rentra. Il avait des visions plein la tête.

Pendant le dîner il fut tellement excité que sa tante se demanda ce qui avait bien pu lui arriver. A propos du bombardement dont Sid avait été victime, elle lui adressa une sévère réprimande à laquelle il ne parut pas prêter la moindre attention. Sous le nez de sa tante il essaya de lui voler du sucre et se fit taper sur les doigts. Il protesta :

— Tante, quand c'est Sid qui en prend vous ne dites rien !

— Sid n'est pas aussi assommant que toi. Si je ne te surveillais pas, il y a longtemps qu'il n'y aurait plus de sucre du tout.

Elle se dirigea vers la cuisine, et Sid, fort de son immunité, étendit la main vers le sucrier comme pour narguer son frère qui avait bien du mal à se contenir. Les doigts de Sid glissèrent, le sucrier tomba et se brisa. Jubilation de Tom, à un tel degré qu'il y puisait la force de garder le silence. Il se promit de ne pas ouvrir la bouche lorsque sa tante rentrerait, de rester bien tranquille et de ne parler que quand elle demanderait qui avait fait le coup : alors, quel plaisir n'éprouverait-il pas à voir ce frère modèle recevoir un juste châtiment ! Il était tellement excité qu'il tenait à peine en place lorsque la vieille dame revint et, contemplant le désastre, lança des éclairs de fureur par-dessus ses lunettes. Il se dit : « Nous y voilà ! » Un instant après il était par terre ; une main vigoureuse se levait pour le frapper à nouveau. Tom s'écria :

— Pourquoi est-ce que c'est moi qui suis puni quand c'est Sid qui l'a cassé ?

La tante Polly s'arrêta perplexe. Tom escomptait un revirement de sa part ; mais quand elle recouvra l'usage de la parole ce fut pour dire :

— Après tout, tu n'es sûrement pas puni pour rien. Je parie que tu auras encore fait une sottise pendant que j'avais le dos tourné.

Malgré cela, son sens de la justice n'était pas satisfait. Elle aurait aimé réparer en disant quelque chose de gentil ; mais alors ce quelque chose ne pourrait-il pas être interprété comme un aveu qu'elle avait eu tort ? La discipline en souffrirait. Elle garda donc le silence et se remit à vaquer à ses occupations. Dans un coin Tom boudait en ruminant ses chagrins. Au fond, la tante Polly était en admiration devant lui ; il le savait et en était très flatté : mais il répugnait à faire le premier pas et était déterminé à repousser toutes ses avances. Il ne doutait pas qu'au milieu des larmes un regard de tendresse ne lui fût adressé de temps à autre, mais il se refusait à en donner acte. Il se voyait déjà gravement malade, sa tante penchée sur lui et implorant un mot de pardon ; mais il se retournerait contre le mur et mourrait sans avoir prononcé ce mot. Alors quel remords ne ressentirait-elle pas ! Et si on le rapportait de la rivière, noyé, les cheveux trempés, son pauvre cœur ayant à tout jamais cessé de battre, comme elle se jetterait sur son corps, les yeux pleins de larmes, comme elle supplierait Dieu de lui rendre son Tom qu'elle promettrait de ne plus jamais, jamais gronder ! Mais il demeurerait glacé, blême, immobile, enfin arrivé au terme de ses malheurs.

Ces divagations tragiques finirent par le mettre dans un tel état qu'il en avait la gorge serrée et qu'il faillit étouffer ; il avait les yeux pleins de larmes qui débordaient à chaque mouvement de ses paupières. Et il tenait tellement à ressasser ses chagrins qu'il se refusait à admettre aucune intervention, aucun apaisement venant de l'extérieur ; ce qui se passait en lui était sacré ; et quand revint sa cousine Mary, tout heureuse de se retrouver au bercail après un interminable séjour d'une semaine à la campagne, il se drapa dans une sombre mélancolie et sortit par une porte alors que la lumière et la joie de vivre entraient par l'autre.

Il se garda bien de se rendre aux endroits habituellement fréquentés par les jeunes gens de son âge et rechercha des lieux désolés plus en harmonie avec son état d'esprit. Sur la rivière un radeau lui parut propice à ses rêveries. Il s'assit le long du bord et regarda fixement le courant lugubre et monotone, souhaitant d'être noyé tout d'un coup, sans s'en apercevoir, sans avoir à passer par l'inconfortable succession d'épreuves voulue par la nature.

C'est alors que lui revint en mémoire la fleur qu'il avait gardée depuis l'après-midi. Il la retourna, fripée, fanée, et elle ne fit qu'aviver l'amère jouissance qu'il éprouvait à souffrir. La jeune fille aurait-elle pitié de lui, *elle,* si elle savait ? Compatirait-elle et souhaiterait-elle de pouvoir lui passer les bras autour du cou et le consoler ? Ou se détournerait-elle de lui, froide comme l'indifférent univers ? Son imagination brodait sur ce thème qu'il tournait et retournait indéfiniment jusqu'à ce que, l'ayant épuisé, il se levât, poussât un soupir et s'enfonçât dans l'obscurité.

Vers neuf heures et demie ou dix heures du soir, il se trouvait dans une rue déserte, devant la maison où habitait l'Inconnue Adorée. Il s'arrêta, l'oreille tendue, n'entendit rien. Au deuxième étage une bougie projetait sa lueur triste sur les rideaux d'une fenêtre...

Etait-elle là ? Il escalada la clôture, se fraya un chemin à travers les arbustes du jardin et s'arrêta sous la fenêtre éclairée qu'il regarda longuement et avec émotion ; puis il s'allongea sur le sol, couché sur le dos, les mains croisées sur la poitrine tenant la pauvre petite fleur qu'elle lui avait donnée. C'est ainsi qu'il mourrait, sous un ciel hostile, sans une main amie pour essuyer les sueurs mortelles de son front blême, sans la présence d'un visage aimé qui lui fît l'aumône de sa pitié au moment de la grande agonie finale. C'est là que sa dulcinée le verrait au moment où elle sortirait pour jouir de la clarté matinale... Verserait-elle une larme sur ce pauvre corps sans vie, pousserait-elle un soupir à l'occasion de la fin brutale et prématurée de cette jeune existence si pleine de promesses ?

Tout à coup la fenêtre s'ouvrit ; la voix criarde d'une servante profana le silence religieux ; un déluge d'eau glacée inonda le candidat au martyre qui, comme mû par un ressort, se releva en faisant entendre un grognement inarticulé. On entendit dans l'air le sifflement d'un projectile, un bruit de verre cassé. Quelqu'un grommela une malédiction. Une forme indistincte sauta par-dessus la clôture et disparut dans l'obscurité.

Peu de temps après, Tom, déshabillé, prêt à se mettre au lit, jetait à la lumière d'une chandelle un coup d'œil sur ses vêtements trempés. Sid se réveilla. S'il eut un instant la moindre velléité de faire de près ou de loin aucune allusion aux événements de la journée, ce qu'il lut dans les yeux furibonds de Tom lui fit juger préférable de s'en abstenir.

Tom se coucha sans faire sa prière et Sid prit note de cette omission.

IV
L'école du dimanche

Le soleil se leva sur un monde paisible et éclaira le village de ses bienfaisants rayons. Après le petit déjeuner la tante Polly s'acquitta de ses devoirs familiaux : elle fit un commentaire des Saintes Ecritures où son originalité se donnait libre cours, et pour finir lut un austère chapitre de la loi de Moïse, tout comme si c'était elle qui fût descendue du Sinaï.

Puis Tom se ceignit les reins, si j'ose dire, et se mit à l'œuvre pour étudier ses leçons. Sid savait les siennes depuis longtemps. Tom devait réciter au pasteur cinq versets de la Bible ; il choisit ceux du Sermon sur la Montagne parce que c'étaient les plus courts qu'il eût pu trouver. Il consacra toute son énergie à les apprendre par cœur. Au bout d'une demi-heure Tom avait de sa leçon une idée générale assez imprécise, sans plus, car son esprit vagabond avait exploré tous les domaines de la pensée humaine et, de leur côté, ses mains avaient trouvé en route de nombreux sujets de distraction. Mary prit le livre pour lui faire réciter ce qu'il avait appris ; il ânonna :

— Bienheureux les... heu... heu...

— ... les pauvres.

— Oui, les pauvres ; bienheureux les pauvres... heu... heu...

— ... d'esprit.

— D'esprit ; bienheureux les pauvres d'esprit, parce que...

— ... le royaume...

— Le royaume... ah ! oui. Bienheureux les pauvres d'esprit parce que le royaume des cieux leur appartient. Bienheureux ceux qui pleurent, parce qu'ils... ils...

— Se...

— Parce qu'ils se... quoi ?

— S,e,r,o,n,t.

— Parce qu'ils seront... parce qu'ils seront... heu... Pourquoi ne me dis-tu pas où ils seront, Mary ? Ce n'est pas gentil de ta part.

— Oh, voyons, Tom ! Tu crois que je fais cela pour te taquiner ? Mais non, seulement tu ne sais pas ta leçon, il faut recommencer à l'apprendre. Ne te décourage pas, tu peux très bien, et si tu la sais je te donnerai quelque chose que tu aimes bien.

— Ah ! qu'est-ce que c'est, Mary ? Dis-moi.

— Pas maintenant, Tom. Si je te dis que c'est quelque chose que tu aimes bien, c'est quelque chose que tu aimes bien.

— Bon, je vais m'y mettre.

Et il « s'y mit » ; poussé autant par la curiosité que par l'appât du gain, il s'y mit tellement bien qu'il réussit. Mary lui donna un canif à treize sous, et Tom ne s'en tenait plus de joie. A vrai dire le canif ne coupait guère, mais c'était bel et bien un canif, un véritable Barlow, avec tout ce que ce nom signifiait de sensationnel (quoiqu'il fût difficile de s'imaginer qu'on pût tirer profit de la contrefaçon d'une telle pacotille, à supposer qu'elle fût pire que l'original, enfin c'est là un mystère et cela en sera probablement toujours un) à l'aide duquel Tom se mit en devoir de creuser des rainures dans la commode. Il allait s'attaquer au bureau quand heureusement on l'appela afin qu'il s'habillât pour aller à l'école du dimanche.

Mary lui donna une cuvette d'eau et un savon. Il sortit, mit la cuvette sur un banc, trempa le savon dans l'eau et le déposa sur le banc, retroussa ses manches, versa délicatement l'eau par terre, rentra dans la cuisine et commença à se frotter énergiquement la figure avec le torchon pendu derrière la porte. Mary lui retira le torchon des mains :

— Tu n'as pas honte, Tom ? L'eau n'a jamais fait de mal à personne.

Interloqué, Tom ne sut quoi dire ; remis en présence de la cuvette, il poussa un profond soupir et s'exécuta. Un moment après, les yeux fermés, il rentra dans la cuisine à tâtons, cherchant le torchon. L'eau de savon qui lui dégoulinait de la figure semblait témoigner de louables efforts de sa part. Mais après essuyage il devint évident que la partie nettoyée de la figure de Tom formait un masque s'arrêtant au menton et aux pommettes. Au-delà de ces limites s'étendait une zone qui n'avait pas participé aux bienfaits des ablutions. Avec l'aide de Mary la peau de Tom put prendre une teinte uniforme ; ses cheveux légèrement humectés étaient bien brossés, ses boucles symétriquement disposées de part et d'autre de son front.

Aussitôt qu'il fut seul il s'appliqua laborieusement à lisser sa chevelure et à aplatir ses boucles, qui le remplissaient d'amertume parce qu'il trouvait que « cela faisait efféminé ».

Puis Mary sortit de l'armoire un complet réservé aux dimanches depuis deux ans, qu'on appelait « ton autre vêtement », ce qui nous permet de connaître l'étendue de sa garde-robe. Quand il fut habillé, la jeune fille passa une dernière inspection ; elle ramena le col de sa chemise par-dessus sa veste qu'elle déboutonna, lui donna un coup de brosse et le couronna de son chapeau de paille ; il avait un tout autre air mais paraissait mal à son aise. Et il l'était. Car tous ces vêtements, toute cette propreté impliquaient une politique de contrainte qui l'exaspérait. Il espérait que Mary oublierait ses souliers mais là encore son espoir fut déçu. Elle les passa consciencieusement au suif, selon la coutume.

et les lui porta dehors. Il se fâcha et prétendit qu'on ne lui faisait jamais faire que des choses qui ne lui plaisaient pas. Mais Mary tint bon.

— Allons, allons, Tom, sois gentil.

Et il mit ses souliers tout en grommelant. Mary fut bientôt prête, et les trois enfants se mirent en route pour se rendre à l'école du dimanche, au grand plaisir de Sid et de Mary, et au grand désespoir de Tom.

Le cours avait lieu de neuf heures à dix heures et demie, et était suivi de l'office religieux. Parmi les garçons, il y en avait toujours deux qui restaient au sermon volontairement, et d'autres pour des raisons plus péremptoires. Il y avait dans l'église d'inconfortables bancs permettant d'asseoir trois cents personnes ; l'église elle-même était petite, très simple, avec un clocher de bois. A la porte, Tom resta en arrière et aborda un camarade.

— Dis donc, Billy, t'as un bon point jaune ?

— Oui.

— Tu veux me le céder ?

— Ça dépend de ce que tu en donnes.

— Un bout de réglisse et un hameçon.

— Fais voir.

Tom s'exécuta ; le marché fut conclu. Puis Tom échangea deux billes contre trois bons points rouges, et quelques autres bricoles contre deux bons points bleus. Il arrêta d'autres camarades au passage et leur acheta toute une série de bons points de couleurs diverses. Un quart d'heure après il pénétrait dans l'église avec un groupe de garçons et de filles bruyants et endimanchés. Il se rendit à sa place et se prit aussitôt de querelle avec un voisin. Le maître, un homme âgé et grave, intervint, puis s'occupa d'autre chose. Tom tira les cheveux du camarade assis devant lui ; celui-ci se retourna, mais il trouva Tom absorbé dans sa lecture. Peu après, Tom piquait un autre camarade avec une épingle jusqu'à ce qu'il ait crié : « Aïe ! », ce qui lui valut une nouvelle réprimande. Tous les élèves de la classe étaient pareils : turbulents, dissipés, insupportables. Quand le moment vint de réciter les versets de la Bible, aucun d'eux ne se montra capable de le faire ; il fallait les leur souffler d'un bout à l'autre. Néanmoins il suffisait de réciter à peu près convenablement deux versets pour avoir un bon point bleu ; chacun finit par y arriver. Dix bons points bleus s'échangeaient contre un bon point rouge, dix bons points rouges s'échangeaient contre un bon point jaune ; pour dix bons points jaunes l'inspecteur remettait à l'élève une Bible reliée qui en ces temps heureux pouvait bien valoir deux francs cinquante. Combien de nos lecteurs se résoudraient à apprendre par cœur deux mille versets de la Bible, même pour recevoir une Bible illustrée par Gustave Doré ? Et pourtant Mary avait ainsi gagné deux Bibles, résultant de deux années de travail opiniâtre. On disait qu'un petit garçon d'origine allemande en avait gagné quatre ou cinq en récitant trois mille versets sans s'arrêter ; mais après un pareil effort il en était resté à moitié idiot, ce qui fut une grande perte pour l'école car dans les grandes occasions, en présence d'une assistance choisie, l'inspecteur, comme disait Tom, faisait « briller » son élève. Seuls les plus anciens gardaient patiemment leurs bons points jusqu'à ce qu'ils aient gagné une Bible ; c'est dire que la distribution en était un événement rare et considérable ; la désignation d'un lauréat créait une émulation telle qu'elle se prolongeait une quinzaine de jours au-delà. Obtenir un prix, l'ambition de Tom n'allait peut-être pas jusque-là ; toutefois la gloire et la célébrité qui en résultaient ne le laissaient certes pas indifférent.

A l'heure dite l'inspecteur était devant l'estrade et réclamait le calme ; il avait à la main un livre de cantiques, son index entre deux pages. Quand un inspecteur de l'école du dimanche prononce l'allocution traditionnelle, il est de règle qu'il ait toujours un livre de cantiques à la main, tout comme l'artiste qui chante un morceau de concert tient à la main une feuille de papier à musique. Pourquoi ? Personne n'en sait rien ; car l'inspecteur ne consulte pas plus son livre que l'artiste ne regarde sa feuille de papier. L'inspecteur était svelte, il pouvait avoir environ trente-cinq ans. Ses cheveux, d'un blond roux, étaient courts ; sa barbe était taillée en bouc. Son col empesé, dont le bord supérieur lui atteignait presque les oreilles et dont les pointes se recourbaient en avant à la hauteur des coins de sa bouche, était fendu de telle sorte qu'il l'obligeait à regarder droit devant lui, et à tourner tout le corps quand il devait regarder de côté. Son menton dominait une cravate aussi longue et aussi large qu'un billet de banque et dont les extrémités se terminaient par des franges ; les pointes de ses souliers étaient recourbées vers le haut, à la mode d'alors, comme des patins de traîneau ; il fallait, pour obtenir ce résultat, que les jeunes gens s'assissent devant un mur contre lequel ils pressaient, patiemment et laborieusement, leurs orteils des heures durant. Mr. Walters était un très brave homme, à l'aspect austère ; il professait un tel respect pour les choses et les lieux du culte, il les distinguait si radicalement des choses mondaines et matérielles, que malgré lui sa voix des dimanches n'avait pas la même intonation qu'en semaine. Il commença en ces termes :

— Mes enfants, je vous demande d'être aussi tranquilles que possible et de m'accorder une ou deux minutes d'attention. Là, c'est parfait. C'est ainsi que doivent faire des enfants bien élevés. J'aperçois une petite fille qui regarde par la fenêtre... peut-être pense-t-elle que je suis perché sur un de ces arbres, en train de faire un petit discours aux oiseaux (sourires approbateurs). Je veux vous dire combien je suis heureux de voir tant de petits visages intelligents réunis en ce lieu, pour y apprendre à faire le bien et à bien se conduire.

Etc., etc. Tous les discours de ce genre se ressemblent et vous les connaissez trop pour que j'éprouve le besoin de vous rapporter la suite. Le dernier tiers fut troublé par une reprise d'hostilités entre garçons et d'autres manifestations de leur activité, ainsi que par des chuchotements et des bavardages gagnant de proche en proche, sans toutefois réussir à dissiper ces modèles d'incorruptibilité qu'étaient Sid et Mary. L'agitation finit en même temps que le discours de Mr. Walters, dont la fin fut accueillie par un silence reconnaissant.

Les chuchotements avaient été provoqués par un événement assez rare : l'entrée de visiteurs, en l'espèce du juge Thatcher accompagné d'un vieillard à cheveux gris et d'une dame imposante qui sans aucun doute était sa femme. La dame donnait la main à une petite fille. Jusque-là Tom avait été insupportable. Il bougeait tout le temps, il s'agitait, il geignait ; il éprouvait aussi des remords de conscience à en juger par les manœuvres auxquelles il se livrait pour ne pas rencontrer le regard d'Amy Lawrence dont il n'aurait pas pu supporter les œillades enflammées. Mais quand il vit la nouvelle venue il ne tint plus en place. Dès lors, il n'eut d'autre préoccupation que de se faire remarquer. Incontinent, il commença à bousculer ses camarades, à leur tirer les cheveux, à faire des grimaces ; en un mot il mit en œuvre toutes les ressources de son imagination pour attirer l'attention d'une jeune fille et, croyait-il, pour gagner son admiration. Son allégresse n'était tempérée que par le souvenir de l'humiliation subie dans le jardin de sa nouvelle passion — souvenir écrit sur le sable et promptement effacé par les vagues du bonheur qui à présent l'envahissait. On donna aux visiteurs la place d'honneur et, dès que Mr. Walters eut terminé son allocution, il les présenta aux élèves. Le vieux monsieur se révéla être un personnage considérable, quelque chose comme le juge du comté, certainement la plus haute autorité que les enfants aient encore vue. Ils étaient curieux de voir comment était fait quelqu'un d'aussi important, et aussi de l'entendre parler, tout en en ayant un peu peur. Il venait de Constantinople, une ville des Etats-Unis située à quelque vingt kilomètres de Saint-Pétersbourg ; il avait donc vu du pays, il siégeait au tribunal du comté dont on disait qu'il avait un vrai toit de zinc. Le silence impressionnant qui régnait et la fixité de tous les regards témoignaient du respect provoqué par ces considérations. Il ne s'agissait de rien moins que du grand juge Thatcher, frère de leur propre avoué. Jeff Thatcher s'approcha immédiatement de son père et du grand homme, pour prouver qu'il était sur un pied d'intimité avec le dernier et exciter la jalousie de toute la classe. Que n'eût-il donné pour entendre les chuchotements :

— Regarde-le, Jim ! Le voilà qui monte. — Dis donc ! il va lui serrer la main. — Il lui serre la main. Ah ! ce que je voudrais être à sa place !

L'inspecteur, succombant à son tour à l'envie de se faire remarquer, allait et venait, donnait des ordres et des contrordres, s'occupait de tout et de rien. Le bibliothécaire, lui aussi, courait çà et là, les bras chargés de livres, faisant rendre le maximum au peu d'autorité qu'il avait. Les jeunes institutrices faisaient ce qu'elles pouvaient pour attirer l'attention, complimentant aujourd'hui l'élève qu'elles avaient rudoyé la veille, faisaient des effets de doigts en parlant à l'un, en avertissant l'autre ; les jeunes professeurs gourmandaient celui-ci, faisaient des recommandations à celui-là ; les uns et les autres ayant comme par hasard affaire à la bibliothèque près de l'estrade, ce qui les amenait à s'y rendre deux ou trois fois avec de grandes démonstrations d'activité. Les petites filles s'agitaient et les garçons s'envoyaient les uns aux autres des boulettes de papier. Le grand homme, assis, regardait les uns et les autres avec une sérénité souriante et se complaisait au spectacle de sa propre grandeur car il se faisait valoir, lui aussi.

Au bonheur de Mr. Walters il ne manquait qu'une chose : pouvoir exhiber un élève prodige à qui il remettrait une Bible en prix. Quelques élèves avaient plusieurs points jaunes ; aucun n'en avait assez, il s'en était assuré. Il aurait donné n'importe quoi pour avoir sous la main ce petit garçon allemand à la mémoire si extraordinaire.

A ce moment précis où tout espoir paraissait interdit, Tom Sawyer s'avança muni de neuf bons points jaunes, neuf bons points rouges et dix bons points bleus. Tom Sawyer réclamait une Bible ! Coup de tonnerre dans un ciel serein. Walters n'avait pas envisagé qu'une demande de ce genre pût se produire avant dix ans. Mais il n'y avait pas à tergiverser : les bons points étaient là, signés par lui et parfaitement en règle. Tom prit place sur l'estrade à côté du juge et des autres personnages de qualité, et la grande nouvelle fut officiellement proclamée. Depuis plusieurs années on n'avait rien vu de pareil : l'événement était tellement sensationnel que la renommée du nouveau héros s'égala à celle de ses juges, et que les spectateurs eurent en face d'eux deux célébrités au lieu d'une seule. Les garçons en étaient malades de jalousie : les plus vexés étaient ceux qui se rendaient compte, mais un peu tard, qu'ils avaient eux-mêmes contribué à cette gloire maudite en échangeant avec Tom leurs bons points contre les objets qu'ils lui avaient donnés la veille pour avoir le droit de badigeonner la palissade.

Ils se mordaient les pouces d'avoir été les dupes de cette audacieuse supercherie.

Le prix fut décerné à Tom en grande pompe avec toute l'effusion dont l'inspecteur était capable étant donné les circonstances ; tout au plus manquait-il un peu de conviction : l'instinct du pauvre homme lui faisait en effet pressentir l'existence d'un mystère qu'il eût peut-être été dangereux d'éclaircir ; il était difficile d'admettre que ce gamin — précisément celui-là — ait emmagasiné la substance de deux mille versets des Ecritures dans un cerveau qui était manifestement hors d'état d'en assimiler plus d'une douzaine.

Amy Lawrence était heureuse et fière, et elle essayait de le montrer à Tom mais il ne faisait pas attention à elle. Un vague soupçon, qui devint vite un doute sérieux, s'empara de la pauvre fille. Un clin d'œil de Tom la renseigna : son cœur se brisa, elle devint jalouse, pleura ; elle se mit à détester tout le monde, et Tom par-dessus tout, du moins le croyait-elle.

Tom fut présenté au juge ; mais sa langue fut comme paralysée, il n'osait pas respirer, il défaillait presque, d'abord parce que le personnage était terriblement imposant, ensuite parce qu'il était « son » oncle à « elle ». Le juge posa la main sur la tête de Tom, l'appela un « brave petit homme » et lui demanda son nom. Le gamin bégaya, haleta et finit par dire :

— Tom.

— Non, pas votre diminutif, votre nom.

— Thomas.

— C'est cela, je pensais bien que votre nom était plus long. Mais vous en avez un autre et vous voudrez bien me le dire, n'est-ce pas ?

— Allons, dites à Monsieur le juge quel est votre nom de famille, Thomas, dit Walters, et dites : « Monsieur » ; n'oublions pas les convenances.

— Thomas Sawyer, monsieur.

— Bien. Voilà un gentil garçon, et intelligent. Deux mille versets, cela n'est pas mal, c'est même très bien. Et vous n'aurez jamais de regret de la peine que vous avez prise. L'instruction est ce qu'il y a de plus important au monde ; c'est elle qui fait les grands hommes, les bons citoyens. Vous serez vous-même un jour un bon et grand citoyen, Thomas ; vous jetterez un regard en arrière et vous vous direz : « Tout ce que je sais, je le dois à l'instruction que j'ai reçue dans ma jeunesse à l'école du dimanche. Je le dois aux bons maîtres qui m'ont enseigné, au bon inspecteur qui m'a encouragé, qui m'a surveillé et qui m'a donné une belle, une magnifique Bible que j'ai gardée toute ma vie. Tout cela est le résultat d'une bonne éducation. » Voilà ce que vous vous direz, Thomas. Et ces deux mille versets que vous avez appris, en vérité vous ne les échangeriez pas pour tout l'or du monde. Maintenant vous voudrez bien me dire, et à cette dame aussi, quelques-unes des belles choses que vous avez apprises ? Je suis sûr que vous ne le refuserez pas, en petit garçon studieux que vous êtes. Certainement vous connaissez les noms des douze apôtres ? Voulez-vous dire le nom des deux premiers.

L'air penaud, Tom tirait nerveusement sur une boutonnière de sa veste. Il rougit et baissa les yeux. Mr. Walters sentit le cœur lui manquer. « Il n'est pas possible, se dit-il, que ce gamin sache répondre à la question la plus simple ; pourquoi diable le juge lui a-t-il demandé cela ? » Et presque malgré lui, il put parler :

— Répondez à Monsieur le juge, Thomas, n'ayez pas peur.

De rouge Tom devint cramoisi.

— Allons, vous me le direz bien à moi, dit la dame. Les deux premiers disciples étaient...

— DAVID et GOLIATH.

Peut-être vaut-il mieux tirer, sur la fin de cette scène, le voile de la charité.

V
Chien contre cancrelat

Vers dix heures et demie la cloche fêlée de la petite église commença à sonner, et les gens se réunirent pour entendre le sermon du matin. Les élèves de l'école du dimanche se disséminèrent dans l'église et occupèrent les bancs aux côtés de leurs parents, qui tenaient à les garder sous leur coupe. Tante Polly s'installa ; Tom, Sid et Mary s'assirent près d'elle, Tom étant placé près de l'allée, le plus loin possible de la fenêtre ouverte et des distractions que l'été lui offrait à profusion. Peu à peu toutes les places furent occupées par les notabilités de l'endroit : le vieil et nécessiteux receveur des postes ; le maire — car entre autres inutilités, il y avait un maire — et sa femme ; l'avoué Riverson, nouveau venu, qui habitait dans le voisinage ; ensuite la belle du village, suivie d'une troupe de godelureaux endimanchés ; puis, groupés, tous les jeunes employés de bureau de la ville, admirateurs pommadés et minaudant qui, en suçant le pommeau de leur canne, avaient attendu sous le péristyle que la dernière jeune fille ait affronté le feu de leurs regards ; et enfin l'enfant modèle, Willie Mufferson, qui prenait autant de soin de sa mère que si elle eût été faite de cristal taillé. Il conduisait toujours sa mère à l'église, et toutes les mères de famille le citaient en exemple ; aussi était-il détesté par tous les garçons ; il était si parfait, et on leur en avait si souvent rebattu les oreilles. Son mouchoir blanc pendait hors de la poche arrière de sa jaquette, négligence étudiée à laquelle il s'astreignait tous les dimanches. Tom, lui, n'avait pas de mouchoir, et traitait de poseurs ceux qui en portaient un.

La cloche sonna encore une fois l'appel des retardataires ; puis dans l'église un silence solennel régna, qui n'était troublé que par les chuchotements des choristes dans la tribune. Les choristes ne faisaient que rire et chuchoter pendant tout le service. Il était une fois un chœur d'église dont les membres n'étaient pas mal élevés ; mais où se trouvait-il ? Je l'ai oublié. Il y a longtemps de cela et je ne peux guère me rappeler quoi que ce soit à ce sujet ; mais je crois que c'était à l'étranger.

Le pasteur indiqua le cantique et en donna lecture avec ce ton de voix particulier qui faisait l'admiration de toute la région. Il commença sur une note médiane et monta jusqu'à un certain ton pour s'y maintenir, donner toute sa puissance sur la note la plus élevée, et retomber comme d'un tremplin :

« Serai-je emporté vers les cieux par les chemins aisés de la facilité,

« Alors que d'autres combattent pour remporter le prix et font voile sur les mers tachées de sang ? »

On le considérait comme un lecteur merveilleux. Aux réunions paroissiales c'était toujours à lui qu'on faisait appel pour lire des vers ; les auditrices en extase levaient les mains qu'elles laissaient ensuite retomber sur leurs genoux, et hochaient la tête comme pour dire : il est impossible d'exprimer ce que nous éprouvons, c'est une émotion supraterrestre.

L'hymne une fois chantée, le révérend Mr. Sprague se transforma en un bulletin de nouvelles. Il donna sur les réunions, les fêtes, les événements de la localité, des détails dont l'énumération semblait devoir durer jusqu'au Jugement dernier. Etrange habitude, qui persiste en Amérique même à notre époque où la presse est si développée. Il semble que moins une coutume se justifie, plus elle soit dure à déraciner.

Puis le pasteur pria. Il pria beaucoup et pour beaucoup de monde : pour l'église, pour les enfants de l'église, pour les autres églises du village, pour le village, pour le comté, pour l'Etat, pour les représentants de l'Etat, pour les Etats-Unis, pour les églises des Etats-Unis, pour le Congrès, pour le Président, pour les ministres, pour les marins voguant sur les mers lointaines, pour les millions d'opprimés gémissant sous la botte des monarques européens et des despotes orientaux, pour ceux qui ont des yeux et ne voient point, pour ceux qui ont des oreilles et n'entendent point, pour les infidèles et les païens disséminés aux quatre coins du monde. Le pasteur termina en exprimant le vœu que ses prières soient exaucées et que ses paroles tombent comme le bon grain dans la bonne terre afin d'y porter leurs fruits. Ainsi soit-il.

Il y eut un froissement de robes, et les fidèles s'assirent. L'enfant dont nous racontons l'histoire n'avait guère apprécié ce sermon ; il l'avait supporté non sans une certaine agitation. Les détails de cette prière, il les savait par cœur ; et si le pasteur y apportait la moindre modification, il le remarquait aussitôt et s'en indignait comme d'une déloyauté.

Pendant la prière une mouche était venue se poser sur le dossier du banc devant lui. Elle se mettait les pattes sur la tête et se la frottait si vigoureusement qu'il semblait qu'elle allait la détacher de son corps ; avec ses pattes de derrière elle se nettoyait les ailes et se les rabattait le long du corps comme les pans d'un habit. Elle faisait sa toilette avec le sentiment qu'elle était en parfaite sécurité. Ce qui était d'ailleurs bien le cas ; non que les mains de Tom ne lui démangeassent du désir de l'attraper, mais parce qu'il croyait fermement attirer sur lui la colère divine s'il bougeait avant que la prière fût terminée. A la dernière phrase sa main esquissait déjà un mouvement ; et dès que le mot *Amen* eut été prononcé la mouche était faite prisonnière. Mais sa tante l'avait vu faire et l'obligea à libérer le malheureux insecte.

Le pasteur énonça le texte de son sermon et en entreprit d'une voix monotone un commentaire si filandreux que bien des assistants commencèrent à dodeliner de la tête. Et cependant il s'agissait du feu éternel, auquel les élus devaient échapper en si petit nombre que ce n'était guère la peine de les sauver. Tom compta le nombre de pages lues par le pasteur. Une fois le service fini, il savait toujours combien il y avait eu de pages mais c'était là tout ce qu'on pouvait lui demander. Le pasteur fit un émouvant tableau du rassemblement de toutes les nations du monde, à l'occasion duquel on verrait un lion et un agneau conduits ensemble par un tout petit enfant. Mais pour notre gamin la morale de l'histoire resta lettre morte : il ne pensa qu'au rôle glorieux du personnage principal devant les nations assemblées, et se dit qu'il voudrait bien être cet enfant, à condition toutefois que le lion fût apprivoisé.

Le commentaire sombra à nouveau dans la monotonie, et la pensée de Tom se reporta sur un trésor qu'il avait en sa possession. Il le sortit de sa poche. C'était un énorme cancrelat, aux mandibules formidables, un « cafard à pinces » comme il disait. Il le tenait emprisonné dans une boîte à amorces. La première chose que fit l'insecte fut de lui pincer le doigt ; la réaction de Tom fut de lui donner une chiquenaude. Le cancrelat projeté en l'air atterrit sur le dos, et Tom suça son doigt meurtri. Incapable de se redresser, le cancrelat se débattait. Tom le regardait et mourait d'envie d'aller le ramasser mais il était trop loin. D'autres personnes, que le sermon n'intéressait pas, consacrèrent leur attention à ce spectacle.

Survint un caniche errant en quête d'aventure. Il paraissait mélancolique ; la température clémente et le calme de l'été l'incitaient à la paresse ; las de la captivité, il cherchait autre chose. Apercevant le cancrelat, il remua la queue, examina la proie convoitée, en fit le tour, la renifla prudemment à distance, continua à tourner autour, puis s'enhardissant la renifla de plus près, avança la lèvre et exécuta une attaque hardie, la manquant de peu ; recommença une fois, puis une autre ; se piqua au jeu, se coucha sur le ventre avec le cafard entre les pattes et continua ses expériences ; puis soudain il parut se désintéresser de la question, rapprocha la tête du sol, et quand elle fut à la portée du cafard, celui-ci le mordit au menton. Le chien aboya et d'un coup de tête envoya promener le cafard qui une fois de plus tomba sur le dos. Les spectateurs les plus rapprochés firent entendre des rires étouffés ; des dames se cachèrent le visage derrière leur éventail, des messieurs derrière leur mouchoir. Tom exultait. Le chien avait l'air tout penaud, et peut-être s'en rendait-il compte car, animé d'un désir de revanche, il rejoignit le cafard avec toutes les précautions d'une stratégie circonspecte, tournant autour, bondissant vers lui de temps à autre, avançant une patte prudente, découvrant ses dents, secouant la tête et faisant claquer ses oreilles. Puis une fois encore il abandonna la partie, s'occupa d'une mouche qui ne suffit pas à l'intéresser ; le museau à ras de terre, il poursuivit une fourmi qu'il abandonna bientôt, bâilla, soupira, si bien qu'il oublia tout à fait le cafard et finit par s'asseoir dessus. Un cri de douleur troubla la cérémonie ; le chien se précipita vers l'autel en hurlant, parcourut l'église dans sa largeur, redescendit par une nef latérale ; plus il allait, plus il s'affolait, si bien que l'on eût dit une sorte de comète laineuse parcourant son orbite à une vitesse inaccoutumée. La malheureuse bête finit par sauter sur les genoux de son maître qui s'en débarrassa en la jetant par la fenêtre. Bientôt les hurlements cessèrent de se faire entendre.

Tous les fidèles étaient cramoisis à force de rires contenus, si bien que le malheureux pasteur avait dû interrompre son sermon ; il le reprit en l'abrégeant mais dut renoncer à tout espoir de monopoliser l'attention de son auditoire ; ses déclarations les plus graves étaient accueillies par les rires étouffés des assistants qui se cachaient derrière les bancs comme si le malheureux pasteur avait raconté des histoires du plus haut comique. Quand l'épreuve fut terminée et que la bénédiction fut donnée, ce fut un soulagement pour tous.

Retournant chez sa tante, Tom Sawyer était d'excellente humeur, se disant qu'après tout un service religieux célébré dans ces conditions n'était pas ennuyeux du tout. Une seule ombre au tableau : il voulait bien que le chien joue avec son cafard, mais qu'il l'emporte cela n'était pas de jeu.

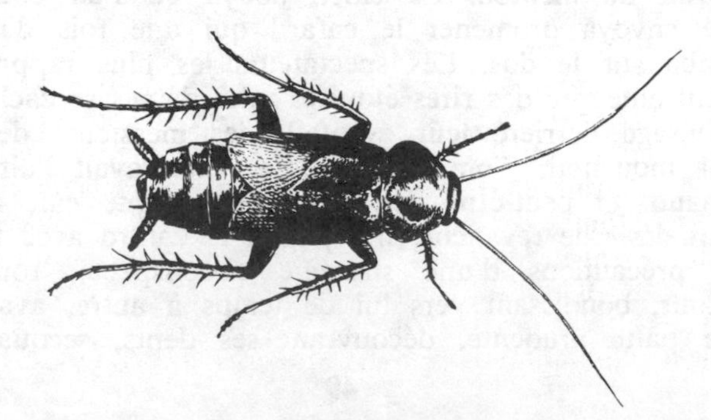

VI
Tom fait la connaissance de Becky

Le lundi matin, à son réveil, Tom se trouva très mal en point. Il en était d'ailleurs ainsi chaque lundi, puisque chaque lundi était le premier jour d'une semaine de travail scolaire. Tom en arrivait presque à souhaiter qu'il n'y ait pas eu de dimanche, tellement l'interruption du travail lui en rendait la reprise plus pénible.

Dans son lit, il réfléchissait. Pourquoi ne dirait-il pas qu'il était malade ? ainsi il pourrait rester à la maison. Il y avait là une idée à creuser. Tom examina la situation. Au fond il n'avait rien. En cherchant bien il avait tout de même un peu mal au ventre ; cela pouvait passer pour des symptômes de colique ; il fonda tous ses espoirs là-dessus. La douleur diminua puis disparut : il fallait trouver autre chose. Il découvrit qu'une de ses dents branlait, une dent de devant à la mâchoire supérieure. Bonne affaire ; il allait commencer par gémir pour créer un climat favorable. Mais il se rendait compte que si c'était là tout ce qu'il avait à dire, sa tante lui arracherait la dent et que cela lui ferait mal. Mettons donc momentanément la dent en réserve, se dit-il, et cherchons autre chose. Oui, mais quoi ? Tout à coup il se rappela avoir entendu un docteur parler d'un certain bobo qui immobilisait un malade pour quinze jours ou trois semaines et risquait de lui coûter la perte d'un doigt. Tom sortit aussitôt un pied de dessous ses couvertures et examina son orteil malade. Mais quels étaient les symptômes du mal et de quoi fallait-il se plaindre ? Il ne le savait pas très bien. Enfin cela valait la peine d'essayer. Il se mit donc à pousser des gémissements étudiés.

Mais Sid dormait comme on dort à cet âge.

Tom gémit plus fort et réussit presque à se convaincre lui-même qu'il avait réellement mal au pied.

Sid ne réagissait toujours pas.

Tom commençait à être fatigué de la peine qu'il se donnait. Il fit une pause et recommença une série de gémissements qui certainement étaient des chefs-d'œuvre du genre.

Sid continuait à ronfler.

Tom s'énervait. Il appela : « Sid, Sid ! » et secoua son frère. Le résultat couronna ses efforts. Tom reprit son rôle de malade et se remit à gémir. Sid bâilla, s'étira, grogna, prit un point d'appui sur son coude et commença à regarder Tom. Tom gémissait toujours.

— Tom ! Dis donc, Tom ! (Pas de réponse.) Eh là, Tom ! Tom ! qu'est-ce qu'il y a, mon vieux ?

Sid le secoua et l'examina anxieusement.

Tom geignit :

— Sid, surtout ne me chahute pas, je t'en prie.

— Qu'est-ce qu'il y a, Tom ? Je vais appeler tante Polly.

— Non ; attends, cela va peut-être se passer. Ne dérange personne.

— Mais il faut : tu ne peux pas continuer à gémir comme ça. Y a-t-il longtemps que tu as mal ?

— Depuis des heures. Aïe ! oh la la ! Ne frétille pas comme ça, tu m'énerves.

— Tom, pourquoi ne m'as-tu pas réveillé plus tôt ? Ça me fend le cœur de t'entendre crier. Qu'est-ce qu'il y a, Tom ?

— Je te pardonne tout, Sid... Tout ce que tu m'as fait. Quand je serai mort...

— Tu ne vas pas mourir, Tom ? Peut-être n'est-ce...

— Je pardonne à tout le monde... Oh la la ! Aïe ! Dis-le bien... à tous... Sid, tu iras trouver cette jeune fille, tu sais, qui vient d'arriver en ville ; tu lui donneras mon châssis de fenêtre et mon chat borgne, et tu lui diras...

Mais Sid s'était habillé en vitesse et était sorti. Tom avait une telle imagination et jouait si bien son rôle qu'il finissait par souffrir réellement ; et ses gémissements étaient devenus tout à fait naturels.

Sid descendit l'escalier quatre à quatre et s'écria :

— Tante Polly, venez ! Tom se meurt !

— ... Se meurt !

— Oui. N'attendez pas, il serait trop tard !

— A d'autres ! cela m'étonnerait.

Ce qui n'empêcha pas la brave femme de monter aussi vite que le lui permettaient ses vieilles jambes, avec Sid et Mary sur ses talons. Elle était toute pâle et ses lèvres tremblaient. Arrivée au chevet du malade elle bégaya :

— Tom, mon petit Tom, qu'est-ce qu'il y a ?

— Tante, je...

— Enfin, quoi ?

— Tante, mon doigt de pied s'est envenimé.

Rassurée, la vieille dame se laissa tomber dans un fauteuil en riant nerveusement, puis se mit à pleurer, et enfin pleura et rit tout à la fois. Lorsqu'elle fut remise de son émotion elle dit :

— Tom, tu m'en as fait une peur ! Maintenant en voilà assez, il faut te lever.

Les gémissements cessèrent, et du coup Tom n'eut plus mal au pied. Tout penaud il dit :

— Tante Polly, mon doigt paraissait envenimé et j'avais tellement mal que j'en ai oublié ma dent.

— Ta dent ! qu'est-ce qu'elle a ta dent ?

— Elle va tomber et ça me fait mal.

— Allons, allons ! assez de gémissements comme ça. Ouvre la bouche. Evidemment tu as une dent qui branle, mais ce n'est pas ça qui te fera mourir. Mary, va me chercher un fil de soie et rapporte un tison enflammé de la cuisine.

— Ma tante, n'arrachez pas ma dent. Elle ne me fait plus mal. Ne me l'arrachez pas. Elle ne m'empêchera pas d'aller en classe.

— Ah bon ! Alors tout ça c'était pour ne pas aller à l'école, pour aller à la pêche pendant ce temps-là ! Tom, je t'aime bien, mais vraiment quelquefois tu exagères.

Pendant ce temps Mary était revenue avec les accessoires demandés. La vieille dame attacha une extrémité du fil de soie par un nœud coulant à la dent de Tom et fixa l'autre extrémité au pied du lit. Puis elle prit le tison incandescent et l'approcha brusquement de la figure de Tom. Le gamin eut un mouvement de recul, et la dent fut arrachée.

A quelque chose malheur est bon. Tom, se rendant à l'école après son petit déjeuner, excita la jalousie de ses camarades à cause du trou qu'il avait dans la mâchoire, parce que grâce à ce trou il avait trouvé une nouvelle façon de cracher. Du coup il rassembla immédiatement tous les gamins autour de lui, alors qu'un de ses condisciples, qui jusque-là avait été l'objet de l'attention générale parce qu'il s'était coupé le doigt, perdait à la fois son prestige et sa clientèle. De dépit il crut devoir dire que ce n'était pas bien difficile de cracher comme Tom ; mais un autre gamin lui répondit : « Les raisins sont trop verts ! » et, descendu de son piédestal, le héros désabusé dut continuer son chemin tout seul.

Peu après, Tom rencontra l'enfant terrible du village, Huckleberry Finn, dont le père était un ivrogne fieffé. Toutes les mères le détestaient et le redoutaient parce qu'il avait la réputation d'être paresseux, mal élevé et méchant, et qu'il donnait à leurs fils le plus mauvais exemple. Il va sans dire qu'il était l'objet de l'admiration des enfants, qui se délectaient dans sa société et ne souhaitaient rien tant que de lui ressembler. Comme les autres, Tom, à qui sa tante défendait formellement de fréquenter Huckleberry, lui enviait sa condition de hors-la-loi notoire et ne manquait jamais une occasion de jouer avec lui. Toujours en haillons, Huckleberry s'habillait avec la défroque des grandes personnes ; il portait un énorme chapeau auquel manquait la moitié du bord, une veste qui lui tombait sur les talons, un pantalon dont le fond lui arrivait aux genoux et dont les jambes traînaient dans la poussière.

Il allait et venait entièrement à sa guise. L'été il dormait à la belle étoile, et l'hiver il passait ses nuits dans un tonneau ; point n'était pour lui question d'école ni d'église, de maître ni de professeur ; il allait à la pêche quand il voulait, prenait un bain dans la rivière quand cela lui chantait, se couchait à l'heure qui lui plaisait, était toujours le premier à marcher pieds nus au printemps et le dernier à mettre des chaussures à l'approche de la saison froide, ne se lavait jamais, ne changeait jamais de linge, et jurait comme un Templier. En un mot il jouissait de tout ce qui rend la vie digne d'être vécue ; telle était dans Saint-Pétersbourg l'opinion de tout enfant surveillé et tenu en laisse par ses parents.

Tom héla le proscrit.

— Ello, Huckleberry !

— Hello ! Qu'est-ce que vous dites de ça ?

— Qu'est-ce que c'est ?

— Un chat crevé.

— Fais voir. Oh ! épatant ! Où l'as-tu eu ?

— Par un échange.

— Contre quoi ?

— Un bon point bleu et une vessie que j'ai eue à l'abattoir.

— Où as-tu eu le bon point bleu ?

— Je l'ai échangé avec Ben Rogers contre une canne, il y a quinze jours.

— Dis donc, à quoi est-ce que ça sert les chats crevés ?

— A quoi ça sert ? à guérir les verrues.

— Penses-tu ? je connais mieux que ça.

— Je parie que non ! qu'est-ce que c'est ?

— De l'eau de pluie.

— De l'eau de pluie ? ça ne doit pas valoir grand-chose.

— As-tu essayé ?

— Non, mais Bob Tanner a essayé.

— Qui te l'a dit ?

— Eh bien, il l'a dit à Jeff Thatcher ; Jeff l'a dit à Johnny Baker ; Johnny l'a dit à Jim Hollis ; Jim l'a dit à Ben Rogers ; Ben l'a dit à un nègre, et le nègre me l'a dit. Alors ?

— Qu'est-ce que ça prouve ? Ils mentent tous. En tout cas tous, sauf peut-être le nègre que je ne connais pas. Mais je n'ai jamais vu un nègre qui ne mente pas. Mon œil ! Maintenant dis-moi comment il a fait, Bob Tanner ?

— Eh bien, il a trempé la main dans le creux d'un vieux tronc pourri où il y avait de l'eau de pluie.

— En plein jour ?

— Naturellement.

— En faisant face au tronc ?

— Oui ; du moins je le crois.

— Et les paroles ? Est-ce qu'il disait quelque chose ?

— Peut-être ; ça, je ne sais pas.

— Ah ! Comment peut-on s'imaginer guérir des verrues avec de l'eau de pluie en s'y prenant aussi bêtement ! Mais ça ne peut pas réussir ! Il faut aller tout seul, en pleine forêt, là où on a repéré un tronc où il y a de l'eau de pluie, et à minuit tapant on tourne le dos au tronc, on met la main dans l'eau de pluie et on dit : « Eau de pluie, eau de pluie, avale mes verrues. » Après ça, on fait onze pas les yeux fermés, on tourne trois fois sur soi-même et on revient chez soi sans adresser la parole à personne, parce que si on parle c'est loupé.

— Ta recette paraît bonne mais ce n'est pas comme ça que Bob Tanner a fait.

— Evidemment qu'il ne l'a pas fait ! Il n'y a personne en ville qui soit plus couvert de verrues que lui. S'il avait su comment s'y prendre il n'en aurait plus. Moi, c'est comme ça que je me suis débarrassé de milliers de verrues sur mes mains. Je joue tout le temps avec des grenouilles ; alors, pour les verrues, tu parles ! Quelquefois je me sers d'une fève pour les faire partir.

— Oui, la fève, ça fait de l'effet. Moi aussi je m'en suis servi.

— Ah, tu as essayé ? Comment as-tu fait ?

— Eh bien, tu sépares la fève en deux, tu t'arranges pour faire saigner ta verrue, tu mets un peu de sang sur une moitié de la fève que tu enterres à une croisée de chemins, à minuit. Faut pas qu'il y ait de lune. Tu prends l'autre moitié de la fève et tu la brûles. La moitié de la fève sur laquelle il y a du sang se met à tirer, à appeler l'autre morceau ; alors le sang tire la verrue, et peu après elle s'en va.

— C'est ça, Huck, c'est bien ça ; seulement quand tu enterres la fève, il faut dire : « Fèves dedans, verrue dehors ; tu ne m'embêteras jamais plus. » Ça fait encore plus d'effet. C'est comme ça que fait Joe Harper. Et il a été à Coonville, et partout. Mais dis un peu, avec les chats crevés comment est-ce qu'on fait ?

— Eh bien, tu prends ton chat et tu vas dans le cimetière à minuit. Il faut que dans la journée quelqu'un de méchant ait été enterré. A minuit un diable vient, peut-être deux ou trois. Tu ne les vois pas ; quand ils se déplacent, c'est comme si on entendait souffler le vent ; ou quelquefois tu les entends parler. Quand ils emportent le mort, tu lances le chat après eux et tu dis : « Corps suit diable, chat suit corps, verrue suit chat, je n'en ai plus. » Il n'y a pas de verrue qui résiste à ça.

— Ça a l'air d'être un bon truc. Tu as essayé ?

— Non, mais la mère Hopkins me l'a assuré.

— Alors ça doit être vrai parce qu'on dit qu'elle est un peu sorcière.

— Il n'y a pas d'on dit, c'en est une, je le sais. Même qu'elle a jeté un sort à papa ; c'est papa qui me l'a dit. Un jour qu'il passait auprès d'elle, il a senti qu'elle lui jetait le sort ; alors il a ramassé un caillou et si elle n'avait pas changé de direction il l'aurait eue. Eh bien, le soir même en se couchant, il est tombé, vu qu'il était saoul, et il s'est cassé un bras.

— Ça, alors, ça m'en bouche un coin ; et comment s'est-il aperçu qu'elle lui jetait un sort ?

— Paraît que c'est facile à voir. Papa, il dit que quand une sorcière vous regarde fixement c'est qu'elle vous jette un sort. Surtout si elle marmonne quelque chose en même temps. Parce que, quand elle marmonne, c'est qu'elle récite le « Notre Père » à l'envers.

— Dis donc, Hucky, quand est-ce que tu vas essayer ton chat ?

— Ce soir. Sûr qu'ils viendront chercher le vieux Williams.

— Mais c'est samedi qu'on l'a enterré. Ils ne sont pas venus le chercher samedi soir ?

— Dis pas de bêtises. Tu sais bien que les charmes n'opèrent pas avant minuit. Minuit samedi soir, c'était dimanche. Est-ce que tu te figures que les diables travaillent le dimanche, par hasard ?

— C'est vrai, je n'avais pas pensé à ça. Dis donc, est-ce que je pourrais aller avec toi ?

— Je veux bien si tu n'as pas peur.

— Peur, moi ? non, mais sans blague ! Tu miauleras en passant devant la maison.

— Entendu ; mais réponds-moi autant que possible. L'autre soir tu m'as laissé miauler tellement longtemps que le père Hayes a fini par me jeter des pierres en me traitant de : « Saleté de chat ! », alors moi je lui ai flanqué une brique dans ses carreaux. Tu ne vas pas raconter ça, au moins.

— Pas de danger. Cette nuit-là je n'ai pas pu te répondre parce que tante Polly n'était pas encore couchée ; mais ce soir je te répondrai. Dis donc... qu'est-ce que c'est que ça ?

— Un scarabée.

— Où l'as-tu trouvé ?

— Dans les bois.

— Vends-le-moi. Combien ?

— Sais pas. Et puis je ne le vends pas, je le garde.

— Si tu veux. D'ailleurs il est moche.

— Facile à dire que quelque chose est moche quand ça ne vous appartient pas. Moi, il me va, ça me suffit.

— Oh ! les scarabées, c'est pas ça qui manque. Je pourrais en avoir mille si je voulais.

— Alors, pourquoi qu'tu n'les as pas ? Parce que tu sais très bien que tu ne peux pas. Celui-là, c'est un jeune, il me semble. C'est le premier que je vois de cette année.

— Et si je te l'échangeais contre ma dent ?

— Fais voir.

Tom sortit de sa poche un morceau de papier qu'il déplia soigneusement. Huckleberry le suivait des yeux avec attention. La tentation était forte. A la fin il demanda :

— C'est une vraie ?

Tom souleva sa lèvre et montra le trou.

— Affaire conclue.

Tom mit l'insecte dans la boîte à amorces qui avait auparavant servit de prison au cancrelat et les deux gamins se séparèrent, chacun avec le sentiment qu'il venait de faire une bonne affaire.

Quand Tom arriva en vue de l'école, il pressa le pas pour se donner l'air d'un élève qui n'a pas perdu son temps. Il accrocha son chapeau au portemanteau et s'assit à sa place d'un air affairé. Le maître, que le bourdonnement de l'étude avait assoupi dans son fauteuil, se dressa d'un bond.

— Thomas Sawyer !

Tom savait que, quand on l'appelait par son nom tout entier, cela ne présageait rien de bon.

— Monsieur ?

— Venez ici. Toujours en retard. C'est une habitude chez vous ?

Tom était sur le point de mentir quand il aperçut deux longues nattes de cheveux blonds dans le dos d'une personne que son cœur lui fit reconnaître ; de plus il remarqua que la seule place vacante du côté des filles était précisément auprès d'elle. Changeant ses batteries, il répondit sans ambages :

— Je m'étais attardé à causer avec Huckleberry Finn.

Le maître eut un haut-le-corps et regarda Tom avec stupeur. Le bourdonnement de l'étude cessa. Les élèves se demandaient si l'imprudent n'avait pas perdu l'esprit.

— Qu'est-ce que vous dites ?

— *Je m'étais attardé à causer avec Huckleberry Finn.*

(Pas d'erreur.)

— Thomas Sawyer, c'est là l'aveu le plus surprenant que j'aie jamais entendu. Cette faute mérite un châtiment. Otez votre veste.

Le bras vengeur frappa jusqu'à ce qu'il fût fatigué et que le paquet de verges eût notablement diminué. Puis le maître ajouta :

— Maintenant, monsieur, allez vous asseoir avec les filles ! Et que ceci vous serve de leçon.

Devant les ricanements qui s'étaient élevés dans la classe, Tom avait paru rougir de honte. En réalité ce qui le remplissait de confusion, c'était le respect mêlé de crainte qu'il éprouvait pour son idole inconnue et l'heureuse surprise de la bonne fortune qui venait de lui échoir. N'allait-il pas approcher de son idole ? Il s'assit à l'extrémité du banc ; la jeune fille eut un dédaigneux mouvement de tête et se recula jusqu'à l'autre bout. Les camarades se poussaient du coude, échangeaient des clins d'œil et des chuchotements. Tom resta immobile, les bras sur son pupitre, paraissant absorbé dans l'étude de ses leçons.

Peu à peu l'attention se détourna de lui. Le bourdonnement habituel reprit son cours. Tom lança à sa voisine de furtifs coups d'œil. Celle-ci s'en aperçut, fit une moue et lui tourna délibérément le dos pendant un instant.

Quand prudemment elle se retourna, elle trouva devant elle une pêche qu'elle repoussa. Tom la lui offrit à nouveau ; elle la repoussa encore quoique avec moins de fermeté. Patient, Tom renouvela sa manœuvre. Cette fois elle ne repoussa plus la pêche. Tom écrivit sur son ardoise : « Prends-la, j'en ai d'autres. » La jeune fille lut mais ne broncha pas. Tom commença à faire sur son ardoise un dessin qu'il cachait soigneusement de sa main gauche. D'abord elle n'y prêta pas attention, puis le désir de voir fut le plus fort. Tom continua comme si de rien n'était. Elle essaya de regarder ; Tom fit semblant de ne pas s'en apercevoir. Cédant à sa curiosité, elle finit pas murmurer timidement.

— Fais voir.

Tom découvrit à moitié un gribouillage informe représentant une maison à deux pignons et une cheminée de laquelle s'échappait un filet de fumée en forme de tire-bouchon. La fillette se passionna pour ce chef-d'œuvre au point qu'elle en oubliait de travailler. Quand la maison fut terminée, elle l'admira un instant puis chuchota :

— Ce qu'elle est jolie ! Dessine un homme, maintenant.

L'artiste en herbe dessina au premier plan un immense bonhomme qui ressemblait au derrick d'un puits de pétrole et était de taille à enjamber la maison. Mais la petite n'était pas difficile. Cette sorte de monstre lui plut.

— Magnifique. Dessine-moi, maintenant.

Tom dessina une espèce de sablier surmonté d'une pleine lune, avec des bras qui ressemblaient à des fétus de paille et des mains aux doigts écartés, qui tenaient un éventail gigantesque. La petite dit :

— C'est splendide. Je voudrais bien savoir dessiner.

— Ça n'est pas difficile. Je t'apprendrai, dit Tom.

— Tu veux bien ? Quand ?

— A midi. Est-ce que tu retournes chez toi pour déjeuner ?

— Je resterai si tu veux.

— Ça, c'est chic ! Comment t'appelles-tu ?

— Becky Thatcher. Et toi ? Ah oui, je sais : Thomas Sawyer.

— C'est comme ça qu'on m'appelle quand il y a

quelque chose qui ne va pas. Quand tout va bien je m'appelle Tom. Tu m'appelleras Tom, veux-tu ?

— Oui.

Tom recommença à tracer quelque chose sur son ardoise, en se cachant. Mais chez la petite toute timidité avait disparu. Elle demanda à voir. Tom dit :

— Ce n'est rien.

— Si, c'est quelque chose.

— Non, ce n'est rien. Tu n'y tiens pas.

— Mais si, je tiens à voir ; montre un peu.

— Tu vas le raconter.

— Non, je ne le raconterai à personne ; c'est juré.

— Tu ne le diras à personne ? Aussi longtemps que tu vivras ?

— Non, je ne le dirai à personne, je te dis. Et maintenant fais voir.

— Non, ça ne t'intéresse pas.

— Puisque tu le prends comme ça, je *veux* voir.

Elle mit sa petite main sur la sienne. Un simulacre d'escarmouche s'ensuivit, Tom faisant semblant de résister pour de bon, mais retirant petit à petit sa main jusqu'à ce qu'elle pût lire : « Je t'aime. »

— Oh ! le vilain !

Elle lui donna une tape sur la main, rougit, et ne parut nullement contrariée.

A cet instant précis Tom se sentit saisir par l'oreille et eut l'impression d'être soulevé de son banc. Il dut traverser ainsi toute la classe et fut ramené à sa place habituelle sous les regards railleurs de ses camarades. Le maître se tint derrière Tom pendant quelques instants qui lui parurent durer un siècle ; puis il retourna à sa chaise sans dire un mot. L'oreille de Tom lui brûlait, mais par contre il avait de la joie plein le cœur.

Quand la classe fut calmée, Tom essaya loyalement de s'appliquer à ce qu'il faisait mais en lui l'agitation était trop forte. Au cours de lecture il échoua lamentablement ; au cours de géographie il transforma les lacs en montagnes, les montagnes en fleuves, les fleuves en continents et les continents en chaos. Au cours de dictée il trébucha sur l'orthographe des mots les plus élémentaires, tant et si bien qu'il fut le dernier de sa classe et dut restituer la médaille qu'il portait avec ostentation depuis des mois.

VII
Fiançailles

Plus Tom cherchait à s'absorber dans son travail, plus ses idées vagabondaient. Il soupirait, il bâillait ; de guerre lasse il n'insista plus. Il lui semblait que l'heure du déjeuner n'arriverait jamais. La chaleur était accablante, sans un souffle d'air. Dormir semblait la seule occupation possible. Dans la classe, le murmure confus de vingt-cinq écoliers engourdissait l'esprit comme un bourdonnement d'abeilles. Au loin, sous un soleil de plomb, Cardiff Hill étageait ses pentes vertes à travers une brume de chaleur. A l'exception de quelques oiseaux qui planaient paresseusement, et de quelques vaches qui sommeillaient, aucun être vivant n'était visible.

Tom ne pensait qu'à une chose : être libre. En attendant, il avait besoin, pour passer le temps qui lui paraissait interminable, d'une occupation digne de monopoliser son attention. Il fouilla dans ses poches et soudain sa figure s'éclaira d'une lueur de gratitude qui, à son insu, était une prière : il avait retrouvé la boîte à amorces qu'il retira avec précaution. Il en sortit le scarabée qu'il mit sur son pupitre. Peut-être l'insecte, lui aussi, fut-il pénétré d'une gratitude qui équivalait à une prière, mais son illusion fut de courte durée car lorsqu'il se mit en mouvement, Tom, à l'aide d'une épingle, l'obligea à changer de direction.

Joe Harper, le grand ami de Tom, était assis à côté de lui. Il éprouvait les mêmes impressions et s'empressa de se passionner pour le spectacle qui s'offrait à lui. Pendant toute la semaine les deux gamins étaient de grands amis, et le samedi ils se rencontraient sur le champ de bataille à la tête de leurs armées. Joe tira une épingle du revers de son veston et collabora à l'instruction du prisonnier. Devant l'intérêt croissant que présentait le jeu, Tom déclara bientôt qu'on ne s'y reconnaissait plus et qu'il n'y avait plus moyen de savoir à qui c'était le tour. Il mit sur le pupitre l'ardoise de Joe, sur laquelle il traça une ligne de démarcation.

— Comme ça, quand il ira de ton côté tu le dirigeras comme tu voudras, je n'y toucherai pas ; s'il vient de mon côté, tu le laisseras tranquille jusqu'à ce qu'il repasse du tien.

— Entendu ; à toi de commencer.

Au bout d'un moment le scarabée s'enfuit de l'hémisphère Tom et passa l'équateur. Persécuté par Joe, il retourna chez Tom, et ainsi de suite. Pendant que l'un des gamins se consacrait à la conduite du scarabée, l'autre était tout aussi absorbé à le regarder faire ; le reste de l'univers n'existait plus pour eux. Les deux têtes étaient l'une contre l'autre au-dessus de l'ardoise. La chance paraissait sourire à Joe. Le scarabée essayait de passer d'un côté, puis de l'autre, puis revenait ; il finissait par être aussi agité, aussi impatient que les enfants eux-mêmes ; mais, à diverses reprises, quand le passage paraissait libre et qu'il avait, si on peut dire, la victoire à sa portée, un habile coup d'épingle de Joe lui faisait rebrousser chemin et le ramenait de son côté. Bientôt Tom n'y tint plus ; la tentation devint trop forte : il allongea le bras et intervint du côté qui lui était interdit. Joe sentit la moutarde lui monter au nez.

— Tom, laisse-le tranquille.

— Rien que pour le redresser, Joe.

— Non, ce n'est pas de jeu ; laisse-le tranquille.

— Oh, ça va ! il ne s'agit pas de grand-chose.

— Bas les pattes, que je te dis.

— J'y toucherai si je veux, après tout.

— Il est de mon côté, ça n'a rien à faire.

— Et puis donc, Joe, à qui est-il le scarabée ?

— Ça m'est égal, il est de mon côté, tu n'y toucheras pas.

— Je ferai ce qui me plaît. Il est à moi en fin de compte.

Un formidable coup de badine tomba sur les épaules de Tom, puis sur celles de son voisin ; et pendant deux minutes on vit un nuage de poussière voler au-dessus des vestes de l'un et de l'autre, à la grande joie de toute la classe. Absorbés par leur jeu, les deux amis n'avaient pas remarqué qu'au bruit habituel avait succédé un grand silence, pendant que, sur la pointe des pieds, le maître était venu voir ce qui les intéressait à ce point. Il avait même assisté à une partie de la représentation avant d'y mettre fin par son intervention personnelle.

La classe finie, Tom courut vers Becky et lui chuchota à l'oreille :

— Mets ton chapeau et fais comme si tu rentrais chez toi ; quand tu seras arrivée au tournant, laisse passer les autres et reviens par la petite allée. Je ferai le même trajet en sens inverse.

Becky partit avec son groupe, Tom avec le sien. Peu après, les deux enfants se rencontrèrent et revinrent dans la salle de classe où il n'y avait plus personne. Ils s'assirent sur un banc avec une ardoise devant eux. Tom donna à Becky un morceau de craie et, guidant sa main sur l'ardoise, l'aida à dessiner une maison aussi merveilleuse que la première. Quand les questions d'intérêt artistique furent épuisées, le bavardage reprit ses droits. Tom demanda :

— Aimes-tu les rats ?

— Non, je les ai en horreur.

— Moi aussi quand ils sont vivants. Je veux dire les rats morts, ceux qu'on fait tourner au-dessus de sa tête avec une ficelle.

— Non, de toute façon, je ne les aime pas. Ce que j'aime c'est le chewing-gum.

— Oh ! moi aussi, je voudrais bien en avoir un morceau.

— J'en ai un, je vais te le laisser mâcher un peu ; mais après tu me le rendras.

Marché conclu ; ils mâchèrent chacun leur tour en balançant leurs jambes de contentement.

— As-tu jamais été au cirque ? demanda Tom.

— Oui ; et papa m'a promis de m'y emmener encore si je suis sage.

— J'ai été au cirque trois fois, quatre fois... Tu parles, c'est autre chose que d'aller à l'église. Au cirque il se passe tout le temps quelque chose. Quand je serai grand je serai clown dans un cirque.

— Oh oui ! comme ce doit être amusant de se peindre la figure comme ils le font !

— Et ils gagnent beaucoup d'argent, presque tous un dollar par jour. C'est Ben Rogers qui me l'a dit. Dis, Becky, as-tu déjà été fiancée ?

— Qu'est-ce que c'est que ça ?

— Eh bien, fiancée pour te marier.

— Non, jamais.

— Ça te ferait plaisir ?

— Peut-être. Je ne sais pas... En quoi cela consiste-t-il ?

— En quoi cela consiste ? Cela ne ressemble à rien d'autre ; simplement, on dit à un garçon qu'on n'épousera jamais, jamais que lui, et puis on s'embrasse, et voilà tout. Tout le monde fait ça.

— S'embrasser ? pourquoi s'embrasser ?

— Parce que... c'est pour... enfin ils font tous ça.

— Tous ?

— Mais oui, bien sûr, tous ceux qui aiment quelqu'un... Est-ce que tu te rappelles ce que je t'ai écrit sur l'ardoise ?

— Ou-oui.

— Qu'est-ce que c'était ?

— Je ne te le dirai pas.

— Veux-tu que je te le dise ?

— Ou-oui, mais pas aujourd'hui.

— Si, maintenant.

— Non, pas maintenant... Demain.

— Si, maintenant. Je te le dirai tout bas, dans le creux de l'oreille.

Becky hésitait. Qui ne dit rien, consent, pensa Tom. Il lui passa son bras autour de la taille, et tout bas, timidement, bouche contre oreille, il murmura : « Je t'aime » et ajouta :

— Dis-le-moi tout bas, toi aussi.

Elle résista un instant et finit par dire :

— Tourne la tête, pour que tu ne me voies pas, et je le dirai. Mais il ne faut raconter ça à personne, Tom. A personne, c'est promis ? c'est juré ?

— Je ne le dirai à personne, Becky.

Et il tourna la tête. Elle se pencha timidement jusqu'à

ce que son haleine fît remuer les boucles de Tom, et murmura : « Je t'aime. »

Alors elle se leva et, poursuivie par Tom, courut autour des bancs et des pupitres pour se réfugier finalement dans un coin en se protégeant le visage de son tablier. Tom la prit par le cou.

— Eh bien, Becky, maintenant nous n'avons plus qu'à nous embrasser. N'aie pas peur.

Et il lui tirait les mains qui tenaient le tablier.

Petit à petit elle céda et baissa les mains ; elle était toute rouge. Tom l'embrassa.

— Voilà, Becky. Et maintenant tu n'aimeras plus personne d'autre que moi, et tu n'épouseras personne d'autre que moi. C'est promis ?

— Je n'aimerai plus personne d'autre que toi, et je n'épouserai personne d'autre que toi. Mais toi aussi, tu n'épouseras personne d'autre que moi ?

— Bien sûr, ça va de soi. Ça en fait partie. Et en allant à l'école ou en revenant à la maison, nous serons ensemble quand personne ne nous verra, et dans les réunions tu me choisiras toujours et je te choisirai toujours, parce que c'est comme ça qu'on fait quand on est fiancé.

— C'est gentil tout plein ! Je ne savais pas.

— On va bien s'amuser ! Lorsque Amy Lawrence et moi...

A la façon dont les grands yeux le regardèrent, Tom comprit qu'il avait fait une gaffe. Affolé, il se tut.

— Oh, Tom ! Alors je ne suis pas la première avec qui tu t'es fiancé ?

Et Becky se mit à pleurer.

— Ne pleure pas, Becky, je t'assure qu'elle n'a plus d'importance pour moi.

— Ça n'est pas vrai, Tom ; je ne te crois pas.

Tom tenta de lui passer les bras autour du cou mais elle le repoussa, se tourna vers le mur et continua à pleurer. Tom pria, supplia ; elle le repoussa à nouveau. Alors il en fit une question d'amour-propre ; il sortit à grands pas de la salle de classe. Un moment, il attendit, agité et mal à l'aise ; de temps à autre, il regardait la porte, espérant que Becky allait se raviser et venir le rejoindre. Peine perdue. Alors il commença à s'inquiéter et à se demander si ce n'était pas lui qui était dans son tort. Il eut beaucoup de mal à se résoudre à faire de nouvelles avances mais il prit son courage à deux mains et rentra. Becky était toujours dans son coin, face au mur, elle pleurait toujours. Le cœur du gamin battait à se rompre. Tom s'approcha d'elle, gauchement, ne sachant pas très bien comment s'y prendre. Hésitant il balbutia :

— Becky, je... je t'assure que je n'aime que toi.

Pour toute réponse, des larmes.

— Becky, supplia-t-il, dis-moi quelque chose.

Encore des larmes.

Alors Tom sortit de sa poche ce qu'il avait de plus précieux : un anneau de cuivre qui provenait d'un chenet ; il le lui tendit de manière qu'elle pût le voir.

— Tiens, Becky, prends, je te le donne.

Elle le jeta par terre. Alors Tom sortit de l'école avec l'intention de s'enfuir dans la campagne et de ne plus retourner en classe ce jour-là. Becky en eut le pressentiment et devint inquiète. Elle courut à la porte : personne ; elle sortit dans la cour : pas de Tom ! Alors elle cria :

— Tom ! Reviens, Tom !

Elle écouta anxieusement mais aucune réponse ne lui parvint. Autour d'elle tout était silence et solitude. Elle s'assit pour donner libre cours à son chagrin, pour se faire à elle-même des reproches... A ce moment ses camarades commencèrent à reparaître dans la cour ; il lui fallut cacher ses larmes, imposer silence à son cœur et s'infliger le supplice d'un long, morne et pénible après-midi pendant lequel elle n'aurait auprès d'elle personne à qui se confier.

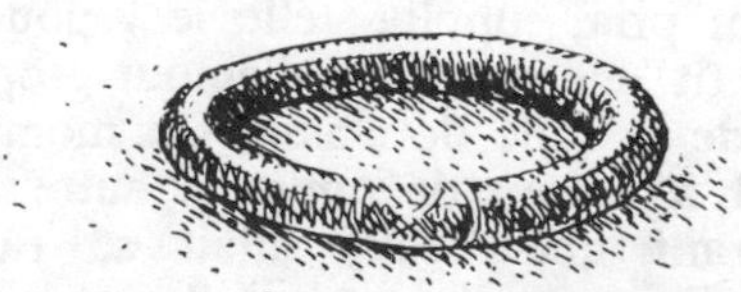

VIII
Pirate en herbe

Tom erra à l'aventure jusqu'à ce qu'il eût la certitude de ne plus rencontrer aucun de ses camarades rentrant chez eux. Il était de fort méchante humeur. Deux ou trois fois il traversa un ruisseau, conformément à une superstition juvénile qui voulait que franchir un cours d'eau brouillât la piste.

Une demi-heure plus tard il disparaissait derrière le château Douglas, tout en haut de Cardiff Hill. Au loin, dans la vallée, la maison d'école était à peine visible. Tom pénétra dans un bois touffu et s'assit au pied d'un grand chêne, sur un tertre couvert de mousse. Pas un souffle de vent ; les oiseaux eux-mêmes ne chantaient plus ; la nature semblait plongée dans une sorte de torpeur. Seul le martèlement cadencé d'un pivert au travail ponctuait le lourd silence et rendait l'impression de solitude plus accablante. Tom était plongé dans ses pensées, de tristes pensées à l'unisson de l'ambiance environnante. Longtemps il resta assis, le menton dans ses mains, les coudes sur les genoux, absorbé dans une profonde méditation. La vie lui semblait un fardeau insupportable ; il se prenait à envier Jimmy Hodges, qui venait de disparaître. Oh ! s'assoupir pour toujours, ne plus penser à rien, ne plus s'inquiéter de rien ! Rêver pour l'éternité sous les arbres du cimetière tandis que le vent agiterait les feuilles et ferait onduler l'herbe sur la tombe... Ne plus avoir d'ennuis, ne plus avoir de soucis ! Si seulement il avait un carnet intact à l'école du dimanche, il eût volontiers consenti à disparaître et à en finir avec ça.

Et cette petite ! Que lui avait-il fait ? Rien. Il avait agi dans les meilleures intentions du monde, et elle l'avait traité comme un chien. Oui, comme un chien. Un jour trop tard peut-être, elle regretterait ce qu'elle avait fait. Ah ! si seulement il pouvait mourir *momentanément !*

Mais les réflexions d'un gamin sont trop instables pour suivre longtemps le même chemin. Insensiblement la pensée de Tom se reporta sur les soucis de l'existence présente. Pourquoi ne pas tout abandonner, disparaître mystérieusement ? aller, s'en aller loin, très loin, au-delà des mers, dans des pays inconnus, pour ne plus jamais revenir ? Qu'est-ce qu'elle éprouverait alors ? Oui, il avait bien pensé à s'engager dans un cirque ; mais il n'envisageait plus cette éventualité que pour la rejeter. Il ne saurait être question de colifichets, de calembredaines, de déguisements bariolés, quand on se sent né pour planer dans les régions du romantisme. Non. Il serait soldat, et après de nombreuses campagnes il reviendrait, chargé d'ans et de gloire. Mieux encore... il irait chez les Indiens, il chasserait le buffle, s'engagerait sur le sentier de la guerre et dans les grandes plaines sans pistes du Far West. Il deviendrait un grand chef, il serait tout couvert de plumes, il aurait la figure toute tatouée ; et puis, un moite et lourd matin d'été il reviendrait, il ferait irruption dans l'école du dimanche en poussant un cri de guerre si terrifiant que tous ses camarades en dessécheraient de jalousie. Fi donc ! il y avait mieux encore à faire ! Etre pirate ! Oui, c'est cela ! Voilà l'avenir qui s'offrait à lui dans toute sa splendeur. Sa renommée s'étendrait sur le monde entier et les bonnes gens se signeraient au seul bruit de son nom ! Quelle ivresse n'éprouverait-il pas à parcourir les mers sur son vaisseau rapide et léger, le *Génie des Tempêtes,* arborant au mât de misaine son lugubre drapeau ! A l'apogée de sa gloire il apparaîtrait soudain dans son village natal ; il entrerait dans le temple, le visage hâlé par les intempéries, vêtu d'un justaucorps de velours noir, de chausses noires, de bottes noires, portant une écharpe rouge, les pistolets d'arçon à la ceinture, le poignard au côté, le chapeau à plumes sur la tête, son lugubre drapeau flottant au vent. Avec quelles délices n'entendrait-il pas les gens chuchoter sur son passage : « C'est Tom Sawyer le Pirate, le Vengeur Noir de la Mer des Antilles ! »

Sa décision était prise, il avait choisi sa carrière. Dès le lendemain il quitterait la maison et commencerait sa nouvelle vie. Il lui fallait donc se préparer dès maintenant et rassembler tout ce qu'il possédait. Il alla vers un tronc d'arbre abattu qui se trouvait près de lui et, à l'une des extrémités, il se mit à creuser un trou en terre avec son canif. Tout à coup il heurta un objet en bois qui sonnait le creux. Il plongea la main dans le trou et avec recueillement prononça l'incantation rituelle :

— Que ce qui n'est pas venu vienne, que ce qui est venu reste !

Continuant à creuser, il dégagea une planche qu'il sortit du trou. Sous la planche, il y avait une cachette formée de pierres plates, et dans la cachette une bille. Prodigieusement étonné Tom se gratta la tête et s'écria :

— Ça, c'est un comble !

Avec humeur, Tom jeta la bille au loin, puis il réfléchit. Il venait de constater qu'une superstition, que ses camarades et lui avaient toujours considérée comme infaillible, se révélait inopérante. Elle consistait à enterrer une bille en prononçant certaines formules magiques, à laisser les choses en l'état pendant quinze jours, à rouvrir ensuite le trou en prononçant les mêmes incantations : moyennant quoi on devait retrouver, réunies dans la cachette, toutes les billes qu'on avait perdues jusqu'à ce jour, et ce, quel que soit l'endroit où on les avait perdues. Dans le cas actuel la recette avait lamentablement échoué. La confiance de Tom était fortement ébranlée. Jusqu'à présent il n'avait entendu parler que de réussites, et jamais d'insuccès. Il ne tenait pas compte des expériences qu'il avait lui-même tentées à plusieurs reprises car il n'avait jamais pu retrouver les cachettes. Il réfléchit et fut d'avis qu'une sorcière avait dû se mêler de l'affaire et rompre le charme. Il résolut d'étudier la question plus à fond afin de se faire une opinion, et chercha aux alentours jusqu'à ce qu'il ait trouvé une petite surface sablonneuse au centre de laquelle il y eût une dépression en forme d'entonnoir. L'ayant trouvée, il se baissa et, la bouche tout contre le sable, il appela :

— Cloporte, cloporte, dis-moi ce que je veux savoir ! Cloporte, cloporte, dis-moi ce que je veux savoir !

Le sable commença à remuer et Tom vit apparaître un petit insecte noir qui, effrayé, disparut bientôt dans une galerie adjacente.

— Il n'a rien dit. C'est donc vrai qu'il y avait une sorcière là-dessous. Je m'en doutais.

Entrer en lutte contre les sorcières, c'était aller au-devant d'un échec. Tom n'insista pas. Mais après tout, pourquoi ne s'approprierait-il pas la bille qu'il venait de retrouver ? Il entreprit de méticuleuses recherches mais en vain. Alors il revint à la cachette et, se plaçant dans la position qu'il occupait quand il avait jeté la bille, il sortit une autre bille de sa poche et la lança exactement de la même façon en disant :

— Sœur, va rejoindre ta sœur.

Repérant soigneusement l'endroit où elle tombait, il y courut et regarda. Mais son tir avait été trop court ou trop long ; il dut recommencer deux fois. Le dernier essai fut couronné de succès : les deux billes étaient à quelque trente centimètres l'une de l'autre.

A cet instant la sonnerie d'une trompette d'enfant se fit entendre. Alors Tom retira sa veste et sa culotte, transforma ses bretelles en ceinture, écarta quelques broussailles derrière le vieux tronc, tira du fourré un arc, une flèche, une épée de bois, une autre trompette, et muni de tout ce fourniment, il s'élança en avant, les jambes nues, la chemise au vent. Arrivé sous un grand orme il souffla à son tour dans sa trompette et, marchant sur la pointe des pieds, la main en auvent sur les yeux, il regarda dans toutes les directions. S'adressant à une escorte imaginaire il dit :

— Silence, mes braves ! Restez cachés jusqu'à ce que je sonne du cor.

Et Jo Harper apparut, aussi légèrement vêtu et aussi formidablement armé que Tom.

— Halte ! s'écria Tom ; qui donc pénètre dans la forêt de Sherwood sans ma permission ?

— Guy de Guisborne n'a besoin de la permission de personne. Et qui donc es-tu pour... pour...

— Tenir un pareil langage, souffla Tom en achevant la réplique car l'un et l'autre jouaient de mémoire et ils répétaient mot pour mot les phrases de leur livre.

— Qui donc es-tu pour tenir un pareil langage ?

— Qui je suis ? Je suis Robin des Bois ; ta chétive carcasse l'apprendra bientôt.

— C'est toi le redoutable hors-la-loi ? Je tiens à

honneur de te disputer le passage sous ces grands arbres. En garde !

Ils saisirent leurs épées, se débarrassèrent du reste de leur attirail, prirent la position réglementaire, pied contre pied, et commencèrent un combat en règle, deux en prime et deux en quarte. Au bout de quelques passes d'armes les deux combattants étaient en nage.

— Je te touche et tu meurs, s'écria Tom. Pourquoi est-ce que tu ne tombes pas ?

— Je ne tombe pas, c'est à toi de tomber, répliqua Joe. C'est toi qui n'en peux plus.

— Eh bien quoi ? ça ne fait rien. Je ne peux pas tomber. Dans le bouquin il y a : « Alors, d'un coup de revers, il tua le pauvre Guy de Guisborne. » Tu dois te retourner et je te touche dans le dos.

La citation faisait foi ; rien à dire. Joe se retourna, reçut le coup et tomba.

— Maintenant, dit Joe, à moi de te tuer. Chacun son tour.

— Je n'y peux rien, ça n'est pas dans le texte.

— Eh bien, ça n'est pas juste : voilà tout.

— Ecoute, Joe ; tu n'as qu'à faire Frère Tuck, et m'étriller avec un bâton de pèlerin, ou le fils de Much le Meunier. Comme ça tu pourras me laisser pour mort. Ou alors je vais faire le shérif de Nottingham, toi tu feras Robin des Bois et tu me tueras.

Ainsi Joe eut satisfaction. Ensuite Tom redevint Robin des Bois ; la nonne perfide le laissa perdre tout son sang par sa blessure ouverte. Joe, personnifiant toute une tribu de hors-la-loi en pleurs, le releva et lui mit son arc en main.

— Là où tombera cette flèche, dit Tom, c'est là que vous enterrerez le pauvre Robin des Bois.

Avec son arc il tira une dernière flèche et s'affaissa ; mais, tombant sur un lit d'orties, il se releva plus précipitamment qu'il n'eût convenu à un moribond.

Les deux gamins se rhabillèrent et rangèrent leurs équipements dans leurs cachettes respectives. Ils rentrèrent en trouvant que c'était bien dommage qu'il n'y eût plus de hors-la-loi et en se demandant ce que la civilisation moderne pouvait bien se vanter d'avoir fait pour compenser cette perte.

Quant à eux, ils aimaient mieux être hors-la-loi pendant un an dans la forêt de Sherwood que président des Etats-Unis pour le restant de leurs jours.

IX
Drame dans un cimetière

A neuf heures, cette nuit-là, Tom et Sid montèrent se coucher comme d'habitude. Ils firent leur prière et Sid ne tarda pas à s'endormir. Tom resta éveillé et attendit ; il bouillait d'impatience. A un moment où il croyait que le jour allait se lever, il entendit la pendule sonner dix heures ; c'était désespérant. Il s'énervait ; il aurait voulu bouger mais il avait peur de réveiller Sid. Et il se tint coi, les yeux grands ouverts dans le noir. Le silence était sinistre. Petit à petit, dans l'obscurité, de légers bruits se firent entendre ; la marche de la pendule devint perceptible, les meubles et l'escalier craquèrent. De toute évidence les fantômes étaient en promenade. Un ronflement régulier provenait de la chambre de tante Polly. Un grillon, impossible à repérer, émit son grésillement monotone. A l'intérieur du mur, à la tête de son lit, Tom entendit le tic-tac sinistre d'un « death-wath »[1], qui lui fit dresser les cheveux sur la tête : cela signifiait que les jours de quelqu'un étaient comptés. Dans le lointain, l'aboiement d'un chien éveilla un autre aboiement, plus lointain encore. Tom n'en pouvait plus. Il se dit que le temps avait dû faire place à l'éternité. Malgré tous ses efforts il commença à somnoler ; la pendule sonna onze heures mais il ne l'entendit pas. Dans un demi-sommeil il crut percevoir le miaulement lugubre d'un chat. Une fenêtre s'ouvrit ; on entendit : « Encore cette sale bête ! » Contre le mur du hangar à bois de sa tante,

1. Le « death-watch » est un insecte dont le cri ressemble à s'y méprendre au tic-tac d'une horloge. (*N.d.T.*)

Tom entendit un bruit de bouteille cassée qui acheva de le réveiller. Une minute après il était habillé, passait par la fenêtre et rampait à quatre pattes le long du toit de l'appentis. En chemin il miaula une ou deux fois avec précaution ; puis il passa sur le toit de l'appentis et sauta à terre. Huckleberry Finn l'attendait avec son chat mort. Les deux gamins disparurent dans l'obscurité. Une demi-heure après ils foulaient du pied les hautes herbes du cimetière.

C'était un cimetière à l'ancienne mode de l'Ouest. Il occupait le sommet d'une colline, à environ deux kilomètres et demi du village ; il était entouré d'une clôture irrégulière de planches mal équarries, penchées tantôt vers le dedans, tantôt vers le dehors, mais jamais droites. De mauvaises herbes prospéraient sur toute son étendue. Toutes les tombes anciennes s'étaient effondrées ; il n'y avait plus une seule pierre tombale intacte. Des planches à moitié pourries se dressaient de travers sur les tombes, cherchaient un point d'appui qu'elles ne trouvaient pas. Sur ces panneaux de bois, jadis, la mention : « A la mémoire de... » avait bien été peinte, mais sur la plupart d'entre eux il n'aurait plus été possible de la déchiffrer, même en plein jour.

Les arbres bruissaient sous la caresse du vent. Tom croyait entendre la plainte des âmes des morts, dérangées dans leur repos. Tout décontenancés, les deux gamins, parlant à voix basse, n'échangeaient que de rares réflexions. En un tel endroit, à pareille heure, le profond silence et l'ambiance d'austérité les paralysaient. Ils trouvèrent la tombe fraîchement creusée qu'ils cherchaient et se dissimulèrent dans un bouquet d'ormes à proximité. Ils attendirent quelques instants qui leur parurent interminables. Le hululement d'un chat-huant troubla le silence. Tom n'en pouvait plus ; il étouffait du besoin de parler. Il chuchota :

— Hucky, est-ce que tu crois que ça leur fait plaisir, aux morts, que nous soyons là ?

— Je n'en sais rien, répondit Huckleberry sur le même ton, et je voudrais bien le savoir ; c'est impressionnant.

— Tu parles.

Il y eut un silence, puis Tom reprit :

— Dis donc, Huck, crois-tu que le vieux Williams entend ce que nous disons ?

— Bien sûr qu'il nous entend. En tout cas son âme.

— Oui, j'aurais dû dire *Monsieur* Williams. Mais je n'ai pas voulu le froisser : tout le monde l'appelle le vieux.

— On ne fait jamais assez attention à ce qu'on dit des morts, Tom.

La réflexion de Huck jeta un froid ; le silence régna de nouveau. Tout à coup Tom saisit le bras de son camarade.

— Chut !

— Qu'est-ce qu'il y a ? demanda Huck, le cœur battant.

— Chut ! tiens, on entend quelque chose. Tu n'entends pas ?

— Si. Ils viennent, ça c'est sûr. Qu'est-ce qu'on va faire ?

— Sais pas. Tu crois qu'ils nous voient ?

— Pas de doute ; ils voient dans le noir comme les chats. Je voudrais bien être ailleurs, moi.

— Allons, du cran. Je ne crois pas qu'ils nous en veuillent ; nous ne faisons rien de mal. Peut-être que si nous ne bougeons pas ils ne nous remarqueront pas.

— Je veux bien essayer de rester tranquille, Tom, mais je ne réponds de rien : je tremble comme une feuille.

— Chut ! écoute.

Les deux gamins retinrent leur respiration. On entendait un vague murmure de voix venant de l'autre bout du cimetière.

— Regarde là-bas ! murmura Tom. Qu'est-ce que c'est ?

— Ça doit être un feu follet. Oh ! Tom, j'ai peur.

Plusieurs formes indistinctes s'approchaient dans l'obscurité ; l'une d'elles balançait une lanterne de fer-blanc qui projetait sur le sol d'innombrables petites lumières. Huck reprit :

— Pour sûr, ce sont les diables. Ils sont trois. Tom, nous sommes fichus. Est-ce que tu sais tes prières ?

— Oui. Mais ne t'en fais donc pas ; ils ne nous

feront pas de mal. Tiens, je vais me coucher par terre et faire semblant de dormir, et puis...

— Chut ! tais-toi.

— Qu'est-ce qu'il y a, Huck ?

— Ce sont des vivants. En tout cas il y en a un : je reconnais la voix de Muff Potter.

— Sans blague ?

— Si ; je la connais bien. Ne remue pas, ne bouge pas. Il n'est pas en état de nous voir. Cette vieille fripouille ! Il doit être saoul comme d'habitude.

— Entendu ; je ne bouge pas. Les voilà qui s'arrêtent ; ils sont en panne. Trouveront, trouveront pas. Les voilà qui se rapprochent. Maintenant ils brûlent ; là, c'est froid ; là, ils brûlent. Cette fois-ci ils y sont. Dis donc, Huck, il y a une autre voix qui ne m'est pas inconnue : celle de Joe l'Indien.

— C'est ma foi vrai ! c'est bien ce métis de malheur ! J'aimerais mieux avoir affaire à de vrais diables. Qu'est-ce qu'ils viennent faire ici ?

Les deux gamins se turent car les trois hommes étaient maintenant près de la tombe et se trouvaient ainsi à quelques pas de leur cachette.

— C'est ici, dit la troisième voix dont le propriétaire, soulevant la lanterne, s'éclaira le visage. C'était le jeune docteur Robinson.

Potter et Joe l'Indien portaient un brancard sur lequel il y avait une corde et deux bêches. Ils déposèrent leur fardeau et commencèrent à creuser la terre. Le docteur mit la lanterne sur la tombe, à l'endroit de la tête du mort, et vint s'asseoir, le dos à l'un des ormes. Il était si près des enfants que ceux-ci auraient pu le toucher.

— Dépêchons, les gars, dit-il ; la lune peut se montrer d'un instant à l'autre.

Les deux hommes marmonnèrent une vague réponse et continuèrent à creuser. On n'entendait plus que le bruit monotone des bêches remuant la terre et le gravier. Finalement l'un des outils heurta le cercueil avec un bruit sourd et une minute ou deux après, les deux hommes le sortirent de terre. De leurs bêches ils forcèrent le couvercle, retirèrent le corps qu'ils laissèrent brutalement retomber sur le sol. La lune émergea de derrière un nuage et éclaira en plein la face du mort. Ils mirent le cadavre sur la civière, l'enveloppèrent d'une couverture et ficelèrent le tout. Potter tira de sa poche un couteau à cran d'arrêt, coupa l'extrémité de la corde et dit :

— Docteur, le travail est fait. Maintenant vous n'avez plus qu'à nous aligner un autre billet de cinq dollars. Sinon on vous laisse vous débrouiller avec le macchabée.

— Voilà qui est parler, dit Joe l'Indien.

— Voyons, qu'est-ce que ça signifie ? s'écria le docteur. Vous m'avez demandé de vous payer d'avance, je vous ai payés.

— Sans doute, mais vous avez fait mieux que ça, répliqua Joe l'Indien en s'avançant vers le docteur qui s'était levé. Il y a cinq ans vous m'avez chassé de la cuisine de votre père, un soir que j'étais venu vous demander quelque chose à manger, et vous m'avez dit que si j'étais là ce n'était sûrement pas pour faire de bonne besogne. Et quand je vous ai promis qu'un jour j'aurais ma revanche, même si pour cela je devais attendre cent ans, votre père m'a fait mettre en prison pour vagabondage. Vous croyez que j'ai oublié ? Ce n'est pas pour rien que j'ai du sang indien dans les veines. Maintenant je vous tiens et nous allons régler nos comptes !

Il menaçait le docteur, lui mettant son poing dans la figure. Le docteur riposta d'un crochet qui mit le drôle par terre. Potter lâcha le couteau et s'écria :

— Eh là ! ne touchez pas au copain !

Il empoigna le docteur à bras-le-corps ; les deux hommes engagèrent sur l'herbe une lutte farouche, martelant le sol de leurs talons. Joe l'Indien s'était relevé, ses yeux flamboyaient de colère. Il ramassa le couteau de Potter et, tournant comme une bête fauve autour des deux combattants, guetta l'occasion d'intervenir. Tout à coup le docteur se dégagea, s'empara d'une pièce de bois provenant de la tombe de Williams et en porta à Potter un coup qui l'étendit sur le sol. Alors Joe l'Indien bondit, plongea le couteau jusqu'à la garde dans la poitrine du jeune homme, qui chancela et s'écroula sur Potter en le couvrant de sang. A ce moment la lune disparut derrière les nuages et cacha ce spectacle aux yeux

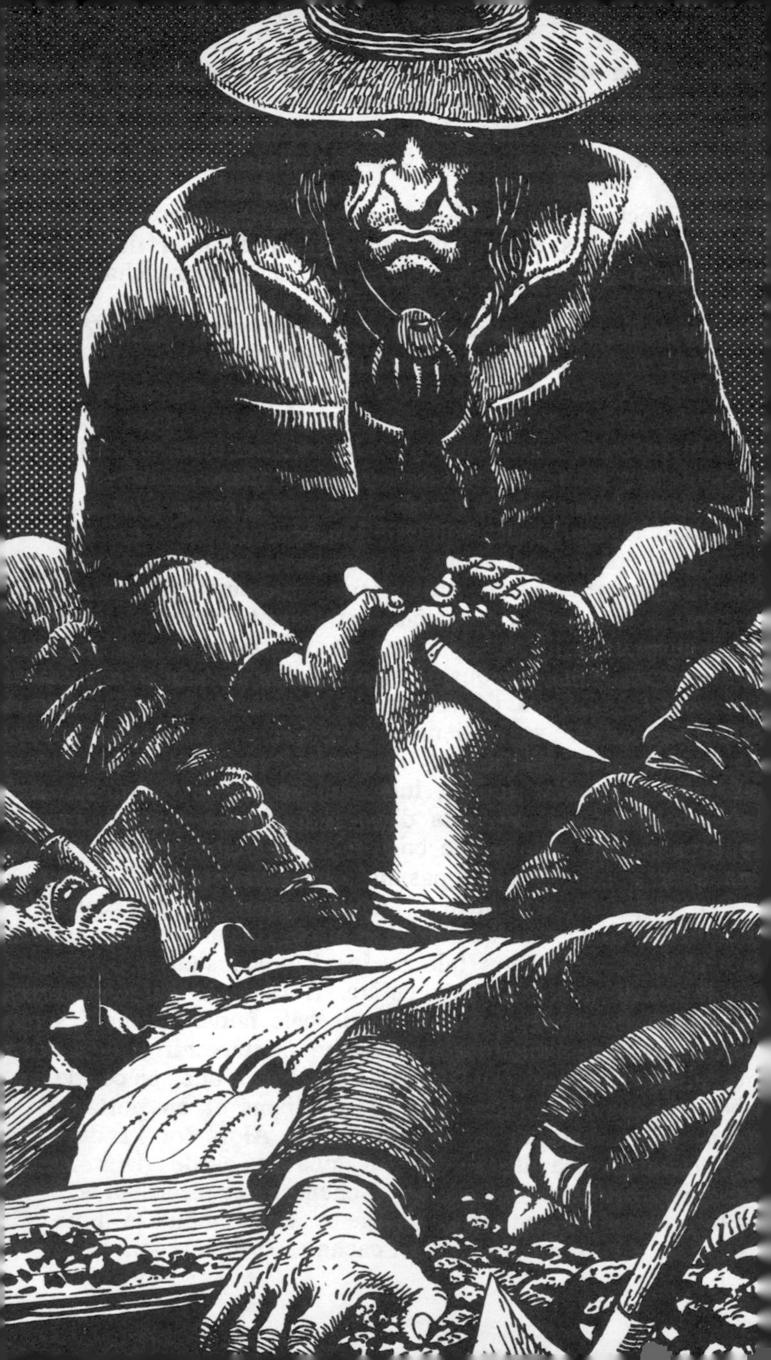

des gamins qui, épouvantés, s'enfuirent dans l'obscurité de toute la vitesse de leurs jambes.

Quand la lune reparut, l'Indien regardait les deux corps étendus à ses pieds. Le docteur murmura quelques syllabes inarticulées ; son corps fut agité d'un frisson et il rendit le dernier soupir.

— Notre compte est réglé, murmura le métis ; le diable t'emporte.

Il vida les poches du cadavre, plaça le poignard fatal dans la main droite de Potter, puis alla s'asseoir sur le cercueil ouvert. Trois, quatre, cinq minutes s'écoulèrent. Potter commença à remuer, puis à gémir. Sa main se referma sur le poignard ; il le leva en l'air, le regarda d'un œil terne et, avec un tremblement, le laissa retomber. Puis il se dressa sur son séant, repoussa le cadavre et, d'un air hébété, regarda autour de lui. Son regard rencontra celui de Joe l'Indien.

— Qu'est-ce que cela veut dire ? demanda-t-il.

— Sale affaire, répondit Joe sans s'émouvoir. Qu'est-ce qui t'a pris ?

— Moi ? Ce n'est pas moi qui ai fait cela !

— Ne nie pas, ça ne sert à rien.

Potter se mit à frissonner et devint blanc comme un linge.

— Je croyais pourtant bien que je n'étais plus saoul. Je n'aurais pas dû boire cette nuit. Mais j'ai encore la tête lourde, pire que quand nous sommes partis. Je... je n'y suis plus du tout... Je ne peux pas me rappeler ce qui est arrivé. Dis-moi, Joe, vrai de vrai, mon vieux, est-ce que c'est moi qui ai fait ça ? Joe, je n'ai jamais voulu le faire..., je le jure sur l'honneur. Dis-moi comment ça s'est passé... C'est affreux ! Un homme si jeune et si plein d'avenir...

— Eh bien voilà. Vous vous battiez tous les deux ; il a pris ce bout de bois et il t'en a assené un coup qui t'a flanqué par terre. Tu t'es relevé en titubant, comme tu as pu ; tu as attrapé ton couteau, tu le lui as enfoncé dans le corps juste au moment où il te frappait une seconde fois, et sous le choc tu es resté sans connaissance jusqu'à maintenant.

— Oh ! je ne savais pas ce que je faisais. Que je meure si je ne dis pas la vérité ! Tout ça, c'est la faute

au whisky et à l'état dans lequel j'étais. Jamais de ma vie jusqu'à maintenant je ne me suis servi d'une arme. Je me suis battu, oui, mais jamais avec des armes. Ça, tout le monde peut le dire. Joe, il ne faut pas raconter ça. Tu es un bon type, Joe ; ne raconte pas ça. J'ai toujours eu de la sympathie pour toi, j'ai toujours pris ton parti ; tu te souviens ? Tu ne vas pas raconter ça, dis, Joe ?

Le malheureux tomba à genoux devant le misérable meurtrier et il le supplia en joignant les mains.

— Non, tu as toujours été un bon copain, Muff Potter, et je ne te dénoncerai pas. Je ne suis pas un faux frère.

— Tu es un chic type, Joe. Rien que pour ça je te bénirai jusqu'à la fin de mes jours.

Et Potter fondit en larmes.

— Allons, ça suffit ; ce n'est pas le moment de pleurnicher. Allons-nous-en chacun de notre côté, toi par ici et moi par là. Grouille-toi et surtout ne laisse pas de traces derrière.

Potter s'éloigna, lentement d'abord, et bientôt se mit à courir. Le métis le suivit des yeux et murmura :

— S'il est aussi abruti du coup qu'il a reçu, et aussi saoul du rhum qu'il a bu, qu'il en a l'air, il ne pensera plus à son couteau avant qu'il ne soit trop loin pour oser revenir le chercher tout seul. Poule mouillée, va !

Quelques minutes plus tard, le docteur assassiné, le cadavre de Williams dans sa couverture, le cercueil abandonné et la tombe ouverte n'avaient plus que la lune pour témoin.

Le silence régnait à nouveau dans le cimetière.

X
Le serment

Muets de terreur, les deux gamins fuyaient en direction du village. De temps en temps ils jetaient timidement un regard en arrière comme s'ils avaient peur d'être suivis. La vue d'une souche sur leur chemin leur coupait la respiration : ils croyaient chaque fois voir un homme, c'est-à-dire un ennemi ; et quand ils passèrent en trombe près des premiers cottages isolés aux abords du village, l'aboiement des chiens de garde leur donnait des ailes.

— Si seulement... nous avons la force... d'arriver... jusqu'à la vieille tannerie ! fit Tom hors d'haleine. Je ne vais plus... pouvoir... aller très loin.

Huckleberry était hors d'état de répondre autrement que par des halètements précipités.

Les deux enfants avaient les yeux braqués sur le but à atteindre et y consacraient tous leurs efforts. Peu à peu la distance diminuait ; bientôt ils se ruaient ensemble par la porte entrouverte, et épuisés, mais radieux, s'allongeaient sur le sol dans l'obscurité tutélaire d'un hangar. Leur essoufflement ne tarda pas à se calmer. Tom chuchota :

— Huckleberry, comment penses-tu que ça va finir ?

— Si le docteur Robinson meurt, il y aura sûrement quelqu'un de pendu.

— Tu crois ?

— Mais je le sais, Tom.

Tom réfléchit puis demanda :

— Mais qui va raconter cette histoire ? Nous ?

— Pas de bêtises. Une supposition qu'il arrive quelque chose et que Joe l'Indien ne soit pas pendu ? Il nous tuera un jour ou l'autre, aussi sûr que nous sommes là.

— C'est justement ce que je pensais.

— Si quelqu'un parle, que ce soit Muff Potter s'il est assez bête pour le faire. Il est souvent assez saoul pour cela, en tout cas.

Tom réfléchit à nouveau un instant, puis il murmura :

— Après tout, Huck, Muff Potter ne sait pas exactement comment ça s'est passé ; qu'est-ce que tu veux qu'il dise ?

— Pourquoi ne sait-il pas ?

— Parce que, quand Joe l'Indien a fait le coup, Potter venait de se faire estourbir. Crois-tu qu'il a pu voir quelque chose ? Penses-tu qu'il se soit rendu compte de quelque chose ?

— C'est vrai ça, Tom.

— Et si le coup l'avait achevé ? S'il est mort ?

— Ça, non, ça c'est peu probable. Il avait du vent dans les voiles, c'était visible à l'œil nu ; et d'ailleurs il a toujours du vent dans les voiles. Tu sais, quand papa est saoul on l'assommerait avec une cathédrale qu'il ne s'en porterait pas plus mal ; c'est lui-même qui le dit. Eh bien, il n'y a pas de raison pour qu'avec Potter ça ne soit pas la même chose. Mais un homme qui n'est pas saoul, peut-être qu'il aurait été assommé du coup ; ça, je ne sais pas.

Après un nouveau moment de réflexion Tom ajouta :

— Hucky, es-tu sûr que tu pourras garder le secret ?

— Tom, il *faut* que nous le gardions. Tu le sais. Si nous ne tenons pas notre langue, suppose que ce diable d'Indien ne soit pas pendu, il ne se gênera pas pour nous noyer tous les deux comme une portée de chats. Ecoute, Tom, il n'y a qu'une chose à faire : nous allons jurer l'un à l'autre de ne pas souffler mot de cette histoire.

— Entendu, Huck, c'est ce qu'il y a de mieux à faire. Lève la main et jure que...

— Oh non, ça ne colle pas. Jurer comme ça, c'est bon pour des petites blagues de rien du tout, surtout avec les filles. Juré ou pas juré, pour peu qu'elles prennent la mouche, elles s'empressent de tout raconter. Mais pour un truc de cette importance, il faut écrire, et écrire avec du sang.

Tom applaudit de tout cœur à cette idée. L'affaire était sérieuse, ténébreuse, solennelle ; l'heure, les circonstances, le lieu se prêtaient à cette mise en scène. Il ramassa une planchette de sapin qui se trouvait sur un tas de décombres, prit dans sa poche un morceau de craie rouge, s'installa de telle sorte que la lune éclairât son travail et, avec application, se mordant la langue à chaque « plein » et desserrant les dents à chaque « délié », griffonna péniblement les lignes suivantes :

"Huck Finn and
Tom Sawyer swears
they will keep mum
about This and They
wish they may Drop
down dead in Their
tracks if They ever
Tell and Rot"

« Huck Finn et Tom Sawyer jure (sic) *de garder le secret là-dessus et ils souhaitent de tomber raides morts sur leur chemin s'ils parlent et de tomber en pourriture. »*

Huckleberry admira l'élégance de la rédaction de Tom et l'aisance avec laquelle il se tirait de cette tâche difficile. Tirant une épingle du revers de sa veste, il allait se piquer quand Tom l'arrêta :

— Ne fais pas ça, c'est du cuivre. Peut-être qu'il y a du vert-de-gris dessus.

— Qu'est-ce que c'est que ça, du vert-de-gris ?

— C'est du poison. Essaie un peu d'en avaler une fois et puis tu verras.

Tom ôta le fil d'une de ses aiguilles ; l'un après l'autre les gamins se piquèrent l'extrémité du pouce et en firent jaillir une goutte de sang. En se servant comme plume de la pointe de son petit doigt, Tom réussit, après plusieurs pressions de son pouce, à dessiner ses initiales ; puis il montra à Huckleberry comment faire un H et un F, et le pacte fut signé. Ils enterrèrent ensuite la planchette près d'un mur en accompagnant cette opération de cérémonies et d'incantations diverses. Pour eux, ce fut comme s'ils s'étaient fermé la bouche avec un cadenas dont ils jetaient la clef au vent.

A l'autre extrémité du bâtiment où ils se trouvaient, une silhouette se glissa furtivement par une brèche dans le mur ; mais les enfants ne s'aperçurent de rien.

— Tom, chuchota Huckleberry, est-ce que ça nous préserve à tout jamais de parler de cette affaire ?

— Bien sûr. Quoi qu'il arrive nous devons nous taire, nous tomberions raides morts... tu le sais bien.

— Oui, évidemment.

Ils continuèrent à bavarder à voix basse. Tout à coup, au-dehors, à quelques pas d'eux, un chien poussa un hurlement lugubre, interminable. Les deux enfants, à moitié morts de peur, se cramponnèrent l'un à l'autre.

— Auquel de nous deux est-ce qu'il en veut ? hoqueta Huckleberry.

— Sais pas ; regarde par la fente, là, vite.

— Non ; regarde, toi !

— Je... je ne peux pas, Huck !

— Va voir, Tom ; le voilà qui recommence.

— Sauvés ! Dieu merci, je reconnais son aboiement, dit Tom. C'est le chien des Harbison.

— Ah ? Eh bien, tant mieux ; je peux te le dire, je

n'en menais pas large. J'aurais parié n'importe quoi que c'était un chien perdu.

Le chien hurla de nouveau. Encore une fois le cœur des enfants se serra.

— Malédiction ! ce n'est pas le chien des Harbison ! murmura Huckleberry. Regarde, Tom.

Tom, plus mort que vif, appliqua son œil à la fente. D'une voix étranglée il dit :

— Oh, Huck ! c'est un chien perdu !

— Dis vite, Tom ; à qui de nous deux en veut-il ?

— Je crois bien que c'est aux deux ; nous sommes ensemble.

— Oh ! Tom, ça y est, nous sommes fichus. Je ne sais que trop où ça va me mener, tout ça, moi qui en ai fait de toutes les couleurs.

— Pardi ! Tout ça vient d'avoir fait un tas de choses qu'on vous défend. J'aurais pu être un bon petit garçon bien sage, comme Sid, si j'avais voulu... Mais non, je ne voulais pas. Ah ! si j'en réchappe tu peux être sûr que je ne démarrerai plus de l'école du dimanche !

Et Tom fit entendre un reniflement.

— Toi ! dit Huckleberry en reniflant à son tour, — toi, tu es un petit saint à côté de moi. Je voudrais bien avoir la moitié des chances que tu as de t'en tirer.

Tom faillit s'étrangler :

— Regarde, Hucky, regarde ! Il nous tourne le dos !

Hucky ne se tenait pas de joie.

— C'est ma foi vrai ! Et avant ?

— C'était la même chose mais je n'y ai pas pensé. Oh ! ça, c'est une affaire. Mais à qui peut-il bien en avoir ?

Le chien cessa de hurler. Tom dressa l'oreille.

— Chut ! qu'est-ce que c'est que ça ?

— On dirait... un grognement de cochon. Non ; c'est quelqu'un qui ronfle.

— C'est ça. Mais d'où est-ce que ça vient ?

— Je crois que c'est à l'autre bout. En tout cas ça en a l'air. C'est arrivé à papa de dormir là, avec les cochons, mais lui il a un ronflement que je reconnaîtrais entre mille ; il bat tous les records. Et puis il ne vient plus dans ce patelin.

Chez les gamins l'esprit d'aventure reprenait ses droits.

— Hucky, si je vais voir, tu viens ?

— Je n'aime pas beaucoup ça. Des fois que ça serait Joe l'Indien...

Devant un tel argument, Tom hésita mais la tentation fut la plus forte : les enfants conclurent qu'ils iraient voir mais qu'ils se sauveraient au plus vite dans le cas où le ronflement cesserait. Ils se mirent en marche l'un derrière l'autre, sur la pointe des pieds. A quelques pas du ronfleur, Tom marcha sur une planche qui cassa avec un bruit sec. Le dormeur poussa un grognement et se retourna. Son visage apparut dans le clair de lune : c'était Muff Potter. Quand le dormeur avait remué, les enfants avaient eu très peur ; mais maintenant ils étaient rassurés. Toujours sur la pointe des pieds et en évitant les planches cassées, ils se retirèrent. Le chien recommença à hurler. Cette fois il était tout près de Potter et lui faisait face le nez en l'air.

— Oh ! c'est lui ! s'exclamèrent les deux gamins en même temps.

— Dis donc, Tom, paraît qu'il y a quinze jours un chien perdu est venu hurler à minuit près de la maison de Johnny Miller. Le même soir on a entendu un engoulevent ; n'empêche qu'il n'y a encore personne de mort.

— Je sais ; mais est-ce que Gracie Miller ne s'est pas terriblement brûlée en tombant dans le feu de la cuisine le samedi suivant ?

— Possible ; mais elle n'est pas morte et, qui plus est, elle va mieux.

— Attends voir. Elle ne tardera pas à s'en aller, tout comme Muff Potter. Les nègres le disent et ils savent un tas de choses là-dessus.

Les deux gamins se séparèrent, perdus dans leurs réflexions. Quand Tom rentra dans sa chambre par la fenêtre, la nuit était déjà très avancée. Il se déshabilla avec précaution et se coucha en se félicitant que personne n'ait eu vent de son escapade. Il ne pouvait pas savoir que Sid, qui faisait semblant de ronfler, était éveillé depuis une heure.

Quand Tom se réveilla, Sid s'était habillé et était parti. Le soleil était haut dans le ciel, l'atmosphère n'avait rien de matinal. Il s'étonna. Pourquoi ne l'avait-on pas appelé, pourquoi ne l'avait-on pas persécuté jusqu'à ce qu'il se lève, comme d'habitude ? Tom eut le pressentiment de quelque chose d'anormal. En hâte il s'habilla, et au bout de cinq minutes il descendit l'escalier ; il était tout courbatu et il avait sommeil. Les autres membres de la famille étaient encore à table, mais ils avaient fini leur petit déjeuner. Pas un mot de reproche ne lui fut adressé, mais les yeux se détournaient de lui ; un silence aussi solennel glaça le cœur du coupable. Il s'assit et tenta de paraître gai mais la tâche était au-dessus de ses forces : personne ne sourit, personne ne répondit ; il se tut, le courage lui manquait.

Après le déjeuner sa tante le prit à part. Tom était presque joyeux à l'idée d'être fouetté, mais son espoir fut déçu. La tante pleura, lui demanda comment il avait le cœur de lui faire tant de peine ; s'il continuait il se perdrait de réputation et lui causerait tant de chagrin qu'elle en mourrait, tout effort de sa part étant désormais inutile. Ces reproches firent à Tom plus d'effet que bien des fessées ; il pleura, demanda pardon, multiplia les promesses de se corriger mais sentit bien qu'il n'obtenait qu'un pardon réticent et n'inspirait qu'une confiance mitigée.

Quand il sortit, il était trop démoralisé pour s'en prendre à Sid, de sorte que celui-ci n'eut même pas besoin de se ménager une ligne de retraite par la porte de derrière. Tom reprit tristement le chemin de l'école. En compagnie de Joe Harper il fut fouetté pour avoir fait l'école buissonnière la veille, et supporta cette punition avec l'air dégagé de quelqu'un qui est au-dessus de ça et qui en a vu d'autres. Il alla se rasseoir, les coudes sur la table et le menton dans les mains, et regarda le mur d'un œil atone comme s'il avait atteint les dernières limites de la souffrance. Son coude heurta quelque chose de dur : c'était un objet enveloppé dans du papier. Il le déplia ; il poussa un long soupir et son cœur se brisa...

C'était l'anneau de cuivre qu'il avait offert à Becky ! Son malheur passait son espérance...

XI
Scrupules de conscience

Le lendemain, dès midi, tout le village était au courant des lugubres événements de la nuit. La nouvelle courut de bouche en bouche, de groupe en groupe, de maison en maison, presque aussi vite que l'eût propagée le télégraphe s'il avait existé à cette époque. Le maître d'école crut de son devoir de donner congé à ses élèves pour l'après-midi ; l'opinion publique n'aurait pas admis qu'il en fût autrement.

Un coutelas ensanglanté avait été trouvé près du cadavre et quelqu'un, disait-on, avait reconnu l'arme comme appartenant à Muff Potter. Un habitant du village, rentrant tard chez lui, aurait, vers une ou deux heures du matin, rencontré Potter se lavant dans le ruisseau ; là-dessus Potter se serait sauvé sur-le-champ. Détail d'autant plus pertinent que chez Potter les soins de propreté laissaient notoirement à désirer. Des perquisitions auraient été faites un peu partout dans le village pour retrouver le meurtrier (le public a tôt fait de tirer des conclusions et de rendre son verdict), mais le meurtrier serait resté introuvable. Des agents de la police montée étaient censés parcourir les routes dans toutes les directions, et le shérif aurait bon espoir de mettre la main sur le coupable avant la nuit.

Toute la ville se rendit au cimetière ; Tom imposa silence à ses peines de cœur pour y aller lui aussi ; non qu'il n'eût mille fois préféré être ailleurs, mais parce qu'une attirance inexprimable, irrésistible, l'entraînait. Arrivé à l'endroit fatal il se glissa dans la foule des badauds. Il avait l'impression qu'un siècle s'était écoulé depuis la scène de la nuit. Quelqu'un lui pinça le bras ; il se retourna : c'était Huck. Comme s'ils s'étaient donné le mot, les deux gamins tournèrent les yeux dans une autre direction de crainte que quelqu'un ait pu surprendre leur premier regard. Mais consacrant toute leur attention au triste spectacle qui s'offrait à eux, les gens échangeaient leurs impressions.

— Pauvre garçon ! — Pauvre jeune homme ! — Voilà ce que c'est que de violer des tombes ! — Si on pince Muff Potter, son compte est bon.

Les langues allaient leur train ; le pasteur émit l'idée qu'il fallait voir là-dedans l'intervention de Dieu.

Tout à coup Tom frissonna de la tête aux pieds ; il venait d'apercevoir le visage impassible de Joe l'Indien. A ce moment un remous se produisit dans la foule ; des voix s'élevèrent :

— Le voilà ! le voilà ! — C'est lui ! — Qui ? qui ? — Muff Potter ! — Le voilà qui s'arrête ! — Attention, il s'en va ! — Ne le laissez pas partir !

Des gens qui étaient grimpés dans les arbres au-dessus de Tom dirent que Potter n'essayait pas de fuir mais qu'il paraissait hésitant, embarrassé.

— Quel toupet infernal ! dit un spectateur. — Monsieur revenait voir son œuvre et il ne pensait pas trouver tant de monde.

La foule s'écarta ; le shérif approchait tout fier de tenir Potter par le bras. Le pauvre homme, livide, les yeux hagards, suait l'épouvante. Devant le cadavre il fut pris de tremblements convulsifs, se cacha le visage dans les mains et fondit en larmes.

— Ce n'est pas moi, sanglota-t-il ; parole d'honneur, ce n'est pas moi qui ai fait ça.

— Qui t'accuse ? dit une voix.

Le coup porta. Potter leva la tête et jeta autour de lui un regard désespéré. Il aperçut Joe l'Indien :

— Oh, Joe ! tu m'avais pourtant promis de ne jamais...

— Ce couteau est-il à vous ? demanda le shérif en présentant l'arme du crime.

Si on ne l'avait pas retenu Potter serait tombé. I
dit :

— Quelque chose me poussait à revenir et à... — L
tremblement le secoua ; il fit de la main le geste de
abandonner et balbutia : — Dis-leur, Joe. Vas-y ; dis-
Ça n'a plus d'importance maintenant.

Muets, les yeux écarquillés, Huckleberry et Tom

tèrent le scélérat débiter cyniquement son histoire. Les enfants s'attendaient à chaque instant à voir le feu du ciel lui tomber sur la tête et ils trouvaient que la vengeance divine était bien longue à venir. Les deux gamins furent d'abord tentés de manquer à leur serment pour sauver la vie du malheureux prisonnier trahi ; mais quand ils constatèrent que Joe était toujours sain et sauf, ils jugèrent plus prudent de ne pas parler. Il devenait évident pour eux que le mécréant avait vendu son âme au diable et qu'il pourrait être dangereux de s'attaquer au client d'un aussi puissant patron.

— Pourquoi n'avez-vous pas fui ? Pourquoi venir ici ? demanda quelqu'un.

— Je n'ai pas pu... je n'ai pas pu faire autrement, gémit Potter. J'aurais voulu me sauver mais je n'ai pas pu m'empêcher de venir ici. — Et il sanglota.

Quelques minutes plus tard, par-devant jury, Joe l'Indien confirma sa déposition sous serment, avec la même assurance. Voyant que la colère divine ne se manifestait toujours pas, Huck et Tom furent de plus en plus convaincus que Joe avait vendu son âme au diable. Il leur en imposait tellement que les enfants ne le quittaient pas des yeux. Dans leur for intérieur ils se promirent de l'épier la nuit, quand l'occasion s'en présenterait, dans l'espoir d'entrevoir son redoutable maître.

Joe l'Indien aida à enlever le cadavre de la victime et à le charger dans le camion qui devait l'emporter ; et, dans la foule qui frissonnait, le bruit se répandit que la blessure saignait un peu. Les enfants pensèrent que ce détail providentiel allait orienter les soupçons dans la bonne direction [1] ; mais leur espoir fut déçu, plusieurs villageois ayant fait observer :

« Quand le cadavre a saigné, Muff Potter était à moins d'un mètre. »

Pendant plus d'une semaine, la garde de son terrible secret et les scrupules de sa conscience troublèrent le sommeil de Tom ; si bien qu'un matin, au petit déjeuner, Sid finit par lui dire :

– Qu'est-ce qu'il y a, Tom ? A force de remuer sans

1. En vertu d'une superstition qui veut que le sang du mort [illegible] l'assassin. (*N.d.T.*)

arrêt dans ton lit et de parler pendant ton sommeil, tu m'empêches de dormir la moitié de la nuit...

Tom pâlit et baissa les yeux.

— C'est mauvais signe, décréta la tante Polly. Qu'est-ce que tu as dans la tête, Tom ?

— Rien ; rien que je sache, ma tante, dit Tom.

Mais ses mains tremblaient tellement qu'il en renversa son café. Sid insista :

— Et tu en racontes, des histoires ! L'autre nuit tu as crié : « Du sang, du sang, voilà ce que c'est ! » Tu as répété ça je ne sais combien de fois ; et puis tu as dit : « Ne me torturez pas comme ça, je dirai tout. » Tout quoi ? Qu'est-ce que tu vas dire ?

Tom sentit la tête lui tourner. Comment allait-il s'en tirer ? Par bonheur, la tante Polly, sans le vouloir, vint à son secours.

— C'est cet horrible meurtre. J'en rêve, moi aussi, presque toutes les nuits. Il m'arrive même de rêver que c'est moi qui l'ai commis.

Mary déclara à son tour qu'elle aussi avait eu des cauchemars. Sid parut convaincu. Tom s'esquiva aussitôt qu'il put. Pendant plus d'une semaine il prétexta un mal de dents pour pouvoir se bander la mâchoire la nuit. Il ne sut jamais que Sid, relâchant le bandage, l'épiait pendant son sommeil, restait pendant des heures appuyé sur son coude pour écouter et remettait ensuite le bandage en place. Mais l'agitation de Tom se calma progressivement ; son mal de dents devenait ennuyeux ; il l'abandonna. Si par les bavardages nocturnes de Tom, Sid avait appris quelque chose, en tout cas il ne révéla jamais rien.

A l'école, il sembla à Tom que ses camarades ne cessaient pas de mener des enquêtes à propos de chats crevés, ce qui contribua à entretenir son malaise. Sid remarqua que, bien que Tom eût l'habitude de jouer le premier rôle chaque fois qu'il y avait un nouveau jeu, il se refusait régulièrement à faire le juge d'instruction dans ces sortes d'affaires ; il ne pouvait pas non plus être témoin, ce qui lui parut bizarre. Il n'échappa pas à Sid que Tom montrait une véritable aversion pour ces enquêtes et les évitait toutes les fois qu'il pouvait. Sid s'étonnait mais ne disait rien. Le jeu finit par passer de mode et la conscience de Tom fut enfin laissée en paix.

Entre-temps, presque tous les jours, Tom trouvait une occasion pour aller jusqu'à la fenêtre grillagée de la cellule de Muff Potter, afin de faire passer au « meurtrier » quelques douceurs qu'il avait pu se procurer. La prison était une petite construction en briques près d'un marécage à la lisière du village ; rarement occupée, elle n'avait pas de gardien. Ces menues offrandes aidaient grandement Tom à soulager sa conscience.

Dans le village, nombreux étaient ceux qui auraient bien voulu punir Joe l'Indien d'avoir déterré un cadavre mais on avait tellement peur de lui que personne n'osait en prendre l'initiative ; on dut y renoncer. Le scélérat ayant pris soin de commencer ses dépositions par le récit du combat sans mentionner la violation de sépulture qui l'avait précédé, on estima qu'il n'y avait pas lieu de l'inculper pour le moment.

XII
Thérapeutiques

Si Tom avait cessé d'être obsédé par son secret, c'était parce qu'il avait un nouveau, un grave sujet de souci. Becky Thatcher ne venait plus à l'école. Pendant quelques jours, Tom s'était débattu contre son amour-propre et avait essayé de la chasser de ses préoccupations, mais sans y parvenir. Il se surprit à rôder, la nuit, autour de la maison de son père ; il était très malheureux. Elle était malade. Si elle allait mourir ? Cette idée l'affolait. Ah ! il ne pensait plus à la guerre, il ne songeait plus à se faire pirate. La vie n'avait plus de charme ; rien n'était plus que tristesse. Il ne touchait plus à son cerceau ; son cerf-volant ne l'intéressait plus. Sa tante s'inquiéta de ce changement. Elle lui fit essayer toutes sortes de médicaments. Elle était de ces gens qui s'engouent pour toutes les spécialités, pour tous les traitements ultra-modernes qui prétendent rendre ou améliorer la santé. C'était une manie qu'elle avait de longue date. Quand elle découvrait une nouveauté, elle n'avait de cesse qu'elle ne l'eût essayée, non pas sur elle — car elle n'était jamais malade — mais sur la première personne qui lui tombait sous la main. Elle était abonnée à tous les journaux de médecine des familles et autres attrape-nigauds phrénologiques ; elle se gargarisait de l'ignorance pompeuse dont ils étaient boursouflés. Toutes les absurdités qu'ils contenaient sur l'aération, sur la façon de se lever, la façon de se coucher, sur ce qu'il fallait manger, ce qu'il fallait boire, sur la durée quotidienne de l'exercice qu'il fallait prendre, la disposition d'esprit qu'il convenait d'adopter, le genre de vêtements qu'il fallait porter, tout cela était pour elle parole d'Evangile ; et elle ne remarquait jamais que les conseils donnés dans le journal du mois contredisaient régulièrement ceux que ce même journal avait donnés le mois précédent. Sa droiture et sa bonne foi faisaient d'elle une proie toute indiquée. Elle collectionnait les revues charlatanesques, les médicaments charlatanesques ; et munie de ces armes de mort, elle allait à l'aventure sur son « cheval pâle » [1], métaphoriquement parlant, avec « l'enfer à sa suite » [1]. Mais elle ne se rendit jamais compte que ses voisins et victimes ne voyaient en elle ni l'ange de la guérison, ni la dispensatrice du baume de Galaad.

A cette époque la mode était au traitement hydrothérapique, et le mauvais état de santé de Tom lui fournissait une occasion unique de l'expérimenter. Elle le fit lever dès l'aube chaque matin ; dans le hangar à bois elle le noyait sous un déluge d'eau froide ; pour le revigorer elle le frictionnait jusqu'au sang avec une serviette râpeuse comme du papier de verre, pour lui faire reprendre connaissance, elle lui faisait ensuite des enveloppements mouillés et finalement l'enfouissait sous un paquet de couvertures où le malheureux transpirait à rendre l'âme qui finissait par lui sortir par les pores, comme disait Tom.

Malgré tout cela, Tom devenait de plus en plus mélancolique, de plus en plus pâle, de plus en plus déprimé.

1. Référence à un passage de l'Apocalypse (6 : 8-5515) ; le « cheval pâle » personnifie la mort. (*N.d.T.*)

Tante Polly compléta alors le traitement par des bains chauds, des bains de siège, des douches et autres plongeons, ce qui n'empêchait pas Tom de demeurer triste comme un bonnet de nuit. Au traitement hydrothérapique vint alors s'adjoindre un régime amaigrissant au gruau d'avoine, accompagné de vésicatoires. Elle calculait la capacité de Tom comme s'il s'était agi d'une urne, dont elle faisait quotidiennement le plein à l'aide de panacées charlatanesques.

A force de persécution Tom avait fini par s'accoutumer au martyre, ce qui remplissait de consternation le cœur de la vieille dame. A tout prix il lui fallait vaincre cette apathie. Elle venait précisément d'entendre pour la première fois parler d'un élixir reconstituant. Elle en commanda immédiatement de nombreuses bouteilles. Elle le goûta, et son cœur déborda de reconnaissance envers l'inventeur. Ce n'était ni plus ni moins qu'une sorte de feu liquide. Foin du traitement hydrothérapique et de tous ses compléments ! l'élixir reconstituant avait désormais toute sa confiance. Elle en donna à Tom une cuillerée à café et épia anxieusement les résultats. Son inquiétude fut instantanément dissipée ; la paix reprit possession de son âme : l'apathie était vaincue. Tom n'aurait pas pu montrer plus d'intérêt, ni faire preuve de plus d'agitation si elle l'avait mis sur un bûcher.

Il estimait en effet que le moment était venu de sortir de sa torpeur. Ce genre de vie n'était pas dépourvu d'un côté romanesque qui avait pu faire son affaire pendant quelque temps, dans l'état d'abattement où il se trouvait ; mais il finissait par perdre en intérêt ce qu'il gagnait en abracadabrante diversité. Il réfléchit aux différentes possibilités qu'il avait d'y mettre bon ordre et finalement décida de manifester un enthousiasme sans bornes pour l'élixir reconstituant. Il en demandait si souvent qu'il en devenait assommant ; sa tante finit par lui dire de la laisser tranquille et de se servir lui-même. S'il s'était agi de Sid aucun pressentiment ne serait venu altérer la joie de la bonne dame ; mais comme il s'agissait de Tom elle surveilla la bouteille en cachette. Elle put constater que le niveau du médicament baissait, sans toutefois se douter qu'en réalité Tom l'employait à soigner la santé d'une fente dans le parquet du salon.

Un jour, Tom était précisément en train d'administrer au parquet sa dose quotidienne lorsque le chat jaune de sa tante s'approcha de lui en ronronnant et en guignant la bouteille d'un regard d'envie, comme s'il demandait à en goûter.

— Si tu n'en veux pas, Pierrot, n'en demande pas.

Pierrot insista.

— Tu es bien sûr que tu en veux ?

Pierrot en était sûr.

— Puisque tu en demandes, je vais t'en donner parce que je ne te refuse rien ; mais si tu n'aimes pas ça, ne t'en prends qu'à toi-même.

Pierrot se déclara d'accord. Tom lui ouvrit la bouche et lui versa dans le gosier une bonne dose de l'élixir. Pierrot fit un bond de quelque deux mètres de haut, poussa un miaulement terrible et se mit à tourner en rond dans la pièce, se cognant aux meubles, renversant les pots de fleurs et mettant tout sens dessus dessous. Il se dressa sur ses pattes de derrière et continua à faire le fou tout en poussant des miaulements frénétiques. Là où il passait, tout était cassé. La tante Polly arriva juste à temps pour le voir exécuter plusieurs sauts périlleux, pousser un dernier miaulement et sauter par la fenêtre en entraînant avec lui les quelques pots de fleurs encore intacts. Complètement ahurie, la vieille dame regardait par-dessus ses lunettes. Tom, couché par terre, était malade de rire.

— Mais c'est épouvantable ! Tom, ce malheureux chat, qu'est-ce qu'il a ?

— Je ne sais pas, ma tante, dit Tom, se tenant les côtes.

— Je n'ai jamais rien vu de pareil. Qu'est-ce qui a bien pu le mettre dans cet état ?

— Je n'en sais rien, ma tante ; c'est toujours comme ça que font les chats quand ils s'amusent.

— Pas possible !

La remarque était formulée d'un ton qui mit Tom sur ses gardes.

— Oui, c'est-à-dire... je crois.

— Tu crois ?

— Oui.

La vieille dame se baissa. Tom, mi-inquiet, mi-curieux,

la regardait ; il ne comprit que trop tard la signification de ce geste. Telle une pièce à conviction, le manche de la cuiller émergeait de dessous le lit. Tante Polly ramassa la cuiller, la brandit au nez du coupable. Pris sur le fait, Tom baissa les yeux. Tante Polly le prit par l'oreille et lui donna sur la tête quelques bons coups de son dé à coudre.

— Qu'est-ce qui t'a pris de jouer un tour pareil à cette pauvre bête ?

— J'ai eu pitié du chat ; il n'a pas de tante, lui.

— Pas de tante ! Petit insolent ! qu'est-ce que cela vient faire là-dedans ?

— Ça fait beaucoup, parce que, s'il avait une tante, c'est elle qui lui aurait donné sa drogue. C'est elle qui lui aurait mis le feu à l'estomac. Il n'y a pas de raison pour ne pas faire aux bêtes ce qu'on fait aux gens.

La pauvre tante Polly éprouva tout à coup un remords de conscience. Le cas lui apparaissait sous un nouveau jour : ce qui était cruel vis-à-vis d'un chat pouvait être cruel vis-à-vis d'un enfant.

Un peu penaude, elle se radoucit. Les larmes lui montèrent aux yeux ; elle mit la main sur la tête de Tom et lui dit :

— Je l'ai fait dans une bonne intention, Tom ; et au fond cela t'a fait du bien.

Tom la regarda bien en face, et, avec une gravité que démentait une lueur de malice dans ses yeux, il répondit :

— Je le sais bien que vous l'avez fait dans une bonne intention, ma tante ; moi aussi je l'ai fait dans une bonne intention pour Pierrot. Vous voyez le bien que ça lui fait : je ne l'ai jamais vu faire une telle vie que depuis qu'il...

— Oh ! tais-toi, Tom ! tu m'exaspères. Tâche d'être sage et tu n'auras pas besoin de médicaments.

Tom arriva à l'école bien avant l'heure de la classe. Fait extraordinaire, cela se produisait maintenant tous les jours. Et au lieu de jouer avec ses camarades, il restait à la porte, à l'entrée de la cour. Il se disait malade, et en vérité il en avait l'air. Il essayait de donner le change en regardant à droite et à gauche mais en réalité il n'avait d'yeux que pour la rue d'en face. Ce jour-là il vit venir Jeff Thatcher ; le visage de Tom s'éclaira. Un instant il regarda de tous ses yeux, puis, déçu, reprit son expression boudeuse. Quand Jeff arriva, Tom le questionna, lui tendit la perche pour parvenir à mettre la conversation sur Becky ; mais l'autre s'obstinait à ne pas comprendre. Tom reprit sa faction, sursautant dès qu'apparaissait une robe, désespéré dès qu'il se rendait compte que ce n'était pas celle qu'il attendait. Bientôt il n'y eut plus de robes et Tom retomba dans une sombre mélancolie ; il entra dans la salle de classe encore vide et s'assit, broyant du noir. Tout à coup, alors qu'il n'y comptait plus, une nouvelle robe apparut. Tom ressentit un coup au cœur ; il sortit, et l'instant d'après il était déchaîné : il chantait, il criait à tue-tête, il bousculait ses camarades, franchissait la clôture d'un bond au risque de se casser bras et jambes, marchait sur ses mains, faisait toutes les singeries qui lui passaient par la tête, tout en ne perdant pas Becky des yeux pour voir si elle faisait attention à lui. Mais elle n'eut même pas l'air de s'apercevoir de sa présence. Etait-ce vraisemblable ? Il renouvela ses acrobaties tout près d'elle, se mit à pousser des cris de guerre, prit la casquette d'un camarade et la lança sur le toit de l'école, se précipita sur un groupe d'enfants qu'il força à se disperser et finalement s'étala tout de son long aux pieds de Becky qu'il faillit renverser. Becky, dédaigneuse, se détourna, et Tom l'entendit qui disait : « Peuh ! il y a des gens qui se croient très forts et qui ne sont que des poseurs. »

Les joues en feu, Tom se releva, tout penaud, et jugea préférable de s'éclipser sans mot dire.

La décision de Tom était prise. Son moral était très bas : on l'oubliait, il n'avait plus d'amis, personne ne l'aimait plus ; quand on apprendrait jusqu'où le désespoir l'avait poussé, peut-être que certains se frapperaient la poitrine... Il avait fait son possible pour rester dans la bonne voie, on ne l'avait pas laissé faire. On avait voulu se débarrasser de lui, soit ; de là à le rendre responsable des conséquences que cela pouvait avoir, il n'y avait qu'un pas. Quel droit le pauvre abandonné avait-il de se plaindre ? Le sort en était jeté ; il n'avait pas le choix : il ferait sa carrière dans le crime.

Tout en brodant sur ce thème il descendait Meadow Lane ; loin, très loin, il entendit la cloche de l'école qui sonnait l'heure de la rentrée. A la pensée qu'il n'entendrait plus jamais ce son qu'il connaissait si bien, il eut le cœur gros ; l'épreuve était dure mais elle lui était imposée. Puisqu'il lui fallait affronter les périls d'une nouvelle vie, il se soumettait ; il pardonnait à ceux qui étaient cause de son malheur. Et il se mit à sangloter.

Sur ces entrefaites il se trouva face à face avec son ami de toujours, son bon vieux copain Joe Harper. Joe lui aussi avait l'air sombre et énigmatique ; lui aussi paraissait nourrir de mystérieux desseins. Les deux âmes en peine vibraient à l'unisson. Tom, s'essuyant les yeux avec sa manche, commença à raconter à Joe qu'il avait pris la résolution de se soustraire aux mauvais traitements qu'il subissait chez lui et de s'enfuir à tout jamais dans le vaste monde. Il termina en exprimant l'espoir que Joe, lui, ne l'oublierait pas.

Par une coïncidence singulière Joe se trouvait exactement dans le même cas ; il avait précisément l'intention de faire part à Tom de la même résolution, et c'est dans ce dessein qu'il le cherchait. Joe venait d'être fouetté par sa mère pour avoir absorbé un bol de crème auquel il n'avait pas touché, dont il ignorait jusqu'à l'existence ; c'était un prétexte ; il était clair qu'elle en avait assez de lui et qu'elle souhaitait le voir partir ; tel étant le cas, il n'avait qu'une chose à faire, c'était de s'en aller. Il lui souhaitait d'être heureuse et de ne jamais regretter d'avoir laissé partir son « pauvre enfant » tout seul dans un monde insensible et cruel.

Tout en déambulant mélancoliquement, les deux amis se jurèrent de se soutenir l'un l'autre, de se considérer comme des frères et de ne plus se séparer jusqu'à l'heure où la mort les délivrerait de leurs soucis.

Ils se mirent à dresser des plans. Joe aurait voulu être ermite et vivre de vieilles croûtes de pain dans une caverne jusqu'à ce qu'il meure de froid, de privations et de chagrin. Mais après avoir pris connaissance du point de vue de Tom, il admit volontiers qu'après tout, le crime avait son bon côté et que la carrière de pirate lui souriait assez.

A cinq kilomètres en aval de Saint-Pétersbourg, à un endroit où le Mississippi a près de deux kilomètres de large, il y avait une île, longue et étroite, boisée, inhabitée, que l'on appelait l'île Jackson. Un banc de sable permettait de l'atteindre ; elle constituait donc un parfait lieu de rendez-vous pour des pirates. Elle était inhabitée ; elle se situait assez loin, du côté de la rive opposée, en face d'une épaisse forêt aux abords de laquelle il n'y avait pour ainsi dire personne. Le choix de l'île Jackson ne souleva donc pas d'objection.

Quant à définir ce qui devait faire l'objet de leur piraterie, ils n'y songèrent même pas.

Il leur vint à l'idée que l'ami Huck serait le compagnon rêvé et ils se mirent à sa recherche. Huck ne demanda pas mieux que de se joindre à eux ; pour lui il n'y avait pas de sots métiers, toutes les carrières étaient bonnes.

Les trois amis se séparèrent en convenant de se retrouver dans un endroit écarté, sur le bord de la rivière, à environ trois kilomètres en amont du village, à leur heure favorite : minuit. Il y avait là un petit radeau dont on s'emparerait. Chacun devait se munir d'hameçons et de lignes, ainsi que de vivres qu'il se procurerait... mieux valait ne pas dire comment. Ce n'est pas pour rien qu'on est un hors-la-loi. Et avant la fin de l'après-midi ils n'avaient pu s'empêcher de répandre dans le village le bruit que « bientôt on verrait du nouveau ». Quel nouveau ? Tous ceux à qui était révélé cet important secret avaient consigne « de ne rien dire et d'attendre ».

Vers minuit Tom arriva avec un jambon et diverses autres provisions. Il se posta dans un fourré, sur une petite hauteur dominant le lieu du rendez-vous. Le ciel était clair ; il n'y avait pas de vent. Le large fleuve avait l'air d'un océan au repos. Tom écouta ; aucun bruit.

Alors il fit entendre un léger sifflement. Du pied de l'escarpement un sifflement lui répondit. Tom siffla deux fois ; on lui répondit de la même façon. Quelqu'un demanda à voix basse :

— Qui vive ?

— Tom Sawyer, le Vengeur Noir de la Mer des Antilles. Qui êtes-vous ?

— Huck Finn-les-Mains-Rouges et Joe Harper, la Terreur des Mers.

C'est Tom qui avait trouvé ces surnoms dans ses livres favoris.

— Bien. Donnez-moi le mot de passe.

Ensemble, dans la nuit tombante, deux voix caverneuses répondirent :

— SANG.

Alors Tom lança son jambon du haut de la butte et se laissa glisser en s'écorchant et en endommageant quelque peu ses vêtements. Il y avait bien le long du rivage un chemin praticable ; mais à quoi bon être pirate si c'est pour faire comme tout le monde ?

La Terreur des Mers avait apporté à grand-peine une énorme pièce de lard fumé. Finn-les-Mains-Rouges s'était approprié une poêle à frire, du tabac en feuilles et des épis de maïs destinés à faire des pipes. Des trois pirates il était le seul à fumer ou à chiquer. Le Vengeur Noir de la Mer des Antilles déclara qu'on ne pouvait se mettre en route sans avoir de quoi faire du feu, c'était une sage précaution. A cette époque on ne savait guère ce que c'était que des allumettes.

Ils aperçurent à quelque distance sur un grand radeau un brasier qui achevait de se consumer ; ils s'en approchèrent prudemment et s'emparèrent d'une grosse pièce de bois et de quelques tisons. Ce fut là l'occasion d'une expédition solennelle, menée dans toutes les règles de l'art. De temps en temps l'un faisait : « Chut ! » et s'arrêtait brusquement, un doigt sur ses lèvres ; l'autre caressait de la main le manche d'un poignard imaginaire. Le chef chuchotait des ordres : si l' « ennemi » bougeait, la consigne était de « lui enfoncer dans le corps la lame jusqu'à la garde », parce qu'« il n'y a que les morts qui ne parlent pas ». Tous savaient très bien que les hommes du radeau étaient au village en train de se désaltérer ou de tirer une bordée, mais cela n'était pas une raison pour ne pas procéder de la manière classique de pirates qui savent leur métier. La bande s'installa sur le radeau. Tom commandait, Joe manœuvrait la rame avant et Huck la rame arrière. Les sourcils froncés, les bras croisés, Tom se tenait au milieu du « navire » et donnait ses ordres à voix basse :

— Lofez, et droit dans le vent !

— Bien, capitaine !

— Souquez ferme !

— Bien, capitaine !

— Laissez filer un point à bâbord !

— Bien, capitaine !

La tâche des enfants étant simplement de maintenir le radeau dans le chenal au milieu du fleuve, il ne s'agissait bien entendu que d'ordres de fantaisie, ne répondant à aucune nécessité particulière.

— Quelles voiles sont larguées ?

— Les basses, les huniers et le clin foc, capitaine.

— Faites monter les voiles d'étai. Envoyez six hommes en haut. Larguez le petit foc. Et que ça saute !

— Bien, capitaine.

— Larguez la voile d'étai de perroquet ! Les écoutes et les bras ! Vivement, les gars.

— Bien, capitaine.

— Bâbord toute ! Pare à mouiller ! Bâbord, bâbord ! Attention, les gars. Comme ça !

— Bien, capitaine !

Le radeau dérivait au-delà du milieu du fleuve ; les enfants le redressèrent et laissèrent filer les avirons. Les eaux étaient basses ; le courant n'était donc guère que de deux ou trois nœuds. Pendant les quelque trois quarts d'heure qui suivirent aucun propos ne fut échangé. Le radeau passa en vue du village, que quelques lumières permettaient de repérer et qui dormait paisiblement sans se douter de l'importance des événements qui se déroulaient à peu de distance. Au-delà du vaste plan d'eau dans lequel se miraient les crabes, le Vengeur Noir, les bras croisés, jetait un dernier regard sur le théâtre de ses joies et de ses souffrances passées. Ah ! si « elle » avait pu le voir, bravant la tempête, affrontant tous les périls d'un cœur intrépide, un sourire amer aux lèvres ! Son imagination transportait l'île Jackson hors de la vue du village ; c'était donc bien un « dernier regard » qu'il jetait, le cœur brisé mais satisfait. Les autres pirates, eux aussi, jetaient un « dernier regard », qui dura si longtemps qu'ils faillirent dépasser le banc de sable de l'île ; ils s'en aperçurent à temps et manœuvrèrent pour éviter le danger de justesse. Vers deux heures du matin le radeau s'échouait sur le banc de sable près de la pointe de l'île ; les pirates débarquèrent avec leur chargement. Dans le radeau ils avaient trouvé une vieille voile dont ils firent une tente-abri pour leurs provisions. Quant à eux, ils dormirent à la belle étoile ; des pirates pouvaient-ils faire autrement ?

Leur premier souci fut de faire un feu près d'un gros tronc d'arbre à la lisière des sombres profondeurs de la forêt. Pour leur repas du soir, ils firent frire un morceau de lard dans la poêle et mangèrent la moitié de leur provision de pain de maïs. Dans leur joie de festoyer en toute liberté dans une forêt vierge, sur une île inhabitée, inexplorée, loin des demeures des hommes, ils déclarèrent renoncer à tout jamais à la vie civilisée. Les flammes du foyer leur éclairaient le visage et projetaient une lueur rougeâtre sur les troncs des arbres environnants et les feuillages des broussailles.

Quand la dernière tranche de lard fut avalée, les dernières miettes de pain de maïs consommées, les enfants s'allongèrent sur l'herbe, épanouis de leur bonheur. Ils auraient pu trouver un endroit plus frais, mais pour rien au monde ils n'auraient renoncé à leur feu de camp.

— Epatant, hein ? dit Joe.

— Fameux ! dit Tom. Qu'est-ce que diraient les autres s'ils nous voyaient !

— Ce qu'ils diraient ? mais ils mourraient d'envie d'être ici... Pas vrai, Huck ?

— Je comprends ! Ce métier me va. Je ne demande rien de plus. Je ne mangeais pas tous les jours à ma faim, vous savez. Et puis ici personne ne viendra nous embêter.

— C'est la belle vie, dit Tom. Pas besoin de se lever de bonne heure le matin, pas d'école, pas besoin de se laver ni rien de tout ça. Tu vois, Joe : quand il est à terre, un pirate n'a rien à faire ; tandis qu'un ermite, il

faut qu'il prie du matin au soir, et ce n'est pas le rêve d'être comme ça tout seul tout le temps.

— Ça, c'est vrai, déclara Joe. Je n'y avais pas pensé. Maintenant que je sais ce que c'est, je préfère être pirate.

— Tu comprends, dit Tom, ça ne se porte plus beaucoup d'être ermite comme on faisait autrefois, tandis que les pirates jouissent toujours de la considération générale. Pour un ermite... il faut dormir à l'endroit le plus dur qu'il peut trouver, s'habiller de bure, se couvrir la tête de cendres, rester dehors quand il pleut, etc.

— Pour quoi faire s'habiller de bure et se couvrir la tête de cendres ? demanda Huck.

— Je ne sais pas ; toujours est-il que c'est comme ça qu'ils font. Faudrait que tu le fasses, si tu étais ermite.

— Très peu pour moi, fit Huck.

— Eh bien ! qu'est-ce que tu ferais ?

— Je n'en sais rien, mais pas ça.

— Il faudrait bien, mon vieux. Comment voudrais-tu y couper ?

— Ça n'a rien à faire ! je ficherais le camp.

— Fich' le camp ! en voilà un ermite ! tu ferais la honte de la corporation !

Finn-les-Mains-Rouges ne répondit pas ; il avait mieux à faire. Il venait de creuser un épi de maïs, il y avait adapté un roseau et avait bourré de tabac cette pipe rudimentaire. Avec un tison il l'alluma et se mit à tirer des bouffées de fumée odorante avec une satisfaction non dissimulée. Les autres pirates lui enviaient ce vice fastueux et résolurent de s'y initier au plus tôt. Huck demanda :

— Qu'est-ce qu'ils font, les pirates ?

— Oh ! répondit Tom, ils se la coulent douce. Ils s'emparent des bateaux, ils les brûlent, ils emportent l'argent dans leur île et l'enfouissent dans des cachettes sous la garde des fantômes et des revenants ; et puis ils se débarrassent des équipages en tuant tout le monde à bord. On bande les yeux aux hommes et on les fait marcher sur une planche, au-dessus de l'eau.

— Les femmes, déclare Joe, on les emmène dans l'île ; on ne les tue pas.

— Non, confirma Tom, on ne tue pas les femmes. Les

pirates sont chevaleresques. Et les femmes sont toujours splendides, bien sûr.

— Et est-ce qu'ils ne portent pas des vêtements magnifiques, chamarrés d'or et d'argent et garnis de diamants ? demanda Joe, enthousiaste.

— Qui ça ? demanda Huck.

— Eh bien, les pirates.

Huck jeta sur son accoutrement un regard piteux.

— Alors je ne suis pas à la page, dit-il avec une pointe d'émotion dans la voix. Je regrette mais je n'en ai pas d'autres.

Mais ses compagnons lui certifièrent qu'une fois les aventures commencées, les beaux habits viendraient vite. En attendant, ses haillons feraient l'affaire, bien que certains pirates eussent pour habitude de ne se mettre en campagne qu'avec une garde-robe somptueuse.

Peu à peu la conversation ralentit ; les jeunes aventuriers avaient sommeil. La pipe tomba des mains de Huck ; il ne tarda pas à dormir du sommeil du juste. La Terreur des Mers et le Noir Vengeur des Antilles eurent plus de difficulté à s'endormir. Ils firent leurs prières en silence, tout en restant couchés, personne en cet endroit n'étant là qui eût l'autorité voulue pour les obliger à s'agenouiller ni à réciter leurs prières à haute voix ; en fait, ils avaient bien envie de ne pas les réciter du tout, mais ils craignaient, en prenant cette liberté, de provoquer de la part du Ciel un brusque coup de tonnerre à leur particulière intention. Tout à coup l'envie de dormir se fit sentir ; ils allaient y succomber, lorsqu'une intruse se présenta, qui, elle n'était pas d'humeur accommodante : leur conscience. N'avaient-ils pas eu tort de s'enfuir ? Et cette viande qu'ils venaient de manger, ne l'avaient-ils pas bel et bien volée ? Angoissante question. Ils essayèrent bien d'imposer silence à leurs remords en rappelant à leur conscience que bien des fois ils avaient pris des bonbons et des pommes. Mais la conscience n'admettait pas d'aussi pauvres excuses ; quant à eux, il leur parut, en fin de compte, qu'un fait était certain : c'est que prendre des bonbons, prendre des pommes, c'était seulement « chiper » ; tandis que prendre des jambons, du lard, c'était carrément « voler » ; et cela, un commandement de Dieu le défendait. Eh bien !

tant qu'ils seraient pirates, ils ne voleraient plus. Et la conscience en repos, ces pirates curieusement inconséquents avec eux-mêmes s'endormirent paisiblement.

XIV
Nostalgie

Quand Tom se réveilla le lendemain matin, son premier mouvement fut de se demander où il était. Il s'assit, se frotta les yeux et regarda autour de lui. Puis la mémoire lui revint. Le jour se levait ; une délicieuse sensation de calme et de repos émanait de la forêt silencieuse. Pas une feuille ne bougeait ; aucun bruit ne venait troubler la grande méditation de la nature. Sur les herbes brillaient des gouttes de rosée. Une couche blanche de cendres couvrait le feu ; un mince ruban de fumée bleue montait dans l'air. Joe et Huck dormaient encore.

Loin dans les bois, un oiseau appela ; un autre lui répondit. Les coups de bec d'un pivert se firent entendre. Peu à peu la brume grise du matin se leva ; les bruits se multiplièrent ; la vie reprit dans toute son intensité. Aux yeux de l'enfant ébahi se révélait le merveilleux spectacle de la Nature à son réveil.

Sur une feuille couverte de rosée Tom vit une petite chenille verte ; par moment elle levait la tête, comme pour prendre une bouffée d'air frais, puis recommençait — car, disait Tom, elle prenait des mesures ; et quand, de sa propre initiative, la chenille s'approcha de lui, il resta immobile, comme une pierre ; son espoir croissait ou décroissait alternativement suivant que la bestiole venait de son côté ou optait pour une autre direction. Et quand, enfin, après mûre réflexion, elle se décida à venir sur la jambe de Tom, l'enfant exulta. Heureux présage ! cela signifiait qu'il porterait bientôt un habit neuf et il se voyait déjà revêtu d'un somptueux uniforme de pirate. Puis un cortège de fourmis, venant on ne sait d'où, se rendait au travail ; l'une d'elles s'attelait courageusement au cadavre d'une araignée cinq fois plus grosse qu'elle et réussissait à le traîner jusque sur un tronc d'arbre. Une coccinelle tachée de noir faisait l'ascension vertigineuse d'un brin d'herbe ; et, quand Tom se pencha sur elle et lui fredonna : « Coccinelle, retourne chez toi, ta maison brûle, tes enfants sont seuls », la coccinelle prit son vol et alla voir ce qu'il en était. Tom n'en fut nullement surpris ; il savait que ces insectes croient tout ce qu'on leur dit quand il est question d'incendie ; il avait plus d'une fois mis leur candeur à l'épreuve. Vint ensuite un scarabée à la démarche pénible. Tom le toucha, voulant voir s'il replierait ses pattes sous son corps pour faire le mort. A cette heure tous les oiseaux commençaient à chanter. Une grive se pencha sur un arbre au-dessus de la tête de Tom et se délecta à faire des imitations de ses voisins. Telle une flamme bleue, un geai descendit, se posa sur une branche à la portée de Tom, pencha la tête et dévisagea les nouveaux venus avec une curiosité minutieuse ; un écureuil gris et un remarquable spécimen de la gent renard vinrent, l'un sautillant, l'autre galopant, s'asseyant de temps en temps pour examiner les enfants et leur parler chacun en son langage ; car ces bêtes sauvages n'avaient probablement jamais encore vu de représentant de l'espèce humaine et ne pouvaient guère savoir s'il convenait de s'en méfier ou non. Toute la nature était réveillée, frémissante ; dans les rayons du soleil qui perçaient le feuillage, des papillons vinrent voleter.

Tom réveilla les autres pirates qui se levèrent en poussant des cris de joie. En un clin d'œil ils se débarrassèrent de leurs vêtements et se précipitèrent dans l'eau claire qui bordait leur petite plage de sable blanc. Aucun d'eux ne regrettait le petit village qu'ils voyaient dormir là-bas, par-delà la majestueuse largeur du fleuve. Leur radeau avait été emporté par le courant, mais cet incident ne fit que les réjouir : le dernier pont qui les reliait à la civilisation se trouvait coupé.

Ils regagnèrent leur campement tout revigorés, le cœur joyeux et l'estomac dans les talons. En un instant le feu fut ranimé. Non loin de là Huck découvrit une source. Avec de grandes feuilles les enfants se confectionnèrent

des gobelets ; l'eau bue dans ces conditions leur parut valoir tous les cafés du monde.

Joe se mettait déjà en devoir de couper quelques tranches de lard pour le petit déjeuner quand Tom et Huck lui firent signe d'attendre ; ils avaient remarqué au bord de l'eau un coin prometteur, ils s'y rendirent avec leurs lignes, et la pêche fut miraculeuse. En un tournemain ils revenaient avec quelques perches, des gardons et un petit brochet : de quoi nourrir toute une famille. Ils firent frire ces poissons avec leur lard. Jamais poisson ne leur avait semblé aussi délicieux. Plus un poisson est frais, meilleur il est, bien sûr ; mais leurs notions gastronomiques n'allaient pas jusque-là ; et ils ne se rendaient pas compte non plus que la nuit à la belle étoile, les exercices en plein air, le bain avaient aiguisé leur appétit.

Le repas terminé ils firent la sieste à l'ombre tandis que Huck fumait sa pipe. Puis ils partirent en exploration dans les bois. D'un pas lourd, ils cheminèrent à travers le fouillis des sous-bois, enjambant les troncs d'arbres pourris, contournant les majestueux seigneurs de la forêt garnis de lianes de la tête aux pieds. De temps à autre, ils traversaient une clairière herbeuse où abondaient les fleurs. En somme, beaucoup de choses à admirer, mais rien dont ils eussent à s'étonner. Ils découvrirent que « leur » île avait environ quatre à cinq kilomètres de long sur quatre cents mètres de large, et qu'elle n'était séparée de la rive opposée que par un chenal d'environ deux cents mètres. Ils se baignaient à peu près toutes les heures, si bien que l'après-midi était déjà avancée lorsqu'ils regagnèrent leur campement. Ils avaient trop faim pour se remettre à pêcher ; le jambon fit les frais du repas. Après quoi les enfants s'installèrent à l'ombre pour bavarder. Mais la conversation ne tarda pas à languir. Le calme des bois, le sentiment de la solitude commençaient à agir sur les esprits ; la réflexion reprit ses droits. Une mélancolie vague les envahit ; ces pirates commençaient à éprouver la nostalgie de leur foyer. Huck-les-Mains-Rouges lui-même rêvait aux granges et aux tonneaux qui lui servaient d'abri. Toutefois aucun n'avait le courage d'exprimer tout haut ce qu'il pensait.

Depuis un moment les explorateurs avaient distingué

un bruit vague dans le lointain, ainsi que parfois on prend brusquement conscience du tic-tac d'une pendule que l'on a longtemps entendu sans s'en apercevoir. Petit à petit ce bruit mystérieux s'accentua, s'imposa à leur attention. Les enfants tressaillirent, se regardèrent et écoutèrent. Il y eut un long silence, soudain rompu par une détonation sourde.

— Qu'est-ce que c'est que ça ? s'enquit Joe à voix basse.

— Je me le demande, dit Tom sur le même ton.

— Ce n'est sûrement pas le tonnerre, déclara Huck d'une voix blanche, — parce que le tonnerre...

— Chut ! dit Tom. Ne parlez pas ; écoutez.

Ils attendirent un instant qui leur fit l'effet d'un siècle. Encore une fois la même détonation sourde troubla le silence.

— Allons voir.

Ils se dirigèrent vers la rive qui faisait face au village ; en écartant les broussailles ils examinèrent le fleuve avec attention. A environ quinze cents ou deux mille mètres, le petit vapeur qui faisait le service régulier du fleuve descendait dans le sens du courant. Le pont était noir de monde. Un grand nombre de barques à rames ou à voiles accompagnaient le vapeur ; mais il fut impossible aux enfants de voir ce que faisaient les gens. Bientôt un grand jet de fumée blanche s'échappa du bordage et, tandis qu'il formait un nuage au-dessus du vapeur, le même bruit sourd se fit entendre.

— Je sais ! s'écria Tom. Il y a quelqu'un de noyé.

— C'est ça, confirma Huck. On a fait la même chose l'été dernier quand Bill Turner s'est noyé ; on a tiré un coup de canon à la surface de l'eau et ça a fait remonter le corps. Il y a des gens qui se servent de miches de pain ; on met du mercure dedans et on jette le tout à l'eau. Quand il y a un noyé, la miche flotte juste au-dessus et elle reste là.

— Oui, j'ai entendu parler de ça, dit Joe ; je me demande comment du pain peut faire ça.

— Ce n'est pas tant le pain, dit Tom, que ce qu'on dit au moment où on le jette à l'eau.

— Mais les gens ne disaient rien, dit Huck. Je les ai vus faire et je te garantis qu'ils ne disaient rien.

— Ça, c'est drôle, dit Tom. Il faut croire qu'ils parlaient tout bas, parce que sûrement ils disent quelque chose ; tout le monde sait ça.

Les deux autres enfants finirent par admettre que Tom devait avoir raison ; comment un simple morceau de pain, que l'on investit d'une mission de cette importance, peut-il se comporter avec intelligence sans l'emploi d'une formule magique ?

— Non d'une pipe, je voudrais bien être de l'autre côté, dit Joe.

— Moi aussi, dit Huck. Je donnerai gros pour savoir qui c'est.

Les enfants continuèrent à écouter et à regarder. Tout à coup Tom comprit :

— Les gars ! s'écria-t-il, je sais qui est noyé ; c'est nous !

Instantanément ils se sentirent devenir des héros. Quel triomphe ! Ils avaient disparu, on les pleurait ! des cœurs s'étaient brisés, on versait des larmes ! des gens se reprochaient d'avoir été trop durs pour eux et en éprouvaient des remords ! Mieux que cela : les disparus étaient l'objet des conversations de tout le village ; ils faisaient envie à tous les camarades. C'était merveilleux. En somme cela valait la peine d'être pirate.

A la tombée de la nuit le vapeur reprit son service régulier ; les embarcations à voiles et à rames disparurent. Les pirates retournèrent au camp, débordant de vanité à la pensée de leur importance et du mal qu'on se donnait pour eux.

Ils prirent du poisson et préparèrent leur souper en se demandant ce qu'on pouvait bien dire et penser d'eux au village ; l'idée qu'ils se faisaient de la détresse de leurs parents et amis les flattait considérablement. Quand la nuit tomba ils cessèrent peu à peu de parler ; leurs yeux étaient fixés sur le feu, mais de toute évidence leurs pensées étaient ailleurs. Leur excitation était tombée ; Tom et Joe ne pouvaient s'empêcher de songer à certaines personnes restées chez elles et qui ne devaient pas éprouver autant de plaisir qu'eux de cette belle escapade.

C'était l'heure des regrets, de l'inquiétude ; un soupir ou deux leur échappa malgré eux et, au bout de quelque temps, timidement pour savoir ce que les autres en pensaient, Joe mit la conversation sur l'idée d'un retour à la civilisation, peut-être pas pour tout de suite mais...

Tom répondit avec ironie à cette avance ; Huck, qui n'avait pas encore donné son avis, fut d'accord avec Tom ; Joe s'en tira pour cette fois en se faisant dire qu'il avait du sang de navet dans les veines. Provisoirement la mutinerie en resta là.

L'obscurité augmentait. Huck sommeillait et bientôt se mit à ronfler ; Joe suivit le mouvement. Tom, immobile, appuyé sur son coude, surveillait ses deux compagnons. Lorsqu'il les vit bien endormis, il se dressa prudemment sur ses genoux ; à la lueur du feu de camp il fouilla du regard dans l'herbe. Parmi les quelques morceaux d'écorce de sycomore qu'il put trouver, il en choisit deux, prit sa craie rouge et écrivit tant bien que mal quelques lignes sur chacun d'eux, mit l'un des morceaux d'écorce dans sa poche, l'autre dans le chapeau de Joe qu'il éloigna de quelques pas de son propriétaire. Dans le chapeau il déposa également quelques trésors d'une valeur inestimable pour un écolier : un morceau de craie, une balle de caoutchouc, trois hameçons, une bille de verre. Puis il s'éloigna sur la pointe des pieds vers les grands arbres ; et lorsqu'il fut sûr que ses deux compagnons ne pouvaient plus l'entendre, il piqua un temps de galop dans la direction du banc de sable.

XV
Expédition nocturne

Quelques minutes plus tard Tom était dans l'eau et traversait le gué en direction de la rive opposée. Avant que l'eau lui ait atteint la ceinture il avait dépassé le milieu du fleuve ; mais là, le courant était trop violent pour qu'il pût continuer à marcher ; il dut se mettre à nager vigoureusement pendant la centaine de mètres qui lui restait à franchir. Nageant de biais, il eut affaire à un courant plus fort qu'il ne s'y attendait. Toutefois il réussit à gagner la rive qu'il suivit jusqu'à ce qu'il ait trouvé un endroit pour remonter sur la berge. Il tâta la poche de sa veste ; le morceau d'écorce y était toujours. Rassuré il suivit le rivage sous le couvert des bois ; ses vêtements ruisselaient. Un peu avant dix heures il atteignit un endroit d'où il pouvait voir le village ; et, dans l'ombre des arbres, il aperçut le petit vapeur. Le ciel était étoilé ; tout était calme. Il revint vers le fleuve et, l'œil aux aguets, se glissa dans l'eau, fit quelques brasses et monta dans le petit canot accroché à l'arrière du vapeur. Se glissant sous les banquettes il attendit, immobile.

Peu après, la cloche retentit ; une voix cria : « En route ! » Une minute plus tard l'avant du canot se souleva dans le sillage du vapeur ; le voyage commençait. Tom avait réussi ; il savait qu'à cette heure le vapeur faisait son dernier parcours de la journée. Au bout de quelques minutes les roues à aubes s'immobilisèrent. Tom enjamba le bordage du canot et se remit à nager vers la rive de façon à aborder une cinquantaine de mètres plus bas, pour éviter de rencontrer des traînards. Prenant des chemins détournés il rejoignit la maison de sa tante par le côté opposé à la rue, franchit la clôture et inspecta la fenêtre éclairée au rez-de-chaussée. Dans la grande pièce, tante Polly, Sid, Mary et la mère de Joe Harper étaient réunis près du lit et causaient. Le lit les séparait de la porte. Tom s'approcha de la porte ; avec précaution il souleva le loquet, poussa légèrement ; la porte grinça ; il continua à pousser prudemment, tremblant d'angoisse chaque fois que la porte grinçait, jusqu'à ce qu'il pût entrer en se mettant à genoux, il passa la tête et finit par pénétrer dans la pièce sans être vu.

— Qu'est-ce qui fait vaciller comme cela la flamme de la chandelle ? demanda tante Polly.

Tom précipita le mouvement.

— Mais on dirait que la porte n'est pas fermée. Ma parole, elle est ouverte ! Il se passe ici des choses bizarres. Va fermer la porte, mon petit Sid.

Tom eut juste le temps de se dissimuler sous le lit. Il reprit haleine et rampa jusqu'à toucher les pieds de sa tante.

— Comme je vous le disais, reprit tante Polly, ce

n'était pas un mauvais garçon. Espiègle, étourdi, écervelé comme un cheval échappé, c'est entendu. Mais il ne pensait pas à mal ; en tout cas il avait bon cœur.

Et elle se mit à pleurer.

— Tout comme mon Joe : malicieux, toujours prêt à jouer des tours, mais pas égoïste pour deux sous. Un bon garçon. Mon Dieu, quand je pense que je l'ai fouetté pour avoir pris cette crème que j'avais jetée moi-même parce qu'elle était aigre, et que plus jamais, jamais en ce monde je ne reverrai ce pauvre enfant !

Et Mme Harper sanglota comme si son cœur allait éclater.

— J'espère que Tom n'est pas trop mal là où il est, dit Sid. Tout de même, s'il avait été plus sage...

— Oh ! Sid !

Tom ne pouvait pas voir la lueur qui passa dans le regard de sa tante ; mais il s'en rendit compte.

— Pas un mot contre mon Tom, maintenant qu'il n'est plus ! Le bon Dieu prendra soin de lui, ne t'inquiète pas. Oh, madame Harper ! Je ne pourrai jamais m'y faire, je ne m'en consolerai jamais. Il était tant pour moi ! bien qu'il m'ait si souvent fait enrager.

— Le Seigneur vous l'a donné, le Seigneur l'a repris... Béni soit le nom du Seigneur ! Mais c'est dur, c'est bien dur. Tenez, samedi dernier, mon Joe m'a fait éclater un pétard juste sous le nez ; et je lui ai administré une de ces corrections ! Je ne me doutais pas que bientôt... Mais s'il recommençait maintenant, je l'embrasserais.

— Ah oui, madame Harper ; je me rends compte de ce que vous éprouvez. Ainsi, pas plus tard qu'hier à midi, mon Tom a fait prendre au chat une cuillerée d'élixir reconstituant, et j'ai bien cru que la malheureuse bête allait tout casser dans la maison. Dieu me pardonne, j'ai donné à Tom des coups sur la tête... avec mon dé à coudre, le pauvre petit ! Mais maintenant il ne souffre plus ! Et le dernier mot qu'il m'a dit, c'était un mot de reproche...

Cette évocation, c'était plus que la vieille dame n'en pouvait supporter et elle ne put achever sa phrase. Tom avait toutes les peines du monde à empêcher son émotion de s'extérioriser, encore qu'il s'attendrît plus sur lui-même que sur les autres. Il entendait Mary pleurer et dire de temps en temps quelques mots gentils sur son compte ; et il remonta dans sa propre estime. Cependant le chagrin de sa tante le touchait tellement qu'il éprouvait un violent désir de sortir de dessous le lit, et de lui sauter au cou, de la consoler... L'effet sensationnel de ce coup de théâtre le tentait beaucoup mais il sut se dominer et resta tranquille.

Continuant à écouter, il apprit par bribes successives qu'on avait d'abord supposé que ses amis et lui s'étaient noyés en prenant un bain dans le fleuve. Ensuite était parvenue la nouvelle de la disparition du radeau ; puis certains enfants avaient raconté qu'un soir les disparus avaient promis qu'on « verrait bientôt du nouveau » ; les plus malins avaient fait des recoupements et en concluaient que les enfants étaient partis sur le radeau, qu'il ne s'agissait que d'une promenade jusqu'au village voisin ; mais vers midi on avait retrouvé le radeau dans une petite crique à quelque dix kilomètres de la localité, et tout espoir s'était évanoui. Ils devaient s'être noyés, sans quoi la faim les eût certainement ramenés à la tombée de la nuit, sinon plus tôt. Si les recherches entreprises pour retrouver les corps étaient restées sans résultat, c'était parce que l'accident avait dû se produire au milieu du fleuve ; autrement, les enfants, bons nageurs, auraient regagné la rive.

On en était à mercredi soir. Si d'ici dimanche on ne retrouvait rien, il faudrait abandonner tout espoir et célébrer le service funèbre dimanche matin. Tom en eut froid dans le dos.

Mme Harper dit adieu en sanglotant et se leva pour partir. D'un même mouvement les deux femmes en larmes se jetèrent dans les bras l'une de l'autre. Mme Harper partie, tante Polly embrassa Sid et Mary plus tendrement que d'habitude. Quand ils sortirent, Sid reniflait un peu et Mary pleurait à chaudes larmes.

Restée seule, tante Polly s'agenouilla et pria pour Tom d'une manière si touchante et avec tant d'affection dans sa vieille voix, qu'avant qu'elle eût fini le visage de Tom était baigné de larmes.

Il lui fallut rester immobile longtemps après qu'elle se fut couchée : elle soupirait, elle s'agitait, elle se retournait... Enfin elle se calma ; dans son sommeil, elle gémissait encore. Tom se glissa hors de sa cachette et, s'abritant avec sa main de la lumière de la chandelle, il regarda sa tante. Son cœur était plein d'une tendre pitié pour elle. Il tira de sa poche son morceau d'écorce et le déposa près de la bougie. Mais subitement il s'arrêta, songeur. L'idée lui était venue d'une solution meilleure. Il se ravisa, remit en hâte le morceau d'écorce dans sa poche, déposa un baiser sur le visage fatigué de sa tante et sortit de la pièce sans bruit, en refermant la porte.

D'un pas rapide il regagna l'embarcadère du vapeur ; il n'y avait personne. Il monta à bord du bateau ; le seul homme à bord, quand il voulait bien y être, c'était un gardien qui dormait comme une pioche. Tom détacha le canot, s'y glissa et se mit à ramer pour remonter le courant. Lorsqu'il eut fait quinze cents mètres en amont du village, il navigua de biais : c'était la partie la plus difficile du parcours. Il regagna la rive juste à l'endroit voulu : Tom savait manœuvrer. Un moment il lui vint à l'idée de s'emparer du canot ; après tout on pouvait le considérer comme un navire, donc de bonne prise pour un pirate ; mais il réfléchit qu'on entreprendrait peut-être des recherches susceptibles d'amener la découverte de leur repaire ; il abandonna ce projet, sauta à terre et pénétra dans le bois qui bordait le rivage.

Là il s'assit pour se reposer ; il eut toutes les peines du monde à ne pas s'endormir ; puis il reprit sa route. La nuit touchait à sa fin. Il faisait jour lorsqu'il se trouva à hauteur du banc de sable. Il se reposa de nouveau, jusqu'à ce que le soleil fût relativement haut au-dessus de l'horizon et eût embrasé le grand fleuve de toute sa splendeur. Tom, alors, plongea dans le courant. Un peu plus tard, ruisselant, il arrivait au campement juste à temps pour entendre Joe dire :

— Non ; Tom est loyal, Huck. Il reviendra ; il n'est pas un déserteur. Il sait que ce serait une honte pour un pirate, et Tom a bien trop d'amour-propre pour nous faire un coup pareil. Il a sûrement une idée en tête ; mais laquelle ?

— En tout cas ce qu'il a laissé dans ton chapeau est à nous, pas vrai ?

— Presque, mais pas encore, Huck. Il a écrit que ce serait à nous s'il n'était pas de retour pour déjeuner.

— Coucou ! le voilà ! s'écria Tom qui avait soigné son effet.

Et il fit une entrée majestueuse.

Un somptueux repas, composé de lard et de poisson, s'ensuivit. Pendant qu'on le préparait, Tom raconta ses aventures en les enjolivant quelque peu. Le récit achevé, toute la bande fut aussi fière d'elle-même que si tous ses membres y avaient participé.

Tom alla s'étendre dans un coin ombreux jusqu'à midi tandis que les autres pirates partaient en exploration.

XVI
Le canif perdu

Après le dîner les pirates partirent à la recherche d'œufs de tortue, sur le banc de sable. Ils allèrent de-ci de-là, tâtant dans le sable avec un bâton ; là où le bâton s'enfonçait plus facilement, ils s'agenouillèrent et creusèrent avec leurs mains. Dans un seul trou il y a parfois cinquante ou soixante œufs parfaitement ronds et à peine plus gros qu'une noix. Cette nuit-là les œufs de tortue firent les frais du festin. Le lendemain matin il en restait assez pour le petit déjeuner.

Après quoi les trois amis allèrent jouer sur la plage formée par le banc de sable, puis ils se déshabillèrent et entrèrent dans l'eau, peu profonde au-dessus du banc. La violence du courant occasionna de nombreuses chutes qui firent leur joie. Les gamins se prirent à bras-le-corps ; la lutte finissait par un plongeon où vainqueurs et vaincus disparaissaient ; on n'apercevait plus au-dessus de l'eau qu'un fouillis de bras et de jambes. Les adversaires étaient ravis. Quand ils étaient fatigués ils se roulaient sur le sable chaud, s'en recouvraient, puis retournaient dans l'eau et recommençaient leurs ébats. Ensuite ils tracèrent un rond sur le sable et jouèrent au cirque, un cirque où il y avait trois clowns : aucun d'eux n'aurait voulu renoncer à ce rôle prestigieux en faveur de son voisin. Après quoi il y eut une partie de billes. Puis Joe et Huck retournèrent à l'eau. Cette fois Tom ne voulut pas y aller ; il s'était aperçu qu'en se déshabillant il avait perdu le bracelet en peau de serpent à sonnettes qu'il portait à la cheville contre les crampes. Quand il eut retrouvé son bracelet, les autres étaient fatigués et voulurent se reposer. Le repos entraîne à la rêverie, voire à la mélancolie ; ils songèrent que là-bas, de l'autre côté du fleuve, se trouvait leur village natal éclairé par les rayons du soleil. Tom se surprit en train d'écrire avec son orteil le nom de « BECKY » sur le sable ; il l'effaça et se reprocha cette faiblesse. Mais il recommença ; il ne pouvait pas s'en empêcher. Il l'effaça de nouveau, et pour ne plus céder à la tentation il rejoignit ses camarades. Le moral de Joe était bas, très bas, tellement bas qu'il y avait lieu de se demander s'il pourrait jamais remonter. Il avait tellement la nostalgie de son foyer qu'il ne pouvait se faire à l'idée d'en être privé ; les larmes n'étaient pas loin. Huck n'était pas gai non plus. Tom était découragé mais s'efforçait bravement de ne pas le laisser paraître. Il gardait en réserve un secret qu'il ne voulait pas encore révéler ; mais si la mauvaise humeur ne se dissipait pas, il serait obligé de parler. C'est d'un air enjoué qu'il s'exclama :

— Les gars, je parie que nous ne sommes pas les premiers pirates sur cette île. Il faut que nous partions à la découverte ; il y a sûrement un trésor caché quelque part. Ça en serait une affaire, de trouver un coffret plein d'or et d'argent, hein ?

L'enthousiasme soulevé par cette proposition ne dura guère. Tom fit encore deux ou trois tentatives sans plus de succès. Ça ne « rendait » pas. Joe grattait le sable avec un bâton, il avait l'air de porter le diable en terre. Il finit par dire :

— Moi, je propose qu'on abandonne. Je veux retourner chez moi. On est trop seuls ici.

— Mais non, mon vieux, ça va se tasser. Pense aux belles parties de pêche que nous faisons.

— Je m'en fiche de la pêche ; je veux retourner chez moi.

— Voyons, tu ne seras jamais mieux pour nager qu'ici.

— Nager, j'en ai marre. On dirait que pour que ça m'amuse il faut qu'on me le défende. Je veux m'en aller.

— Bébé qui veut retourner chez sa maman.

— Oui, je veux retourner chez ma maman, et si vous aviez la vôtre vous feriez comme moi. Je ne suis pas plus bébé qu'un autre, dit Joe en reniflant.

— Eh bien, c'est ça. Laissons Bébé retourner chez sa maman, n'est-ce pas, Huck ? Pauvre petit, il veut voir sa maman ; il ira la voir, mais oui. Nous, nous restons ici ; Huck, qu'est-ce que tu en dis ?

Le moins qu'on puisse dire est que le « oui » de Huck manquait un peu de conviction.

— Je ne te parlerai plus jamais de ma vie, dit Joe en se levant pour se rhabiller.

— Tant pis ! dit Tom. Je ne te le demande pas. Rentre chez toi pour qu'on se paie ta tête. En voilà un pirate ! Huck et moi, nous ne sommes pas des bébés. Nous restons, n'est-ce pas, Huck ? Que Joe retourne chez lui s'il veut, nous n'avons pas besoin de lui.

En dépit de sa fanfaronnade Tom manquait d'assurance ; de voir Joe se rhabiller, cela l'ennuyait. Il n'aimait pas non plus voir que Huck suivait avec envie les préparatifs de Joe et gardait un silence de mauvais augure. Sans dire un mot d'adieu Joe se dirigea vers le banc de sable. Tom sentit son cœur se serrer ; il regarda Huck. Huck détourna les yeux et dit :

— Moi aussi je veux m'en aller, Tom. Nous sommes trop isolés ici, et ça ira de mal en pis. Allons-nous-en.

— Certainement pas. Allez-vous-en tous les deux si vous voulez, moi je reste.

— Tom, j'aime mieux m'en aller.

— Va-t'en ; qu'est-ce qui te retient ?

Huck ramassa ses hardes.

— Tom, tu ferais mieux de venir, toi aussi. Réfléchis ; nous t'attendrons sur l'autre rive.

— Eh bien, vous m'attendrez longtemps ; c'est moi qui vous le dis.

Huck s'éloigna, le cœur gros. Tom le regarda s'en aller ; une lutte s'engagea en lui entre l'orgueil de rester et le désir de les suivre. Il espérait que les deux autres se raviseraient, mais ceux-ci, lentement, continuaient leur route. Imposant silence à son amour-propre, Tom courut après eux et leur cria :

— Attendez, attendez ! J'ai quelque chose à vous dire.

Ils s'arrêtèrent et firent demi-tour. Tom les rejoignit ; il leur confia son secret. Ils écoutèrent d'abord d'un air maussade ; mais quand ils virent où Tom voulait en venir, ils applaudirent avec des cris de joie à son idée.

— Merveilleux ! Si tu nous avais dit ça plus tôt nous ne serions pas partis.

Tom trouva une excuse ; mais en réalité il avait eu peur que ce secret lui-même, sa dernière arme, ne réussît pas à les retenir bien longtemps ; aussi avait-il combiné de ne s'en servir qu'en dernier ressort.

Les enfants revinrent gaiement ; les jeux reprirent avec entrain. Le plan de Tom était admirable, génial. Le repas se composa d'œufs et de poisson. Après quoi Tom déclara qu'il voulait apprendre à fumer. Joe emboîta le pas. Huck confectionna des pipes qu'il bourra. Les novices n'avaient encore fumé que des cigares faits de feuilles de vigne, qui piquent la langue et « sont tout au plus bons pour des enfants ».

Ils s'allongèrent par terre, s'appuyèrent sur un coude et, non sans appréhension, commencèrent à tirer les premières bouffées. La fumée n'avait pas très bon goût..., ils toussèrent un peu. Tom dit :

— Mais ça n'est pas difficile ! Si j'avais su que c'était si simple que ça j'aurais appris plus tôt.

— Moi aussi, dit Joe ; ça n'est rien du tout.

— Bien des fois j'ai regardé des gens fumer et j'ai eu envie d'en faire autant ; je ne croyais pas que c'était si facile que ça.

— Moi aussi j'en ai eu envie. Huck, je t'en ai parlé plus d'une fois, hein ?

— Oui, bien des fois, fit Huck.

— Eh bien moi, alors ? dit Tom. Des centaines de fois. Tu te rappelles pas, près de l'abattoir ? Même que Bob Tanner était là, et Johnny Miller, et Jeff Thatcher aussi. Tu ne te rappelles pas, Huck ?

— Si, dit Huck. C'était le lendemain du jour où j'ai perdu une bille blanche. Non... c'était la veille.

— Tiens, dit Tom. La preuve c'est que Huck se rappelle.

— Il me semble que je pourrais fumer la pipe toute la journée, dit Joe ; je n'ai pas mal au cœur.

— Moi non plus, dit Tom ; je fumerais bien toute la journée. Mais je te parie que Jeff Thatcher ne pourrait pas.

— Jeff Thatcher ! il tournerait de l'œil avant d'avoir aspiré deux bouffées. T'as qu'à lui faire essayer.

— Et Johnny Miller ! je voudrais bien l'y voir.

— Johnny Miller ! avec une seule bouffée il serait frais.

— Dis donc, Joe ; si les copains nous voyaient !

— Tu parles !

— Faut rien leur dire, et une fois qu'on sera tous ensemble, je te dirai : « Dis donc, Joe, j'ai envie de fumer ; t'as pas une pipe ? » et toi tu me répondras, sans avoir l'air d'y toucher : « Oui j'ai ma vieille pipe, et j'en ai une autre que je peux te prêter, mais mon tabac n'est pas fameux. » Je te répondrai : « Oh ! ça n'a pas d'importance du moment qu'il est assez fort. » Et puis tu sortiras tes pipes et on les allumera, et tu verras la tête qu'ils feront !

— Ça sera crevant. Je voudrais déjà y être !

— Moi aussi. Et quand on leur dira qu'on a appris à fumer quand on était pirates, ils regretteront de ne pas être venus.

— Sûrement.

Etc., etc. La conversation continua sur ce ton. Bientôt elle devint décousue et tomba. Un silence régna ; les fumeurs commencèrent à cracher. Leurs glandes salivaires devenaient de véritables fontaines ; bientôt ils n'arrivèrent plus à cracher assez vite pour éliminer l'excès de salive qui se formait. Le trop-plein se déversa dans la gorge ; de temps à autre il leur fallut réprimer un haut-le-cœur intempestif. Les deux débutants étaient livides. La pipe de Joe lui glissa des mains ; celle de Tom en fit autant. Et la salive montait toujours. Joe dit d'une voix blanche :

— Je... j'ai perdu mon canif. Il faut que je... que j'aille le chercher.

Les lèvres de Tom tremblaient ; il chevrota :

— Je... je vais t'aider. Toi, va de ce... côté-là et moi je... vais du côté de... la source. Te dérange pas, Huck ; on le trouvera bien sans toi.

Huck se rassit et attendit Il attendit une heure. Trouvant le temps long il partit à la recherche de ses camarades. L'un et l'autre dormaient à poings fermés, chacun de son côté. Un rapide examen des lieux démontra à Huck que, si ses deux amis avaient éprouvé un malaise quelconque, ils avaient fait le nécessaire pour y mettre fin.

Au dîner, ce soir-là, la conversation ne fut pas très nourrie. Quand après le repas Huck bourra sa pipe et offrit d'en préparer deux autres, Tom et Joe déclinèrent en prétextant qu'ils ne se sentaient pas très bien, qu'ils avaient dû manger quelque chose d'un peu indigeste...

Vers minuit Joe se réveilla et appela ses camarades. L'atmosphère était lourde, d'une lourdeur de mauvais aloi. Malgré la chaleur écrasante les enfants se serrèrent les uns contre les autres près du feu ; ils s'assirent et attendirent les événements. Le silence continuait. La lueur du feu faisait paraître encore plus opaque l'obscurité environnante. Tout à coup une brève lueur éclaira un instant le feuillage des grands arbres. Le fait se reproduisit plusieurs fois. La forêt fit entendre une sorte de gémissement. Sentant soudain une brise leur caresser la figure, les enfants frissonnèrent à l'idée que ce pouvait être l'haleine de l'Esprit de la Nuit. Après une accalmie, un nouvel éclair illumina comme en plein jour tout le paysage dans ses plus petits détails, et se refléta sur trois visages blêmes et effarés. Un coup de tonnerre retentit, formidable, et se perdit en grondements sinistres dans le lointain ; un vent froid éparpilla les feuilles mortes ainsi que les cendres du foyer ; un autre éclair illumina la forêt et fut immédiatement suivi d'un fracas tel qu'il donna l'impression de déchiqueter la cime des arbres juste au-dessus de la tête des enfants. Terrifiés, ceux-ci se cramponnaient les uns aux autres, dans l'ombre que les éclairs ne faisaient qu'accentuer. Quelques grosses gouttes de pluie claquèrent sur les feuilles.

— Les gars ! vite, à la tente ! s'écria Tom.

Butant dans les racines, se prenant les pieds dans les lianes, ils bondirent dans trois directions différentes. Une violente rafale secoua les arbres, faisant tout vibrer sur son passage. Les éclairs succédèrent aux éclairs, les coups de tonnerre aux coups de tonnerre. Une pluie torrentielle vint à tomber, et la tempête qui s'élevait chassait l'eau en nappes qui balayaient le sol. Les enfants s'interpellaient en criant à tue-tête, mais le vent et le tonnerre les empêchaient de s'entendre. Un à un, ils parvinrent à se frayer un chemin et regagnèrent l'abri de la tente ; ils avaient froid, ils avaient peur, ils étaient trempés ; mais, dans un tel cataclysme, ne pas être seul c'était déjà quelque chose. La tempête devint de plus en plus forte ; la voile fut arrachée et s'envola. Les enfants se prirent par la main et, au prix de quelques chutes et de multiples contusions, coururent chercher un refuge sous un gros chêne au bord de la rivière. Les éléments étaient déchaînés. Une suite ininterrompue d'éclairs projetait sa lueur crue et sans ombres sur les arbres, sur les vagues, sur les falaises de la rive opposée, que par intervalles, entre les nuages à la dérive et le voile oblique de la pluie, on voyait comme en plein jour. Les arbres pliaient sous la rafale ; l'eau du fleuve se soulevait en grandes vagues blanches d'écume que prolongeaient les embruns. De temps à autre un arbre déraciné tombait sur les broussailles environnantes. De terrifiants coups de tonnerre déchiraient les oreilles. La tempête, que l'on eût crue parvenue au maximum de sa violence, redoubla ; l'île sembla se disloquer ; les enfants eurent l'impression qu'elle allait tout à la fois être emportée par le vent, sombrer dans le fleuve, disparaître dans l'eau jusqu'à la cime des arbres dans un bruit assourdissant. Rude nuit pour de jeunes égarés.

Puis la bataille cessa, les éléments se calmèrent ; les lueurs et les coups de tonnerre diminuèrent d'intensité ; petit à petit, le temps redevenait calme, la paix reprenait ses droits. Encore tout tremblants, les trois pirates regagnèrent leur camp ; et là, ce qu'ils virent les fit remercier Dieu : en leur absence, le grand sycomore, à l'abri duquel ils avaient dormi depuis leur arrivée, était en miettes ; il avait été frappé par la foudre...

Dans le camp, tout était détrempé, le foyer était éteint ; avec l'insouciance de leur âge, les enfants n'avaient pris aucune précaution contre la pluie. C'était un désastre : leurs vêtements ruisselaient, et ils mouraient de froid.

A force de recherches, ils découvrirent que, sous le gros tronc qu'ils avaient choisi pour abriter leur foyer, là où le feu avait ménagé une sorte de voûte, un espace large comme la main était resté sec ; quelques rares tisons couvaient encore sous la cendre. Patiemment, à l'aide de brindilles et d'écorces prélevées sur la partie inférieure des troncs abrités, ils réussirent à faire reprendre le feu. Alors ils entassèrent du bois mort et firent un immense brasier qui contribua puissamment à leur remonter le moral. Ils firent sécher ce qu'il leur restait de jambon, se restaurèrent, puis s'assirent et passèrent le reste de la nuit à causer, car il n'était pas question de trouver où que ce soit un endroit sec pour dormir.

Au matin, les rayons de soleil pénétrèrent jusqu'à eux. Tout engourdis de sommeil, ils s'allongèrent à découvert près du banc de sable et s'endormirent. La grande chaleur les réveilla et ils préparèrent leur déjeuner. Après le repas ils se sentirent raides et courbatus ; une fois de plus la nostalgie les envahit. Tom s'en aperçut et s'efforça d'égayer ses camarades du mieux qu'il put. Mais ils n'avaient envie ni de jouer aux billes, ni de faire les clowns, ni de nager. Alors il leur rappela le secret qu'il leur avait confié et réussit à les dérider. Il en profita pour les intéresser à un nouveau plan : cesser pour un instant d'être des pirates et, pour changer, devenir des Indiens. Cette idée leur plut : en un instant ils se déshabillèrent et se tracèrent avec de la boue des zébrures sur tout le corps. S'étant ainsi promus au rang de chefs, ils se précipitèrent à travers bois pour effectuer l'attaque d'un campement anglais.

Puis, jouant le rôle de tribus ennemies, ils se ruèrent les uns contre les autres avec des cris de guerre épouvantables, s'entre-tuèrent et se scalpèrent mutuellement des centaines de fois. Cette journée de carnage leur laissa un excellent souvenir.

Vers l'heure du repas du soir ils se rassemblèrent dans le camp, affamés et heureux. Mais là une difficulté se présentait. Entre Indiens ennemis qu'ils étaient, ils ne pouvaient pas rompre le pain de l'hospitalité sans d'abord faire la paix. Pas moyen de faire la paix sans fumer le calumet de la paix. Pas moyen de s'en tirer autrement. Deux des sauvages auraient bien voulu être restés pirates. Quoi qu'il en soit il fallait y passer. Faisant contre mauvaise fortune bon cœur, ils demandèrent le calumet et tirèrent une bouffée chacun leur tour, suivant le rite consacré.

Après quoi ils trouvèrent que l'état de sauvages ne leur réussissait pas si mal car ils avaient appris quelque chose : ils avaient découvert que maintenant il leur était possible de fumer un peu sans éprouver le besoin d'aller à la recherche d'un canif égaré ; ils ne furent pas assez incommodés pour être sérieusement mal à l'aise. Il ne s'agissait pas de manquer de courage. Après le souper ils s'exercèrent prudemment et parvinrent à s'en tirer sans incidents fâcheux. Ils étaient plus fiers de leur nouvel exploit qu'ils ne l'auraient été de scalper et d'écorcher les Sioux des Six Tribus. Laissons-les fumer, bavarder et fanfaronner ; nous n'avons plus besoin d'eux pour l'instant.

XVII
Coup de théâtre

En ce samedi après-midi, personne dans le village ne manifestait aucune gaieté. Quant à la famille Harper et à celle de la tante Polly, c'est en pleurant et en sanglotant qu'elles préparaient leurs vêtements de deuil. Dans le village régnait une tranquillité inaccoutumée. Les villageois, l'air absent, vaquaient à leurs affaires ; ils parlaient peu et soupiraient beaucoup. Les enfants paraissaient redouter le congé dominical ; ils renoncèrent à leurs jeux habituels.

Mélancolique, Becky Thatcher errait dans l'école déserte. Rien ne pouvait la consoler.

— Si seulement j'avais encore son anneau de chenet ! Mais je n'ai même pas un souvenir de lui.

Et elle réprima un sanglot. Elle s'arrêta et songea :

« C'est ici que cela s'est passé. Si c'était à refaire je ne dirais plus ce que j'ai dit... pas pour tout l'or du monde. Mais maintenant c'est fini ; je ne le reverrai jamais, jamais plus... »

Cette pensée lui déchira le cœur ; elle sortit ; de grosses larmes lui coulaient le long des joues. Passa un groupe d'écoliers, garçons et filles, camarades de jeux de Tom et de Joe. Ils s'arrêtèrent, regardèrent par-dessus la clôture, rappelèrent — avec une déférente componction — qu'ici Tom avait fait ceci ou cela, la dernière fois qu'ils l'avaient vu, que Joe avait dit ceci ou cela — présage d'un triste dénouement, comme il était aisé de le voir maintenant — et chacun des beaux parleurs montrait l'endroit exact où les deux enfants disparus se trouvaient au moment précis auquel il faisait allusion, en ajoutant des commentaires de ce genre : ... « et moi, j'étais là, juste où je suis maintenant, — et il était là, juste à l'endroit où vous êtes, — je n'étais pas plus loin de lui que ça, et il a souri, comme ça, — et alors j'ai senti comme quelque chose qui me parcourait de la tête aux pieds, cela fait une impression très déplaisante, — et, sur le moment, je n'ai pas eu idée de ce que cela voulait dire, évidemment, mais maintenant je comprends. » Ils se disputèrent pour savoir qui avait échangé les ultimes paroles avec les disparus. Les témoignages étaient plus ou moins fantaisistes. Ceux qui réussirent à prouver que c'étaient eux firent aussitôt figure de personnages importants et devinrent l'objet de la jalousie des autres. Un pauvre garçon, qui n'avait aucun titre à invoquer, ne trouva, pour se mettre en valeur, rien de mieux à dire que : « Et puis moi, une fois Tom m'a flanqué une rossée. »

Comme c'était là une distinction dont la plupart de ses camarades pouvaient se prévaloir, le vantard en fut pour ses frais. Le groupe s'éloigna, célébrant à voix basse les hauts faits des héros défunts.

Le lendemain, après l'école du dimanche, le carillon qui de coutume appelait les fidèles au service se mua en un glas funèbre. L'air était calme et le triste son des cloches s'harmonisait avec le silence de la petite ville. Les villageois arrivèrent les uns après les autres. Ils s'arrêtaient un moment sous le porche pour échanger leurs

impressions sur le triste événement. A l'intérieur de l'église, pas un chuchotement ; rien ne troublait le silence, rien que le bruissement funèbre des robes de deuil au fur et à mesure que les femmes se rendaient à leurs places respectives. Jamais la petite chapelle n'avait contenu tant de monde. Quand la tante Polly fit son entrée, suivie de Sid et de Mary ainsi que de la famille Harper, l'assistance tout entière, y compris le pasteur, se leva avec déférence et attendit debout que ces dames se fussent assises au premier rang. Il y eut un moment de silence, interrompu par quelques sanglots étouffés. Puis le pasteur étendit les mains et commença à prier. Après le chant d'une hymne appropriée, le pasteur prit comme texte de son sermon : « Je suis la Résurrection et la Vie. »

Il parla en termes tellement touchants des qualités de ceux dont on déplorait la mort prématurée, de leur affabilité, de la séduction de leurs manières, des espoirs que l'on pouvait fonder sur eux que, tout en éprouvant un serrement de cœur à la pensée qu'il avait pu ne pas les apprécier à leur juste valeur, chacun des assistants se demandait comment il avait pu se faire qu'il n'ait jusqu'alors eu d'yeux que pour leurs défauts et leurs imperfections ; il relata sur la vie des disparus tant d'incidents qui mettaient en relief la bonté, la générosité de leurs natures, que les auditeurs attendris ne comprenaient plus comment d'aussi angéliques créatures avaient pu si souvent leur faire l'effet de franches petites canailles auxquelles une sévère correction aurait fait le plus grand bien.

L'assistance était de plus en plus émue, le pasteur était de plus en plus lyrique, tant et si bien que tous les fidèles en pleurs firent chorus avec les familles en deuil, et que le pasteur lui-même donna libre cours à ses sentiments et fondit en larmes en pleine chaire.

Tout à coup il y eut dans la tribune un léger bruit auquel tout d'abord personne ne prit garde ; un instant plus tard la porte de l'église grinçait ; le pasteur releva la tête, regarda au-dessus de son mouchoir à travers ses larmes et tout à coup resta immobile, comme changé en statue. Quelqu'un se retourna pour voir ce qui attirait son attention ; une autre personne en fit autant et bientôt

tous les fidèles, debout, pétrifiés, virent s'avancer au milieu de la nef les trois gamins que l'on croyait morts : Tom suivi de Joe et de Huck, ce dernier plus en haillons que jamais et qui ne savait plus où se mettre. Dans le but d'entendre leur propre oraison funèbre, les trois pirates s'étaient cachés dans la tribune, alors inoccupée.

Tante Polly, Mary et les Harper se jetèrent au cou des enfants retrouvés, les couvrirent de baisers et se confondirent en actions de grâces, tandis que le pauvre Huck, penaud, mal à son aise, cherchait à se dissimuler aux regards malveillants braqués sur lui. Il hésitait, prêt à rebrousser chemin, quand Tom lui coupa la retraite :

— Tante Polly, dit-il, ce n'est pas juste. Il faut que Huck ait quelqu'un qui soit content de le revoir.

— Mais je suis contente, tout le monde est content de le revoir, le pauvre !

Les démonstrations que la tante Polly lui prodigua de son affection ne faisaient qu'aggraver la gêne du malheureux enfant.

Tout à coup, d'une voix qui faisait trembler les vitres, le pasteur entonna le premier vers d'un vieux cantique : « Gloire au Seigneur, dont les bienfaits... » qu'il accompagna de cette recommandation : « Chantez ! et mettez-y toute votre ardeur ! »

Les fidèles s'exécutèrent. Ebranlant jusqu'aux poutres de la toiture, un vibrant cantique monta vers le ciel. Pendant ce temps, sous les regards d'envie de ses camarades, Tom Sawyer, rayonnant, convenait en lui-même que c'était le plus beau jour de sa vie.

Et à la sortie de l'église, les assistants que Tom avait mystifiés déclarèrent qu'ils consentiraient volontiers à être encore une fois les victimes de ses machinations si cela pouvait leur valoir d'entendre chanter encore une fois le même cantique d'aussi magistrale façon.

Ce jour-là, selon l'humeur de sa tante, Tom fut plus embrassé et reçut plus de coups de dé sur la tête que cela ne lui était jamais arrivé au cours d'une année entière ; et il eût été fort en peine de décider ce qui, des coups ou des caresses, traduisait le mieux l'affection de sa tante pour lui et sa reconnaissance envers le Seigneur.

XVIII
Le rêve

C'était cela le grand secret, le plan génial de Tom : revenir en compagnie de ses confrères en piraterie, juste à temps pour assister à leurs propres funérailles. Le samedi, à la tombée de la nuit, ayant traversé le fleuve sur un tronc d'arbre, ils avaient abordé à huit ou dix kilomètres en aval du village. Ils avaient dormi jusqu'à l'aube dans les bois environnants, s'étaient faufilés jusqu'à l'église par de petites rues désertes et, une fois dans la tribune, s'étaient de nouveau laissés aller au sommeil au milieu d'un amas de bancs hors d'usage.

Lundi matin, au petit déjeuner, tante Polly et Mary comblèrent Tom de gâteries. La conversation fut exceptionnellement animée. La tante interpella son neveu :

— Je ne nie pas, Tom, que cela n'ait été une excellente plaisanterie de laisser les gens se morfondre de chagrin pendant presque toute une semaine ; mais tout de même, cela n'était pas très gentil de ta part de me faire souffrir de la sorte. Puisqu'il vous a été possible de traverser le fleuve sur un tronc d'arbre pour venir à votre enterrement, tu aurais bien pu venir me faire savoir d'une façon ou d'une autre que tu n'étais pas mort, et qu'il ne s'agissait que d'une équipée.

— Oui, cela tu aurais pu le faire, dit Mary ; et tel que je te connais, je crois que tu l'aurais fait si tu y avais pensé.

— Aurais-tu fait cela ? interrogea anxieusement tante Polly. Dis-moi, si tu y avais pensé l'aurais-tu fait ?

— Ma foi, je n'en sais trop rien. Cela aurait tout gâché.

— J'aurais espéré que tu m'aimais assez pour cela, dit la tante d'une voix attristée qui impressionna Tom. Cela adoucirait un peu ma peine de savoir que tu y avais pensé, bien que tu ne l'aies pas fait.

— Ma tante, plaida Mary, il ne faut pas lui en vouloir ; il est comme cela, il ne pense à rien.

— Cela n'est pas une excuse. Sid y aurait pensé et il l'aurait fait, lui. Un jour, quand il sera trop tard, Tom, tu verras, tu regretteras de ne pas avoir été plus gentil pour moi alors que cela t'aurait coûté si peu de peine.

— Ma tante, vous savez que je vous aime bien, dit Tom.

— Je le saurais mieux si tes actes étaient en rapport avec tes paroles.

— Je regrette de ne pas y avoir pensé, dit Tom d'un air contrit. En tout cas j'ai rêvé de vous ; c'est tout de même quelque chose, ça ?

— Quelque chose qui est à la portée de tout le monde. Les chats rêvent, eux aussi. Mais enfin c'est mieux que rien. Qu'est-ce que tu as rêvé ?

— Eh bien, dans la nuit de mercredi à jeudi j'ai rêvé que vous étiez assise là, près du lit ; Sid était assis sur le coffre à bois et Mary était à côté de lui.

— En effet, c'est comme cela que nous nous installons tous les soirs. Je me plais à reconnaître qu'au moins en cela tes rêves correspondent à la réalité.

— Et puis j'ai rêvé que la mère de Joe Harper était ici.

— Mais c'est vrai qu'elle y était ! Qu'est-ce que tu as encore rêvé ?

— Beaucoup de choses. Mais je ne me rappelle plus très bien.

— Essaie de te rappeler.

— Il me semble qu'il y avait du vent. Le vent a soufflé...

— En effet, Tom. Le vent a soufflé quelque chose.

Tom se gratta l'oreille comme s'il cherchait.

— Ça y est. J'y suis. Le vent a soufflé la chandelle.

— Mon Dieu, mais c'est vrai ! Continue, Tom.

Et il me semble que vous avez dit : « Je crois que cette porte... »

— Va, continue !

— Attendez, attendez. Oui ; vous avez dit : « Je crois que cette porte est ouverte. »

— Aussi vrai que je suis assise dans ce fauteuil, j'ai dit cela, n'est-ce pas, Mary ? Et après, Tom ?

— Et puis, il me semble que vous avez envoyé Sid...

— Oui, Tom, oui ! je lui ai fait faire quelque chose. Mais quoi ?

— Vous lui avez... vous lui avez... fait fermer la porte.

— Ça, c'est extraordinaire ! Jamais je n'ai rien entendu de pareil. Qu'on ne vienne plus me dire qu'il n'y a rien dans les rêves. D'ici une heure je vais raconter tout cela à Sereny Harper. Elle essaiera de s'en tirer en disant que ce sont encore des superstitions. Continue, Tom !

— Oh ! maintenant c'est très clair en moi. Après, vous avez dit que je n'étais pas un mauvais garçon mais un espiègle, un étourdi, et que je n'avais pas plus de cervelle que... je crois que c'était un cheval échappé, quelque chose comme ça.

— Bonté divine ! Continue, Tom.

— Et alors vous vous êtes mise à pleurer.

— Ça oui. D'ailleurs ce n'était pas la première fois. Et alors ?

— Alors Mme Harper a pleuré aussi ; elle a dit que Joe, c'était pareil, et qu'elle regrettait de l'avoir fouetté pour avoir pris une crème qu'elle avait jetée...

— Tom ! Il n'y a pas à dire, les esprits s'en sont mêlés. C'est prodigieux ! Et alors ?

— Alors Sid a dit... il a dit...

— Je ne crois pas avoir dit quoi que ce soit, fit Sid.

— Si, tu as parlé, dit Mary.

— Taisez-vous ; laissez Tom parler. Tom, qu'est-ce qu'il a dit, Sid ?

— Il a dit... je crois qu'il a dit qu'il espérait que je n'étais pas trop mal là où j'étais mais que si j'avais été plus sage...

— Non ! mais... c'est cela qu'il a dit, mot pour mot !

— Et vous l'avez fait taire.

— C'est ma foi vrai. Oh ! il devait y avoir... il y avait un ange là, sûrement.

— Et Mme Harper a raconté que Joe lui avait fait peur en lui faisant partir un pétard sous le nez ; et vous, vous avez raconté l'histoire de Pierrot et de l'élixir.

— Aussi vrai que je suis en vie !

— Et puis il a été question de recherches faites sur le fleuve pour nous retrouver, et puis du service funèbre de dimanche, et puis Mme Harper vous a embrassée, elle a pleuré et elle est partie.

— C'est miraculeux ! c'est exactement ce qui est arrivé ; aussi vrai que je suis assise sur ce coussin. Tom, si tu avais tout vu, tu ne parlerais pas autrement. Et alors ?

— Alors je crois que vous avez prié pour moi ; c'est en moi comme si je vous avais vue, comme si j'avais entendu tout ce que vous disiez. Et puis vous vous êtes couchée, et j'ai été tellement ému que j'ai pris un morceau d'écorce de sycomore, j'ai écrit dessus : « Nous ne sommes pas morts, nous sommes seulement devenus pirates », et je l'ai déposé sur la table près de la chandelle. Et vous aviez l'air si brave dans votre sommeil ! Je crois que je me suis penché sur vous, que je vous ai embrassée.

— C'est vrai, ça, Tom ? Si tu as fait cela je te pardonne tout ! s'écria tante Polly qui prit Tom dans ses bras et l'embrassa avec tant d'affection que le petit bougre en fut tout bourrelé de remords.

— C'était vraiment très gentil de sa part, même si ce n'était qu'en rêve, murmura Sid comme se parlant à lui-même.

— Tais-toi, Sid ! Dans un rêve on agit exactement de la même façon que si on était tout éveillé. Tiens, Tom, voilà une belle pomme que j'avais mise de côté pour toi si jamais on te retrouvait. Et maintenant va à l'école. Je remercie Dieu, notre Père à tous, Dieu dont l'indulgence et la miséricorde vont à ceux qui croient en lui et qui ont foi en sa parole, de t'avoir rendu à moi quoique je sois indigne de ses bienfaits, je le sais ; mais s'il n'y avait que ceux qui en sont dignes pour mériter ses bénédictions et recevoir l'aide de sa grâce quand ils en ont besoin, il y aurait bien peu de monde pour supporter allégrement les peines d'ici-bas et être admis dans son paradis quand l'heure sonnera d'y entrer. Allez, Sid, Mary, Tom, en route ! il y a déjà longtemps que vous devriez être partis.

Les enfants allèrent à l'école, et la tante alla rendre visite à Mme Harper pour essayer de venir à bout de son scepticisme en lui racontant le merveilleux rêve de son neveu. Sid jugea préférable de garder pour lui la réflexion qu'il fit en quittant la maison : Un rêve aussi long que ça, sans qu'il y ait la moindre erreur, ce n'est pas naturel !

A l'école Tom était devenu un héros. Il ne se donnait plus des airs de casseur d'assiettes ; il avait la démarche digne et fière d'un pirate qui sait que tous les yeux sont braqués sur lui. Il n'avait l'air ni de remarquer les regards ni d'entendre les conversations sur son passage, mais en réalité il buvait du petit-lait... Les camarades plus jeunes marchaient sur ses talons, tout fiers d'être vus avec lui, comme s'ils avaient escorté le tambour-major précédant un défilé ou l'éléphant entrant dans le village à la tête de sa ménagerie. Les garçons de son âge faisaient semblant de ne pas avoir remarqué son absence ; en réalité ils en pâlissaient de jalousie. Ils auraient fait n'importe quoi pour avoir ce teint hâlé, cette peau bronzée par le soleil, et surtout cette célébrité... Tom, lui, n'aurait, pour un empire, renoncé ni à l'une ni à l'autre.

Toute l'école manifestait pour Tom et pour Joe tant d'admiration — les regards ne le leur laissaient pas ignorer — que les deux héros ne tardèrent pas à devenir purement insupportables. Ils ne cessaient de raconter à leurs auditoires complaisants des aventures qui n'avaient jamais de fin, renouvelées qu'elles étaient sans cesse par une imagination infatigable. Quand par-dessus le marché ils tiraient leur pipe de leur poche et se mettaient à fumer, l'enthousiasme était à son comble.

Tom décida que désormais il pouvait se passer de Becky Thatcher. La gloire lui suffisait ; il ne vivrait que pour la gloire. Maintenant que la renommée lui souriait, peut-être Becky voudrait-elle se raccommoder avec lui ? Qu'elle essaie ! elle verrait qu'elle ne comptait plus pour lui. Quelques minutes après, elle arriva. Tom fit semblant de ne pas la voir ; il s'en alla vers un groupe de garçons et de filles et commença à pérorer. Avec une exubérance affectée Becky joua à poursuivre ses camarades, riant très fort quand elle en attrapait une ; et Tom remarqua qu'elle n'en attrapait jamais que quand elle était près de lui, et qu'à ce moment-là elle ne manquait pas de jeter un coup d'œil dans sa direction pour voir s'il l'avait remarquée. Ce manège ne fit que stimuler sa vanité ; au lieu de l'amadouer cela fut cause qu'il persévéra dans sa résolution de faire celui qui ne voyait rien. Bientôt elle cessa de courir et se mit à errer d'un air indécis en poussant des soupirs et en continuant à jeter vers Tom des regards aussi furtifs qu'éplorés. Elle remarqua que Tom parlait plus particulièrement à Amy Lawrence qu'à aucune autre. Cette constatation la troubla ; elle en éprouva un vif serrement de cœur, l'idée lui vint d'abord de s'en aller, mais malgré elle, elle revint vers le groupe. S'adressant à une petite fille qui était tout à côté de Tom, elle lui dit d'un air faussement enjoué :

— Eh bien, Mary Austin ! en voilà une vilaine petite fille qui n'est pas venue à l'école du dimanche !

— Mais si, j'y étais. Tu ne m'as pas vue ?

— Ma foi non ; où étais-tu assise ?

— Dans la classe de Miss Peters, c'est toujours là que je vais. Mais toi, je t'ai bien vue.

— Pas possible ? C'est drôle alors que je ne t'aie pas aperçue. Je voulais te parler du pique-nique.

— Oh ! chic ! chez qui ?

— Mais chez nous ; maman m'a permis de l'organiser.

— Crois-tu qu'elle m'invitera ?

— Bien sûr ; ce pique-nique est pour moi ; elle invitera tous ceux que je voudrai.

— Ça, c'est épatant. C'est pour quand ?

— Bientôt. Dès qu'on sera en vacances.

— On va bien s'amuser. Tu invites tous les camarades ?

— Oui ; enfin tous mes amis... ou ceux qui veulent l'être, déclara Becky en jetant un regard furtif du côté de Tom ; mais celui-ci racontait par le menu à Amy Lawrence la terrible tempête qui s'était déchaînée sur l'île, et lui expliquait avec force détails comment, à un mètre de lui, la foudre avait réduit le gros sycomore en miettes.

— Est-ce que je pourrai venir ? demanda Gracie Miller.

— Oui.

— Et moi ? demanda Sally Rogers.

— Oui.

— Et moi ? demanda Suzy Harper. Et Joe ?

— Oui.

Et ainsi de suite jusqu'à ce que, battant des mains, tout le groupe se fût fait inviter, à l'exception de Tom et d'Amy qui ne dirent mot. Ensuite Tom, froidement, s'éloigna en continuant son passionnant entretien avec Amy. La pauvre Becky sentit ses lèvres trembler, les larmes lui vinrent aux yeux ; elle voulut cacher son trouble sous une feinte gaieté en continuant à bavarder ; mais en vérité, tout l'intérêt que ce pique-nique présentait pour elle avait disparu. Dès qu'elle le put, elle s'échappa pour pleurer à son aise dans un coin et panser les blessures faites à son amour-propre. Quand la cloche sonna, elle se leva, l'œil mauvais, donna une chiquenaude à ses nattes et se déclara à elle-même qu'elle savait ce qu'elle allait faire.

A la récréation Tom voulut continuer à faire des frais pour Amy, et il l'entraîna dans l'espoir de rencontrer à nouveau Becky et d'attiser encore sa jalousie. Il finit par la trouver, mais son exaltation tomba subitement. Derrière l'école, Becky était sagement assise sur un petit banc et regardait des images en compagnie d'Alfred Temple. Ils étaient si absorbés, leurs têtes se penchaient si près l'une de l'autre au-dessus du livre qu'ils ne semblaient pas avoir conscience de ce qui se passait autour d'eux. Un flot de jalousie coula dans les veines de Tom. Il s'en voulait d'avoir laissé échapper l'offre de réconciliation que Becky lui avait faite, et se traitait de tous les noms. Il en aurait pleuré de rage. Amy continuait à bavarder, le cœur en joie, mais Tom avait perdu sa langue. Il n'entendait plus ce qu'elle lui disait et, quand elle s'arrêtait, attendant une réponse, il ne pouvait que balbutier un vague assentiment ou le plus souvent répondre à côté de la question. Il revenait machinalement vers le banc derrière l'école pour s'emplir les yeux de ce spectacle qui lui faisait mal mais auquel il ne pouvait pas s'arracher. Ce qui le rendait furieux, c'est qu'à en juger par ce qu'il voyait, Becky ne semblait pas faire plus attention à lui que s'il n'eût pas existé. En quoi il se trompait. Becky le voyait bel et bien, elle savait qu'elle gagnait la partie et qu'à son tour il était malheureux comme elle l'avait été.

Les papotages d'Amy finirent par exaspérer Tom.

Il eut beau prétexter qu'il avait à faire ceci ou cela, qu'il avait de nombreuses questions à régler, que le temps pressait, rien n'y faisait. Amy continuait à bavarder et Tom pensait :

— Qu'est-ce que je pourrais bien faire pour m'en débarrasser ?

Enfin il réussit à s'échapper. Ingénument elle l'assura qu'elle serait à la sortie de l'école. Il l'en détesta davantage.

— Si encore elle en avait choisi un autre ! grommelait Tom en grinçant des dents. — N'importe quel autre dans toute la ville, il n'en manque pas ! mais pas ce petit crevé si fier de ses beaux habits et de ses soi-disant quartiers de noblesse ! Ne t'en fais pas, mon bonhomme, je t'ai flanqué une tripotée dès le premier jour que tu as passé dans ce patelin, voui meussieu, et il ne tient qu'à moi de t'en flanquer une seconde. Ça ne traînera pas. Je finirai bien par te rencontrer un de ces jours !

Il se mit à mimer un combat avec un ennemi imaginaire, distribuant des coups de poing et des coups de pied à droite et à gauche : Tiens, prends ça ! Tu ne dis pas encore : assez ? Eh bien, prends encore celui-là !

La bataille imaginaire se termina à son entière satisfaction.

Il était midi ; le vainqueur rentra chez lui. Il ne pouvait plus supporter les amabilités d'Amy ni affronter à nouveau le spectacle de son propre malheur. Becky recommença à regarder les images avec Alfred ; comme le temps passait et que Tom ne venait pas s'offrir à sa vengeance, cette occupation cessa de présenter le moindre intérêt. L'enjouement de Becky tomba ; elle devint distraite, puis mélancolique. Deux ou trois fois, croyant entendre un pas, elle dressa l'oreille ; mais son espoir fut déçu. La tristesse l'envahit ; elle regretta d'avoir poussé la chose aussi loin. Le pauvre Alfred se rendait compte qu'il perdait du terrain mais il ne comprenait pas pourquoi et il continuait à s'exclamer : « Oh ! quelle belle image ! Regarde celle-là ! » Becky perdit patience.

— Tu m'ennuies. J'en ai assez de ces images.

Elle fondit en larmes, se leva et partit.

Alfred lui emboîta le pas ; il essaya de la consoler mais elle lui cria :

— Va-t'en ! laisse-moi tranquille ! je te déteste !

Le pauvre Alfred s'arrêta, se demandant en quoi il avait démérité ; car c'était bien Becky qui lui avait demandé de regarder ces images avec elle pendant toute la récréation, et la voilà qui se sauvait en pleurant. Alfred, vexé, entra dans la salle de classe. Il ne fut pas long à comprendre : Becky s'était servie de lui pour se venger de Tom Sawyer. Alfred était loin d'éprouver beaucoup de sympathie pour Tom ; et il souhaitait trouver dans cette aventure la possibilité de lui faire pièce sans courir trop de risques. Le manuel d'orthographe de Tom lui tomba sous la main : l'occasion était toute trouvée. Il ouvrit le livre à la page de la leçon du jour et renversa l'encrier dessus.

A ce moment précis, Becky, derrière lui, le regardait par la fenêtre : elle fut témoin de cette vilaine action mais se garda bien de révéler sa présence. Elle se retira dans l'intention d'aller trouver Tom chez lui et de tout lui raconter. Tom lui en saurait gré et ce serait la fin de leur brouille. Cependant, avant d'arriver chez elle, elle changea d'avis. Après tout, elle en voulait à Tom de la manière dont il s'était comporté pendant qu'elle parlait de son pique-nique. Il serait fouetté pour avoir abîmé son livre ? Eh bien, tant pis. Une fois pour toutes, elle le détestait.

XIX
Le morceau d'écorce

Tom rentra à la maison de fort méchante humeur ; et les premières paroles que sa tante lui adressa furent pour lui montrer qu'il n'était pas au bout de ses peines :

— Tom, je ne sais pas ce qui me retient de t'écorcher vif !

— Qu'est-ce que j'ai fait, ma tante ?

— Ce que tu as fait ? Tu oses le demander ! Je vais

chez Mme Harper, la bouche en cœur, lui raconter ton rêve pour jouir de sa stupéfaction, et qu'est-ce que j'apprends ? que tu es venu ici mercredi soir et que tu as entendu tout ce que nous avons dit. C'est Joe lui-même qui a mis sa mère au courant. Tom, je me demande ce qu'il adviendra d'un enfant capable de faire des choses pareilles. Penser que tu as pu me laisser aller chez Mme Harper et me couvrir de ridicule, que tu n'as rien dit pour m'en empêcher, j'en suis malade.

La question changeait d'aspect. Tom avait trouvé très spirituel, très amusant, de mystifier ainsi tout un village comme il venait de le faire ; et voilà que maintenant il lui fallait déchanter. Il avait commis une mauvaise action. L'oreille basse, il ne sut d'abord pas quoi répondre. Puis il risqua :

— Ma tante, je regrette ce que j'ai fait : je n'ai pas réfléchi.

— C'est justement cela que je te reproche, tu ne réfléchis jamais. Tu ne penses à rien, qu'à toi-même. Tu as bien pensé à venir de l'île Jackson en pleine nuit pour te payer notre tête ; tu as bien pensé à me raconter des histoires à dormir debout à propos d'un rêve que tu n'as pas fait ; mais tu n'as pas pensé une minute au chagrin que nous pouvions avoir, ni à faire ce que tu pouvais pour nous épargner ce chagrin.

— Ma tante, je me rends compte maintenant que c'était mal de ma part mais je n'ai pas fait cela par méchanceté. Je vous assure que non. Et puis, si je suis venu ici l'autre soir ce n'était pas pour me moquer de vous.

— Pourquoi alors ?

— Pour vous dire de ne pas vous inquiéter à notre sujet, que nous ne nous étions pas noyés.

— Tom, je serai la tante la plus heureuse du monde si je pouvais croire que ton intention était aussi bonne que tu veux bien le dire ; mais avoue toi-même que non ; tu le sais... et je le sais.

— Si, ma tante ; c'était cela que je voulais faire.

— Tom, ne mens pas ; tu ne fais qu'aggraver ton cas.

— Je ne mens pas, ma tante, je dis la vérité. Je voulais faire en sorte que vous n'ayez pas de chagrin, c'est pour cela que je suis venu.

— Je donnerais n'importe quoi pour te croire, Tom... Cela rachèterait beaucoup de tes péchés. Et alors j'en viendrais presque à être heureuse que tu aies fait cette équipée. Mais ça ne tient pas debout. Pourquoi ne m'as-tu pas dit ce que tu voulais me dire ?

— Eh bien, vous comprenez, c'est quand vous avez parlé de service funèbre qu'il m'est venu à l'idée de nous cacher dans l'église. Une fois que j'ai eu cela dans la tête il m'a été impossible d'y renoncer. Alors j'ai mis le bout d'écorce dans ma poche et je n'ai rien dit.

— Quelle écorce ?

— Le morceau sur lequel j'avais écrit que nous étions partis faire de la piraterie. Ah ! j'aurais bien voulu que vous vous soyez réveillée quand je vous ai embrassée, je vous assure.

Les traits de la vieille dame se détendirent ; ses yeux exprimèrent toute l'émotion attendrie qu'elle ressentait.

— Alors, vraiment, tu m'as embrassée, Tom ?

— Mais oui.

— Tu en es bien sûr ?

— Tout à fait certain, ma tante.

— Pourquoi m'as-tu embrassée ?

— Parce que je vous aime bien, parce que vous poussiez des gémissements pendant votre sommeil et que cela me faisait de la peine.

Il faut bien le dire, ses paroles avaient l'accent de la vérité. La vieille dame ne put réprimer un tremblement dans sa voix quand elle répondit :

— Allons, viens m'embrasser encore une fois. Et maintenant, ouste ! file à l'école et laisse-moi tranquille.

Tom à peine parti, la tante Polly courut vers le placard où était pendue la loque qui lui avait servi de veston pendant qu'il était pirate. Le veston en main, elle n'acheva pas le geste commencé ; et se parlant à elle-même :

— Je n'ose pas regarder. Pauvre petit, peut-être bien qu'il m'a menti ; mais c'est un pieux mensonge qui m'a fait du bien. J'espère... je sais que Dieu le lui pardonnera parce que c'est par gentillesse qu'il l'a commis. Mais je ne veux pas savoir si c'est un mensonge, je ne regarderai pas.

Elle raccrocha le veston au portemanteau et demeura

perplexe. Deux fois elle étendit la main pour reprendre le veston, deux fois elle se retint. Elle recommença une troisième fois en se répétant que c'était un pieux mensonge, qu'elle ne s'en affligerait pas. Et elle fouilla dans sa poche. Un instant plus tard elle déchiffrait sur le morceau d'écorce le message de Tom, et à travers ses larmes elle disait :

— Maintenant je lui pardonnerai tous les péchés qu'il voudra !

XX
Conduite chevaleresque de Tom

Quand la tante Polly embrassa Tom, il y avait dans sa façon d'être une impulsion affectueuse qui rasséréna ce dernier et lui rendit toute sa gaieté. Il repartit pour l'école, et au bout de Meadow Lane il eut la chance de rencontrer Becky. La conduite de Tom dépendait toujours de son état d'âme ; sans l'ombre d'une hésitation il courut vers elle.

— J'ai été méchant avec toi aujourd'hui, Becky, et je le regrette. De toute ma vie je ne recommencerai plus. Faisons la paix, veux-tu ?

La petite s'arrêta et le toisa d'un regard dédaigneux :

— Passez votre chemin, monsieur Tom Sawyer. Je ne vous parle plus.

Elle releva la tête et continua sa route. Tom fut tellement abasourdi qu'il n'eut même pas la présence d'esprit de lui rétorquer un : « Que voulez-vous que cela me fasse ? » avant qu'il soit trop tard. Si bien qu'il ne dit rien, ce qui ne l'empêchait pas d'être violemment en colère. Il entra dans la cour de récréation en déplorant que Becky ne fût pas un garçon ; il lui eût administré une raclée de première grandeur. Il ne fut pas long à passer près d'elle et lui décocha une réflexion cinglante. Elle répliqua sur le même ton. C'était la brouille. Becky

éprouvait un tel ressentiment qu'elle ne tenait plus en place dans l'attente de la rentrée, tellement elle était impatiente de voir Tom se faire fouetter pour avoir abîmé son livre. Si elle avait eu un instant l'intention de dénoncer Alfred Temple, la malencontreuse initiative de Tom s'était chargée de l'en dissuader.

La pauvre fille ne se doutait pas qu'elle aussi allait bientôt se trouver exposée au même danger. Le maître d'école, Mr Dobbins, avait atteint un certain âge sans avoir pu réaliser ses ambitions. Il aurait voulu être docteur, mais sa situation de fortune ne lui avait permis de devenir qu'un modeste instituteur de village. Chaque jour il tirait de son pupitre un livre mystérieux dans lequel il se plongeait pendant les heures d'études. Ce fameux livre était toujours sous clef. Petits et grands, tous mouraient d'envie de le regarder mais l'occasion ne s'en présentait jamais. Quel était ce livre ? Chacun avait son opinion ; il n'y avait pas deux avis semblables et pas moyen de contrôler lequel était le bon. Or Becky, passant le long du pupitre, près de la porte, s'aperçut que la clef était dans la serrure. La voilà bien l'occasion ! Becky jeta un coup d'œil à la ronde : personne. Une seconde plus tard elle avait le livre en main. Le titre, « Traité d'anatomie par le professeur Untel », ne lui dit pas grand-chose ; elle entreprit de tourner les pages. Le frontispice colorié représentait un corps humain, nu. A ce moment une ombre se profila sur la page : Tom Sawyer entrait. Il aperçut la gravure. Becky referma le livre précipitamment, mais dans sa hâte elle eut le malheur de déchirer l'image jusqu'en son milieu. Elle rejeta le volume dans le pupitre, donna un tour de clef et honteuse, vexée, éclata en sanglots :

— Tom Sawyer, c'est mal ce que tu fais là, d'espionner ce que les gens regardent.

— Est-ce que je pouvais savoir que tu regardais quelque chose ?

— Tu devrais avoir honte, Tom Sawyer ! Maintenant tu vas me dénoncer ; et alors qu'est-ce que je vais faire, moi ? Je serai fouettée, moi qui n'ai jamais été fouettée à l'école.

Elle tapa du pied et ajouta :

— Fais ce que tu voudras, après tout ! Je sais bien,

moi, ce qui va arriver tout à l'heure. Tu vas voir. Je te déteste, je te déteste !

Et elle sortit de la pièce dans une nouvelle crise de larmes. Décontenancé par cette attaque, Tom se dit :

— Quelle drôle de chose que les filles ! Jamais fouettée en classe ? en voilà une affaire ! C'est bon pour les filles cette sensiblerie, cette peur de tout. Bien sûr que je n'irai pas raconter l'affaire au père Dobbins ; si je veux me venger j'ai d'autres moyens qui ne sont pas si moches que celui-là. Qu'est-ce qui va se passer ? Le père Dobbins demandera qui a déchiré son livre : personne ne répondra. Alors il fera comme il fait toujours : il demandera à chacun à tour de rôle, et quand il arrivera à la coupable il saura qui c'est sans qu'elle ait besoin d'ouvrir la bouche. Les filles, ça se voit toujours sur leur figure : elles ne savent pas y faire, elles n'ont pas assez de toupet. Et Becky sera pincée. Elle est dans un mauvais cas mais je ne vois pour elle aucun moyen de s'en sortir.

Tom réfléchit un moment, puis dit :

— Tant pis ! Elle voudrait bien me voir dans le même pétrin... ça lui apprendra.

Tom rejoignit dans la cour la bande de ses camarades. Au bout d'un instant le maître d'école arriva et sonna la rentrée. Tom ne prit pas grand intérêt à la classe. Chaque fois qu'il jetait un regard du côté des filles, la consternation de Becky le désolait. Tout bien considéré, il ne voulait pas la plaindre, et cependant c'était tout ce qu'il pouvait faire. Aucun dérivatif possible. Vint l'incident du vocabulaire, et pendant un certain temps Tom dut consacrer son attention à ses propres affaires. Becky était sortie de sa léthargie et suivait avec intérêt ce qui se passait. Elle pensait bien que Tom ne chercherait pas une échappatoire en prétendant que ce n'était pas lui l'auteur du malheur arrivé à son livre ; et elle avait raison. Pour Tom, nier eût été aggraver son cas. Becky s'en réjouissait-elle ? Elle n'arrivait pas à savoir si elle en était contente ou non. Quand les choses allèrent au plus mal, elle faillit se lever pour dénoncer Alfred Temple ; mais elle y renonça parce que, disait-elle, « Tom va sûrement me dénoncer pour avoir déchiré la gravure. Je ne dirais pas un mot, même pas pour lui sauver la vie ! »

Tom fut fouetté et prit la chose avec philosophie. Dans

son idée il était possible que, sans s'en rendre compte, il ait renversé lui-même l'encre sur son livre pendant un chahut de classe. Il avait adopté sa ligne de conduite pour la forme et par tradition, et il s'y tenait par principe.

Une heure entière s'écoula ; le maître dodelinait de la tête sur son trône, l'air était lourd du bourdonnement de la classe au travail. Puis Mr. Dobbins se redressa, bâilla, ouvrit son pupitre, prit son livre. Il ne semblait pas se décider à l'ouvrir. La plupart des élèves le regardèrent faire d'un œil indifférent, sauf deux qui suivirent le manège avec une attention angoissée. Le maître feuilleta d'abord le livre d'un air distrait, puis il l'ouvrit et s'installa commodément sur sa chaise pour lire. Tom jeta un coup d'œil vers Becky ; elle avait un regard de bête traquée, terrifiée, comme si elle voyait en face d'elle le canon d'un fusil. Instantanément il fit abstraction de leur querelle. Vite, il fallait faire quelque chose et le faire tout de suite, mais quoi ? L'imminence du danger paralysait son esprit d'invention. Tout à coup une idée lui vint : courir, sauter sur le livre, bondir dans la cour et s'enfuir. Mais il hésita... dès lors, l'occasion était manquée, le maître venait d'ouvrir son livre. Que Tom n'eût-il pas donné pour que la chance se présentât une seconde fois ! Trop tard, plus d'espoir pour Becky. L'instant d'après, le maître promenait sur toute la classe un regard courroucé : tous les élèves baissèrent les yeux, les innocents eux-mêmes étaient terrorisés. Il y eut quelques instants de silence pendant lesquels le père Dobbins sentit sa bile s'échauffer. Tout à coup :

— Qui a déchiré ce livre ? s'écria-t-il.

Personne ne répondit. On aurait entendu voler une mouche. Le silence continua : le maître scrutait chacun des visages pour y trouver un aveu de culpabilité.

— Benjamin Rogers, est-ce vous qui avez déchiré ce livre ?

— Non, monsieur.

— Joseph Harper, est-ce vous ?

— Non, monsieur.

Pendant la lente torture de cet interrogatoire la gêne de Tom allait croissant. Du premier rang des garçons, le maître passa au premier rang des filles :

— Amy Lawrence ?

Signe de dénégation.
— Gracie Miller ?
Même signe.
— Suzanne Harper, est-ce vous ?
Même signe. C'était maintenant au tour de Becky Thatcher. La situation était désespérée. D'énervement Tom tremblait de la tête aux pieds.
— Rébecca Thatcher...
Tom la regarda ; elle était blême de terreur.
— Avez-vous... Regardez-moi bien en face.
Les mains de Becky se joignirent en un geste de supplication.
— Est-ce vous qui avez déchiré ce livre ?
En un éclair Tom vit ce qu'il y avait à faire. Il se leva comme mû par un ressort :
— C'est moi.
Devant un acte dénotant une si incroyable aberration, toute la classe resta bouche bée. Il fallut d'ailleurs à Tom le temps de reprendre ses esprits ; et quand il se leva pour subir sa peine, l'étonnement, la reconnaissance, l'espèce d'adoration qu'il put lire dans les yeux de la pauvre Becky étaient tels qu'il se serait offert cent fois pour être fouetté à sa place. Il était tellement fier de ce qu'il avait fait qu'il reçut sans une plainte la fessée la plus magistrale que Mr. Dobbins ait jamais administrée. Quant à la nouvelle d'une punition supplémentaire de deux heures de retenue qui lui était infligée, elle lui fut indifférente, sinon agréable, car il savait qu'à la sortie elle lui vaudrait l'accueil chaleureux de quelqu'un qui ne se plaindrait pas d'avoir attendu.
Cette nuit-là Tom se coucha en ruminant des plans de vengeance contre Alfred Temple ; car, prise de remords, Becky lui avait raconté, sans oublier son propre stratagème, l'acte dont elle avait été le témoin ; mais la soif de vengeance passa bientôt au second plan, et Tom finit par s'endormir en se répétant les derniers mots de Becky avant son départ, les mots qui lui chantaient encore dans la tête :
— Tout de même, Tom, ce que tu as fait là, c'est rudement chic !

XXI
Peinture et poésie

Les vacances approchaient. Le maître d'école, déjà sévère à l'ordinaire, redoublait de sévérité et d'exigence ; il tenait, en effet, à ce que l'école fît bonne figure le jour de l'examen. Sa baguette et sa férule restaient rarement inactives — tout au moins à l'égard des plus jeunes élèves ; les plus grands garçons et les jeunes filles de dix-huit à vingt ans étaient les seuls à y échapper. Et Mr. Dobbins tapait dur ; car bien que sous la perruque qu'il arborait son crâne fût parfaitement chauve et luisant, il avait à peine atteint l'âge mûr et ses muscles ne donnaient aucun signe de faiblesse. Au fur et à mesure que le grand jour se faisait plus proche, tout le potentiel de persécution qui était en lui se donna libre cours ; il paraissait prendre un malin plaisir à punir les moindres peccadilles. Il en résultait que les plus jeunes élèves passaient leurs journées à trembler tant de souffrance que de terreur, et leurs nuits à ruminer des projets de vengeance. Ils ne perdaient aucune occasion de jouer à leur maître un mauvais tour. Mais le maître les devançait toujours. La répression qui suivait chaque velléité de revanche était si efficace et si radicale, que les garçons étaient toujours fort mal en point lorsqu'ils quittaient le champ de bataille. Finalement les élèves ourdirent une conspiration générale et élaborèrent une machination qui devait leur assurer une victoire retentissante. Ils admirent dans leur sein le fils du peintre d'enseignes, lui firent prêter serment, lui expliquèrent leur idée et lui demandèrent son concours. Or il avait, lui, des raisons personnelles pour être ravi de cette aubaine ; en effet le maître d'école prenait pension dans la famille de son père et avait donné au garçon mainte raison de le haïr. La femme du maître d'école devait dans quelques jours aller voir des amis à la campagne ; de telle sorte que rien ne ferait obstacle au plan. Le maître ne manquait jamais de se préparer aux grands événements par de copieuses libations ; et le fils du peintre promit que, le soir de l'examen, quand le maître d'école aurait atteint le degré d'ébriété voulu, il « arrangerait la chose » pendant que le maître sommeillerait dans son fauteuil ; qu'alors il le réveillerait en temps opportun et le ferait conduire en hâte à l'école.

Quand les temps furent révolus l'occasion propice se présenta. A huit heures du soir l'école, brillamment éclairée, était ornée de guirlandes de fleurs et de festons de feuillage. Sur une tribune surélevée, le maître trônait dans un fauteuil d'apparat, avec le tableau noir derrière lui. En vérité, il paraissait passablement ivre. Trois rangées de bancs de chaque côté et six rangées en face de lui étaient mises à la disposition des dignitaires de la ville et des parents des élèves. A sa gauche, en arrière des bancs du public, il y avait une plate-forme spacieuse, aménagée pour la circonstance, sur laquelle étaient assis les élèves qui devaient prendre part aux exercices de la soirée ; des rangées de tout jeunes garçons, lavés de frais, endimanchés, empesés, et que cet accoutrement inhabituel mettait visiblement au suppplice ; des rangées de grands jeunes gens dégingandés ; des bancs que la présence de jeunes filles, vêtues de linon et de mousseline, faisaient ressembler à des plates-bandes couvertes de neige fraîchement tombée ; elles étaient fières d'exhiber leurs bras nus, la bimbeloterie de leurs grand-mères, leurs rubans roses et bleus et les fleurs qu'elles s'étaient piquées dans les cheveux. Les places disponibles étaient occupées par des écoliers qui ne prenaient pas une part active à la cérémonie.

Les exercices commencèrent. Un tout petit garçon déclara gauchement : « Vous ne vous attendiez guère à entendre un garçon de mon âge parler en public sur cette estrade », etc., accompagna son texte de gestes de mannequin, saccadés et pénibles à force d'exactitude, tels qu'une machine eût pu en produire, à supposer que la machine fût quelque peu déréglée. Ayant accompli sa tâche jusqu'au bout correctement sinon sans mal, il en fut quitte pour la peur, salua et après une révérence, faite à la machine elle aussi, se retira très applaudi.

Une petite fille penaude zézaya : « Mary avait un petit agneau... », termina par une révérence attendrissante de gaucherie, reçut sa ration d'applaudissements et se rassit toute rouge de contentement.

Prétentieux, sûr de lui, Tom Sawyer s'avança et, avec une fougue impétueuse, une gesticulation frénétique, entama l'interminable, l'impérissable harangue : « La Liberté ou la Mort », en plein milieu de laquelle il s'arrêta net. Un trac fou le paralysait, ses jambes se dérobaient sous lui, il était sur le point d'étouffer. A vrai dire, il avait manifestement la sympathie de l'auditoire, mais il eut aussi son silence, pire encore que sa sympathie. Le maître fronça les sourcils, ce qui compléta le désastre. Un moment, Tom tenta de lutter, puis se retira, complètement terrassé. Il y eut une faible tentative d'applaudissements, qui ne dura pas.

Vinrent ensuite quelques monuments classiques de déclamation : « Le gars restait sur le pont en flammes », « L'Assyrien déchu », et autres morceaux de bravoure. Suivirent des exercices de lecture à haute voix et un concours d'orthographe. La classe de latin, peu nombreuse, s'acquitta de sa tâche avec honneur.

La place revenait maintenant de droit à la pièce de résistance : les dissertations des filles. L'une après l'autre, chacune d'elles s'avança jusqu'au bord de la plate-forme, toussa pour s'éclaircir la voix, disposa à bonne hauteur son manuscrit (dont les pages étaient liées par un ruban soigneusement choisi), et commença à lire avec le visible et laborieux souci de rendre l'expression et de marquer la ponctuation. Les thèmes de ces élucubrations étaient les mêmes que ceux qui, en de semblables occasions, avaient été développés par les mères des participantes, par leurs grand-mères et à n'en pas douter par tous leurs ancêtres féminins en remontant jusqu'aux Croisades. Les titres : « Amitié » ; « Souvenir des jours passés » ; « La Religion à travers les Ages » ; « Au Pays des Rêves » ; « Les Avantages de la Culture » ; « Ressemblances et Différences entre les différentes Formes de Gouvernements Politiques » ; « Mélancolie » ; « Amour filial » ; « L'Attente amoureuse », etc., en faisaient foi. Une mélancolie soigneusement cultivée et jalousement entretenue ; l'abus d'une pompeuse préciosité ; l'emploi à tout propos de termes favoris répétés jusqu'à lasser la patience des auditeurs les plus indulgents, telles étaient les caractéristiques de ces dissertations, dont la péroraison consistait immanquablement en un sermon, un redoutable, un insupportable sermon, qui n'en était pas le moindre défaut. Quel qu'en pût être le sujet, la rédactrice s'était manifestement crue obligée de se creuser les méninges pour arriver à introduire dans son œuvre, d'une façon ou d'une autre, une homélie qui, soit du point de vue moral, soit du point de vue religieux, pût contribuer à l'édification du lecteur. L'aveuglante hypocrisie de ces sermons n'a pas suffi à en provoquer la suppression dans les écoles ; elle n'y suffit pas aujourd'hui, et tant que le monde sera monde elle n'y suffira probablement jamais. Il n'y a dans notre pays aucune école où les jeunes filles ne se croient pas tenues de clore leur dissertation par un sermon ; et le comble, vous le remarquerez, est que le sermon de l'élève la plus frivole et la moins confite en dévotion sera toujours le plus long et le plus inexorablement mystique. Mais il suffit ; la vérité qui porte n'est généralement pas la bienvenue.

Revenons-en à l'examen. La première dissertation était intitulée : « C'est ça, la vie ? » Peut-être le lecteur voudra-t-il bien me pardonner de lui en mettre un passage sous les yeux :

> « Dans les chemins ordinaires de la vie, sous l'empire de quelles émotions délicieuses un esprit jeune ne s'attend-il pas à quelque scène de réjouissance ! L'imagination s'affaire à esquisser de roses tableaux de joie. Dans sa fantaisie, la voluptueuse adepte de la mode se voit dans la foule en fête le point de mire de tous les regards. Sa silhouette gracieuse, parée de robes blanches comme neige, tourbillonne dans les labyrinthes de la danse joyeuse ; son œil est le plus vif, son pas est le plus léger dans l'heureuse assemblée. En des fantaisies aussi délicieuses, le temps passe vite, et, bienvenue, l'heure sonne de son entrée dans le monde élyséen qui lui a inspiré d'aussi beaux rêves. Que tout apparaît féerique à sa vue

enchantée ! Chaque nouvelle scène est plus charmante que la précédente. Mais, après quelque temps, elle découvre que, sous cet extérieur de belle apparence, tout est vanité ; la flatterie qui autrefois a charmé son âme lui résonne maintenant désagréablement à l'oreille, la salle de bal a perdu ses attraits ; et, la santé gâchée et le cœur ulcéré, elle se détourne avec la conviction que les plaisirs terrestres ne peuvent pas satisfaire les aspirations de l'âme ! »

Etc., etc. De temps en temps, pendant cette lecture, s'élevait un murmure d'aise ponctué en sourdine d'exclamations telles que : « Quelle délicatesse ! », « Quelle éloquence ! », « Comme c'est vrai ! ». Et ce verbiage ayant pris fin sur un sermon particulièrement affligeant fut suivi d'applaudissements enthousiastes.

Puis se leva une fille à la taille svelte, dont le visage était pâle de l'intéressante pâleur qui dénote une mauvaise digestion ainsi que l'usage des pilules appropriées. Elle lut un poème, dont deux strophes suffiront à donner un aperçu :

L'ADIEU A L'ALABAMA D'UNE JEUNE FILLE
DU MISSOURI

Alabama, adieu, je t'aime !
Et cependant pour un moment maintenant je te
[quitte !
De pensées tristes, oui, tristes à ton sujet mon
[cœur se gonfle
Et de brûlants souvenirs m'oppressent le front.
Car j'ai erré dans tes bois fleuris,
J'ai rôdé, j'ai lu près du torrent de Tallapoosa,
J'ai tendu l'oreille aux flots tumultueux du Tallassee
Et près de Coosa j'ai fait la cour aux rayons de
[l'aurore.
Cependant je n'ai pas honte de sentir battre en
[moi un cœur débordant
Et ne rougis pas de détourner mes yeux pleins de
[larmes.

Ce n'est pas une terre étrangère que maintenant
[je dois quitter ;
Ce n'est pas à des étrangers que je voue ces
[soupirs ;
Bienvenus et chez eux étaient les miens dans cet
[Etat
Dont je quitte les vallées, dont les clochers dispa-
[raissent loin de moi
Et froids doivent être mes yeux, mon cœur, et
[ma tête[1],
Quand, cher Alabama, il s'agit pour eux de te
[quitter !

Bien peu d'auditeurs connaissaient la signification du mot « tête », ce qui néanmoins n'empêchait pas le poème de les charmer.

Ensuite parut une jeune fille au teint sombre, aux yeux noirs, aux cheveux noirs, qui pendant un instant garda un silence impressionnant ; elle prit une expression tragique et, d'un ton assuré et solennel, commença sa lecture.

VISION

La nuit était noire et orageuse. Autour du trône, là-haut, pas une étoile ne scintillait ; mais les violents grondements du tonnerre retentissaient constamment aux oreilles, tandis que les éclairs terrifiants zébraient de colère les parois nuageuses du ciel, paraissant marquer la force mise en œuvre par l'illustre Franklin contre la terreur qu'il inspire ! Les vents violents eux-mêmes sortaient unanimement de leurs mystiques repaires et soufflaient en rafales comme pour contribuer à accroître le tragique de cette scène.

A ce moment, si sombre, si morne, mon esprit soupira dans l'attente d'une compassion humaine ; mais, au lieu de cela,

1. « Tête » en français dans le texte, pour rimer avec *State* (Etat), ce qui motive la remarque que fait l'auteur. (*N.d.T.*)

« Mon plus cher ami, mon conseiller, mon consolateur et mon guide,
Ma joie dans le chagrin, mon second bonheur dans la joie » vint à mon côté.
Elle se déplaçait comme l'un de ces êtres lumineux représentés sur les chemins ensoleillés d'un Eden de fantaisie par les romantiques et les jeunes, reine de beauté qui n'avait d'autre parure que sa propre et sublime splendeur. Sa démarche était si souple qu'elle ne faisait aucun bruit ; et si la douceur de son contact, ainsi que d'autres perfections aussi discrètes, n'avaient communiqué une sorte de frisson magique, elle aurait disparu inaperçue — comme évanouie. Quand elle attira mon attention sur la lutte des éléments extérieurs, et me fit contempler les deux êtres d'élection, une tristesse étrange se peignit sur ses traits, comme les larmes de glace sur la robe de Décembre.

Ce galimatias couvrait quelque dix pages manuscrites et se terminait par un sermon qui interdisait à un tel point tout espoir de salut à ceux qui n'étaient pas Presbytériens, qu'il remporta le premier prix. Cette composition fut considérée comme la meilleure œuvre présentée au cours de la soirée. Lorsqu'il remit son prix à la récitante, le maire du village prononça une allocution chaleureuse au cours de laquelle il déclara que c'était de loin l'œuvre la plus « éloquente » qu'il lui eût jamais été donné d'entendre, et que Daniel Webster lui-même en aurait été fier.

Remarquons en passant que le nombre de compositions dans lesquelles le mot « beauteous »[1] revenait avec une fréquence exagérée, et où les échantillons de prose prétendant à la connaissance de l'humanité étaient qualifiés de « tranches de vie », atteignait la moyenne habituelle.

A ce moment le maître d'école, dont l'ébriété en était au stade de la cordialité bienveillante, poussa son fauteuil

1. Synonyme poétique de « beautiful » (beau, magnifique). (*N.d.T.*)

sur le côté, tourna le dos au public, et commença à tracer sur le tableau noir une carte d'Amérique avec l'intention de donner une leçon aux élèves du cours de géographie. Mais sa main mal assurée ne lui permit pas de mener à bien cette tentative, et des rires étouffés se firent entendre dans l'assistance. Il eut conscience de son échec et voulut recommencer ; il effaça donc sa première esquisse et se remit au travail ; mais il ne réussit qu'à tracer des contours plus déformés encore que la première fois ; les rires redoublèrent. Il concentra alors toute son attention sur son ouvrage, comme s'il était décidé à ne pas se laisser décontenancer par l'hilarité générale. Il sentait que tous les regards étaient braqués sur lui, il se figura qu'il réussissait, et cependant les rires continuaient ; manifestement même ils augmentaient. Et pour cause. Au-dessus de la salle de réunion il y avait un galetas ; dans le plancher de ce galetas il y avait une trappe, qui se trouvait juste au-dessus de sa tête. Or, par cette trappe ouverte descendit un chat, maintenu à l'arrière-train par une corde ; on lui avait bandé la tête et les mâchoires pour l'empêcher de miauler. A mesure qu'il descendait, petit à petit, il lui arrivait tantôt de se redresser pour s'accrocher à la corde, tantôt de se baisser pour donner des coups de patte dans le vide. De plus en plus les rires se donnèrent libre cours — le chat était à moins de six pouces de la tête du professeur absorbé dans son travail —, l'animal descendait, descendait toujours, et, de ses griffes qui cherchaient désespérément à s'accrocher à quelque chose, il agrippa la perruque et s'y cramponna ; aussitôt, il fut hissé dans le galetas, ramenant entre ses pattes le trophée qu'il n'avait pas lâché. Comme le fils du peintre d'enseignes avait *doré* le crâne chauve du maître d'école, vous imaginez-vous les lumières de la salle se reflétant dans ce miroir inattendu ?

L'incident mit fin à la réunion. Les élèves étaient vengés. Les vacances pouvaient venir.

NOTE. — Les pseudo-compositions dont des fragments figurent dans ce chapitre sont extraites telles quelles d'un volume intitulé « Prose and Pœtry, by a Western Lady » — mais elles s'inspirent de façon exacte et

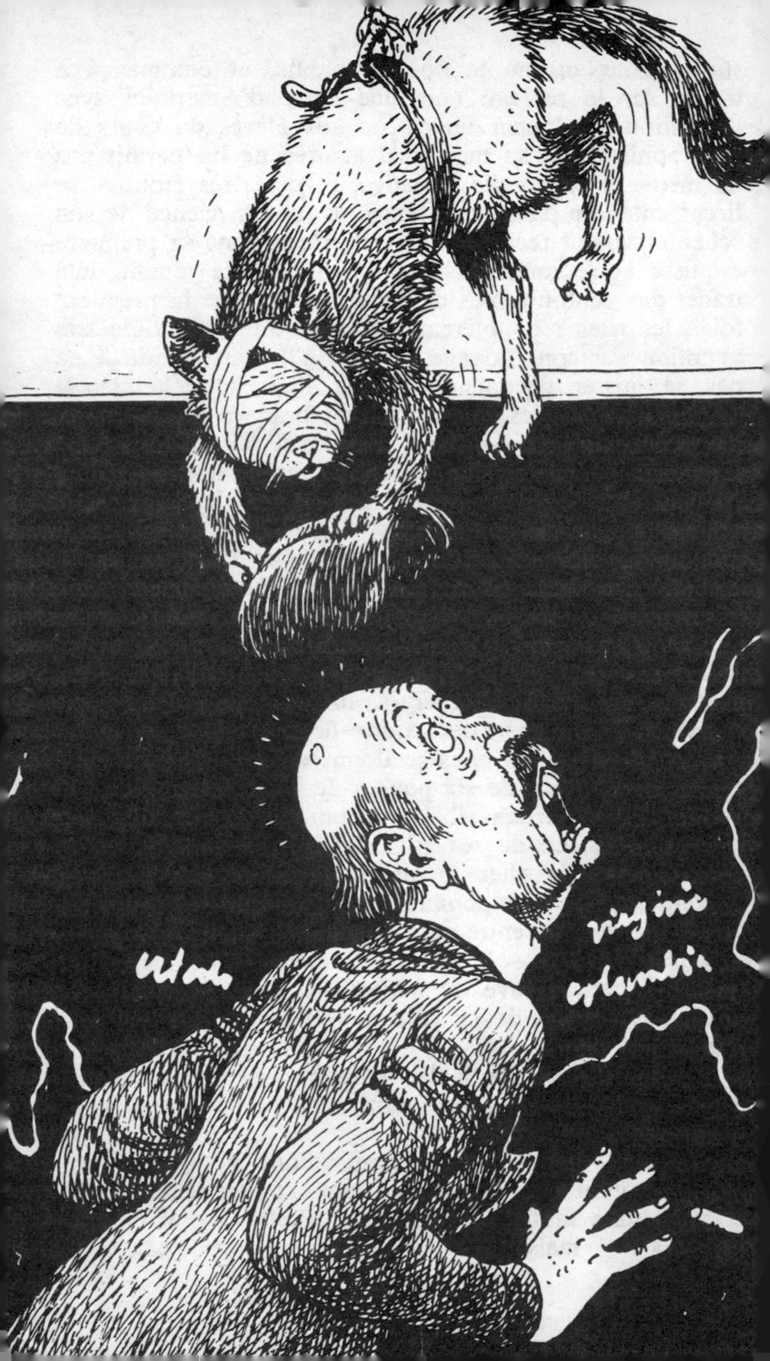
Utah
virginie
columbia

précise du style « écolière », et de ce fait sont plus fidèles que ne pourraient l'être beaucoup d'imitations pures et simples.

XXII
Les voies de la Providence

Séduit par la splendeur du costume d'apparat des Cadets de la Tempérance, Tom se fit inscrire comme membre de la confrérie. Il lui fallut promettre de s'abstenir de fumer, de chiquer, de boire, de blasphémer et de jurer aussi longtemps qu'il en ferait partie. A cette occasion il fit une découverte : il apprit que le meilleur moyen de donner aux hommes l'envie de faire une chose, c'était d'exiger d'eux la promesse de ne pas la faire. Tom fut bientôt en proie à une violente envie de boire et de jurer. L'envie prit de telles proportions que seul l'espoir qu'il avait de parader un jour en public avec sa ceinture rouge l'empêcha de donner sa démission. Mais pour revêtir son beau costume il fallait un prétexte. A vrai dire, le 4 Juillet, fête de l'Indépendance, était proche ; néanmoins il renonça bientôt à attendre jusque-là ; il y renonça alors que la durée de son abstinence n'avait pas encore atteint quarante-huit heures, pour tabler sur les obsèques du vieux juge de paix Fraser. Ce brave homme était déjà à l'article de la mort ; et en raison des hautes fonctions qu'il avait exercées, il aurait vraisemblablement des funérailles officielles. Trois jours durant, Tom prit à l'état de santé du juge un intérêt considérable ; il demandait tout le temps de ses nouvelles. Quelquefois ses espoirs paraissaient si près de se réaliser qu'il se risquait à sortir ses insignes de l'armoire et à les essayer devant la glace. Mais la maladie du juge avait des hauts et des bas qui défiaient toutes les prévisions. Un beau jour il alla mieux et finit par entrer en convalescence. Tom était complètement écœuré ; ce n'était pas de jeu. Sur-le-champ il envoya sa démission. La nuit suivante, le juge eut une rechute et mourut. Du coup, Tom perdit toute confiance dans les grands hommes.

L'enterrement fut magnifique. Les Cadets en grande tenue défilèrent avec un éclat qui faillit faire périr de jalousie le membre démissionnaire.

Encore Tom avait-il recouvré son indépendance, et cela c'était bien quelque chose. Il avait désormais toute latitude de boire et de fumer à sa guise ; or, à sa grande stupeur il constata que, maintenant qu'on ne le lui interdisait plus, il n'en avait plus envie. Décidément l'attrait du fruit défendu n'était pas un vain mot.

Tant qu'il était en classe il avait ardemment désiré être en vacances ; dès lors qu'il était en vacances il ne savait plus quoi faire de son temps. Il essaya de tenir un journal ; mais pendant trois jours consécutifs il ne lui arriva rien : il n'eut rien à y mettre, et abandonna ce beau projet. Une troupe de chanteurs des rues, la première qui soit venue dans le village, donna quelques auditions et fit sensation. Aussitôt Tom et Joe Harper mirent sur pied un orchestre d'exécutants ; cela les occupa pendant quarante-huit heures. La date glorieuse du 4 Juillet lui infligea une nouvelle déception : la pluie tomba à seaux. Il n'y eut pas de défilé. Autre — et profonde — déception pour Tom ; Mr. Burton, Sénateur des Etats-Unis, que Tom croyait être le plus grand homme du monde, n'avait pas vingt-cinq pieds de haut, ni même quelque chose d'approchant.

Un cirque s'installa. Pendant les trois jours qui suivirent les représentations, les gamins jouèrent au cirque sous des tentes faites de vieux tapis en loques. Prix d'entrée : pour les garçons trois épingles ; pour les filles, deux. Le cirque lui aussi passa de mode.

Un phrénologue, puis un magnétiseur donnèrent quelques séances ; ils laissèrent en s'en allant le village plus triste, plus morne que jamais.

Il y eut plusieurs réceptions auxquelles jeunes filles et jeunes gens étaient invités ; pour réussies qu'elles aient été, elles ne firent que rendre plus lugubres encore les intervalles qui les séparaient.

Becky Thatcher était partie passer les vacances à

Constantinople (Missouri) avec ses parents. C'est dire que de nulle part la vie ne présentait aucun bon côté.

Quant au meurtre du docteur, la garde de ce secret était pour Tom un supplice quotidien. Un vrai cancer pour la durée et l'acuité de la souffrance.

Pour comble de malheur une épidémie de rougeole fit son apparition.

Pendant deux longues semaines Tom fut condamné à la chambre ; il ne sut plus rien de ce qui se passait dans le monde. Il était très malade, il ne s'intéressait à rien. Quand il put se lever et recommencer quelques petites promenades en ville, il lui sembla que bien des choses avaient changé... à leur désavantage.

Une mission religieuse avait donné une série de sermons ; tout le monde était devenu pieux, non seulement les grandes personnes mais même les garçons et les filles. Tom erra çà et là, espérant contre toute espérance faire la rencontre d'une face de mécréant qui l'eût réconcilié avec ses semblables, mais partout une déception l'attendait. Il trouva Joe Harper en train d'étudier la Bible et se détourna de ce déprimant spectacle. Il alla voir Ben Rogers et le trouva en train de distribuer des brochures aux pauvres. Il relança Jim Hollis, qui attira son attention sur la faveur toute spéciale dont il avait été l'objet de la part du Ciel qui lui avait envoyé une rougeole au titre d'avertissement. Chaque camarade qu'il rencontrait faisait baisser d'un ton son état d'âme ; quand, de désespoir, il chercha auprès de Huckleberry Finn un ultime refuge, et qu'il fut reçu à coup de citations des Saintes Ecritures, il jeta le manche après la cognée et se rendit compte qu'il était à tout jamais seul en ville à faire figure de réprouvé.

Cette nuit-là, il y eut une tempête épouvantable accompagnée de pluie torrentielle, d'éclairs aveuglants, de coups de tonnerre à tout casser. Tom se cacha la tête sous ses couvertures et attendit que sa dernière heure ait sonné. Car il ne doutait pas un instant que toute cette mise en scène ne fût pour lui. A force de mettre à l'épreuve la patience des pouvoirs célestes il s'était attiré leur colère. Il aurait trouvé extraordinaire que l'on déplaçât une batterie d'artillerie pour tuer une puce ; mais il trouvait toute naturelle l'entrée en jeu des forces de la nature pour mettre fin aux jours de cet autre insecte qu'il était.

Finalement la tempête se calma ; et quand elle eut cessé, Tom vivait toujours. Le premier mouvement du gamin fut de remercier la Providence et de prendre la résolution de s'amender ; le second fut d'attendre, car on ne savait jamais : peut-être n'y aurait-il plus de tempêtes...

Le jour suivant les docteurs revinrent : Tom avait eu une rechute. Les trois semaines qu'il passa cloué au lit lui parurent interminables. Quand enfin il put se lever et sortir, il fut à peine reconnaissant au Ciel de l'avoir épargné, n'ayant d'yeux que pour son malheur et pour sa solitude. Dégoûté de tout, il descendit la rue et rencontra Jim Hollis, qui jouait le rôle du juge dans un tribunal juvénile qui condamnait un chat pour meurtre en présence de l'oiseau sa victime. Dans une petite ruelle il surprit Joe Harper et Huck Finn en train de déguster un melon volé. Les pauvres ! Eux aussi, ils avaient eu une rechute.

XXIII
Le tribunal

Un événement important vint changer brutalement la face des choses. L'affaire du meurtre du docteur fut appelée devant le tribunal. Il ne fut bientôt plus question que de cela dans tout le village. Pour Tom cela devint une obsession. Chaque fois qu'on en parlait devant lui il frissonnait. Il s'imaginait que les remarques soi-disant fortuites qu'on formulait en sa présence étaient autant de pièges qu'on lui tendait, encore qu'il ne vît pas très bien comment on pouvait soupçonner qu'il fût au courant de quoi que ce soit. Toujours est-il que tous ces bavardages lui mettaient les nerfs à fleur de peau. Il avait à tout propos des sueurs froides. N'y tenant plus, il finit par emmener Huck dans un endroit écarté pour avoir un entretien avec lui. Cela lui ferait du bien de pouvoir parler, de partager avec un autre le fardeau de sa détresse. Il tenait en outre à s'assurer que Huck était bien resté fidèle à son serment.

— Huck, tu n'as rien dit à personne ?

— A propos de quoi ?

— Tu sais ce que je veux dire.

— Ah ! oui. Bien sûr que non, je n'ai rien dit.

— Pas un mot ?

— Rien de rien. Pourquoi me demandes-tu ça ?

— Je ne sais pas, j'avais peur.

— Réfléchis, Tom. Si toi ou moi nous parlions, nous n'en aurions pas pour deux jours à vivre, tu le sais bien.

Tom respira. Un silence, puis :

— Huck, demanda-t-il, est-ce qu'il pourrait arriver qu'on te force à parler ?

— Me forcer ? Si j'avais envie de me faire jeter à l'eau par Joe l'Indien, je ne dis pas ; autrement on peut toujours essayer.

— Bon. Du moment que nous ne desserrons pas les dents nous sommes tranquilles. Mais si nous jurions encore une fois de nous taire, ça serait plus sûr.

— Si tu veux.

Les deux enfants renouvelèrent leur serment, se condamnant eux-mêmes en cas de manquement aux peines les plus sévères.

— Sais-tu de quoi on parle dans le village, Huck ? Moi je n'entends parler que de ça.

— Je te crois ! Muff Potter, encore Muff Potter, et toujours Muff Potter. Ça me donne de telles émotions que j'aimerais mieux être ailleurs.

— Moi aussi. J'ai peur que ça aille mal pour lui. Il me fait de la peine, pauvre type ; pas toi ?

— Si. Ce n'est pas un personnage, c'est entendu ; mais il n'a fait de mal à personne. Il va quelquefois à la pêche, juste assez pour gagner de quoi se flanquer une cuite ; le reste du temps il ne se foule pas. Il y a bien des gens qui n'en font pas plus que lui, à commencer par ceux qui y trouvent à redire. Mais dans le fond c'est un brave type. Un jour, alors qu'il n'y en avait pas assez pour deux, il m'a donné la moitié d'un poisson ; et bien des fois, quand j'étais dans la mouise, il m'a aidé à en sortir.

— Moi, il m'a souvent réparé mon cerf-volant ; il a souvent rattaché l'hameçon de ma ligne. Je voudrais bien que nous puissions le tirer de là.

— Comment veux-tu faire, Tom ? Et à quoi ça servirait-il ? On le repoisserait.

— Evidemment. Mais ça me dégoûte d'entendre les gens lui tomber dessus comme ça quand il n'y est pour rien.

— Moi aussi. Les gens ne se gênent pas pour dire qu'il n'y a pas plus sombre brute que lui dans tout le pays et s'étonnent qu'il n'ait pas encore été pendu.

— C'est ça. Il y en a même qui ont dit que si on le libérait ils le lyncheraient.

— Et ils sont capables de le faire.

La conversation dura encore longtemps sans qu'une conclusion intervînt. La nuit tombait. Les gamins s'aperçurent tout à coup que leurs pas les avaient conduits près de la prison, peut-être dans le vague espoir de voir arriver quelque chose qui par miracle arrangerait tout. Mais il n'arriva rien : ni les anges ni les fées ne s'intéressaient à l'infortuné prisonnier.

Comme ils l'avaient déjà fait bien souvent, les enfants allèrent à la fenêtre grillagée et donnèrent à Potter du tabac et des allumettes. On sait que la cellule était au rez-de-chaussée et qu'il n'y avait pas de gardien.

La reconnaissance avec laquelle leurs dons étaient accueillis leur avait toujours causé des remords, et cette fois plus que jamais. Ils se rendirent compte de la lâcheté, de la veulerie de leur attitude en entendant Potter leur dire :

— Vous avez été très bons pour moi, mes enfants ; vous avez été plus chics que n'importe qui ici en ville. Et ça je ne l'oublie pas. Souvent je me dis : J'ai raccommodé bien des cerfs-volants et d'autres jouets pour les enfants de ce village ; je leur ai bien des fois indiqué les bons coins pour pêcher ; et aujourd'hui que je suis dans le bain, ils me laissent tomber. Mais Tom et Huck, eux, ne m'ont pas oublié et je ne les oublierai pas non plus. Mes enfants, j'ai fait quelque chose d'épouvantable ; il a fallu que je sois saoul et fou à lier en même temps ; autrement je ne comprends pas. Maintenant je paie, tant pis pour moi. C'est juste, et c'est comme ça que ça doit être, je l'espère du moins. Enfin n'en parlons plus. Je ne veux pas vous donner des idées noires ; vous avez été très gentils pour moi. Mais ce que je veux vous dire, c'est que, si vous ne voulez pas aller en prison, il ne faut pas boire. Approchez-vous un peu que je vous voie ; ça fait du bien de voir des visages amis quand on est dans le pétrin comme je le suis : et il n'en passe pas d'autres que les vôtres. Vous avez de bonnes figures. Faites-vous la courte échelle, chacun votre tour, que je puisse vous toucher. Là, c'est bien, donnez-moi la main ; la vôtre peut passer à travers les barreaux, la mienne est trop grosse. Bonnes petites mains qui ont aidé Muff Potter et qui l'aideraient bien plus encore si elles le pouvaient.

Tom rentra à la maison très abattu ; cette nuit-là son sommeil fut peuplé de cauchemars. Le lendemain et le jour suivant il rôda autour du tribunal, attiré malgré lui comme par une force irrésistible ; il lui fallut un effort de volonté pour rester dehors. C'était également le cas de Huck. Tom et lui évitaient soigneusement de se rencontrer. De temps en temps, l'un et l'autre erraient à l'aventure, mais le même attrait morbide les attirait régulièrement au même endroit. Quand le public sortait de la salle d'audience, Tom écoutait de toutes ses oreilles, chaque fois pour entendre de mauvaises nouvelles. L'étau se resserrait de plus en plus autour du pauvre Potter ; à la fin du second jour on disait ouvertement que la déposition de Joe l'Indien se trouvait entièrement confirmée et que le verdict du jury ne faisait de doute pour personne.

Le dernier soir avant le jugement Tom rentra tard et dut passer par la fenêtre. Il était dans un état d'énervement terrible et il lui fallut des heures pour s'endormir. Le lendemain matin tout le village se rendit au tribunal. C'était le grand jour. L'audience comprenait un nombre à peu près égal de représentants des deux sexes. Après une longue attente, on vit les jurés entrer un à un et gagner leurs places ; peu après, Potter, blême, les yeux hagards, tremblant de crainte, désespéré, fut introduit les menottes aux mains ; à la place où il était assis, tous les curieux pouvaient le voir ; Joe l'Indien, flegmatique comme toujours, attirait également les regards. Il y eut une seconde pause ; enfin le juge arriva et le shérif annonça l'ouverture de l'audience. Suivirent les chuchotements habituels entre hommes de loi, ainsi qu'un bruit de froissement de papiers. Ces détails, et les regards qu'ils entraînaient, créèrent une atmosphère de préparation aussi solennelle qu'impressionnante.

On appela un témoin qui déclara avoir vu Potter se laver dans un ruisseau, de très bonne heure le matin où le crime fut découvert ; l'inculpé s'était enfui aussitôt. Après quelques autres questions, le Ministère public fit entrer le témoin suivant. Le prisonnier leva les yeux, puis les baissa quand son avocat déclara :

— Nous n'avons pas de questions à poser.

Et le procureur dit au témoin :

— Vous pouvez vous retirer.

Le second témoin raconta comment il avait trouvé le couteau près du cadavre. Quand l'avocat de Potter eut dit : « Nous n'avons pas de questions à poser », le procureur pria à nouveau le témoin de se retirer.

Le troisième témoin déclara qu'il avait souvent vu ce couteau entre les mains de Potter.

L'avocat du prévenu ayant à nouveau déclaré qu'il n'avait pas de questions à poser, le public commença à protester. Cet avocat faisait-il si bon marché de la vie de son client qu'il ne veuille rien tenter pour le sauver ?

D'autres témoins vinrent déposer à tour de rôle et dire que l'attitude qu'avait eue Potter lorsqu'on le conduisait sur la scène du crime permettait de conclure à sa culpabilité. Chacun put se retirer sans qu'aucune question lui eût été posée. Tous les détails des circonstances aggravantes survenues au cimetière au cours de cette matinée, dont tous avaient gardé un souvenir très précis, furent évoqués par des témoins dignes de foi, sans que l'avocat de Potter jugeât nécessaire d'en interroger aucun. L'auditoire manifesta alors son mécontentement et sa déception ; le président rappela le public à l'ordre. Le procureur se leva :

— Messieurs les jurés, les témoignages de citoyens dont la parole ne saurait être mise en doute nous ont apporté la confirmation que ce crime est, sans discussion possible, l'œuvre du malheureux prévenu ici présent. Nous n'avons rien à ajouter. Que justice soit faite !

Le pauvre Potter laissa échapper un gémissement ; il se cacha le visage dans les mains ; son corps était agité par un tremblement tandis qu'un silence pénible régnait dans la salle. Des hommes manifestaient leur émotion, des femmes pleuraient.. L'avocat de Potter se leva et dit :

— Monsieur le Président, les observations que nous avons formulées au début de cette affaire ont pu faire supposer que notre intention était de prouver que notre client avait agi sous l'empire d'une ivresse qui lui a fait perdre la notion des choses et le sens de ses responsabilités. Nous avons changé d'avis et ce n'est pas ainsi que nous plaiderons.

Se tournant vers le greffier il demanda :

— Que l'on fasse comparaître Thomas Sawyer !

Une surprise intriguée se lut sur tous les visages sans en excepter celui de Potter. Tous les regards se dirigèrent avec curiosité vers Tom Sawyer qui venait de se lever et gagnait la barre. L'enfant ne paraissait pas à son aise, en réalité il était effaré. Après qu'il eut prêté serment, le juge lui demanda :

— Thomas Sawyer, où étiez-vous le 17 juin vers minuit ?

Tom jeta un regard sur le visage impassible de Joe l'Indien, et la parole lui manqua. L'assistance écoutait fiévreusement, mais les mots ne venaient pas. Quelques instants après, cependant, l'enfant se ressaisit et réussit à parler à voix assez haute pour qu'une partie de l'audience l'entendît :

— Dans le cimetière.

— Un peu plus haut, s'il vous plaît. N'ayez pas peur. Où étiez-vous ?

— Dans le cimetière, Monsieur le Président.

Un sourire de mépris passa sur les lèvres de Joe l'Indien.

— Etiez-vous près de la tombe de Horse Williams ?

— Oui, Monsieur le Président.

— Parlez un peu plus fort. A quelle distance étiez-vous ?

— A peu près à la même distance que celle qui me sépare de vous.

— Etiez-vous caché ?

— J'étais caché, Monsieur le Président.

— Où cela ?

— Derrière les ormes qui se trouvent à côté de la tombe.

Joe l'Indien eut un tressaillement presque imperceptible.

— Y avait-il quelqu'un avec vous ?

— Oui, Monsieur le Président. J'étais avec...

— Attendez. Ne dites pas le nom de votre compagnon, nous le convoquerons en temps utile. Portiez-vous quelque chose avec vous ?

Tom hésita.

— Parlez, mon petit ; n'ayez pas peur. Il faut avoir le respect de la vérité. Que portiez-vous avec vous ?

— C'était... c'était un... chat mort.

Il y eut dans la salle une manifestation d'hilarité à laquelle le président mit fin.

— Nous montrerons le squelette de ce chat. Maintenant, mon petit, racontez ce qui s'est passé. Racontez-le à votre manière, sans rien omettre, et n'ayez pas peur.

Tom commença, en bredouillant d'abord un peu ; au fur et à mesure qu'il s'échauffait les mots lui vinrent de plus en plus facilement. Au bout d'un instant on n'entendait plus dans la salle que le son de sa voix. Tous les regards étaient fixés sur lui ; chacun retenait son haleine et, sans tenir compte de l'heure, écoutait, bouche bée, la sinistre et passionnante histoire. L'émotion fut à son comble lorsque Tom déclara :

— ... Et quand, d'un coup de la pièce de bois, le docteur a renversé Potter, Joe l'Indien a bondi : le couteau en main, et...

Coup de théâtre ! rapide comme l'éclair, le métis, bousculant tous ceux qui se trouvaient sur son passage, venait de sauter par la fenêtre et avait disparu.

XXIV
Jours de gloire, nuits de terreur

Tom devint le héros du village ; les grandes personnes l'acclamaient, les jeunes lui portaient envie. Son nom passa à la postérité car le journal local chanta ses louanges. D'aucuns allèrent jusqu'à dire qu'il avait des chances d'être un jour Président des Etats-Unis s'il n'était pas pendu avant.

Le public, capricieux et impulsif comme toujours, ouvrit tout grands ses bras à Muff Potter et le choya avec aussi peu de mesure qu'il l'avait auparavant accablé de son mépris. Après tout, le public avouait s'être trompé ; qui songerait à lui faire un grief de reconnaître ses torts ?

Les journées de Tom étaient de véritables apothéoses mais ses nuits étaient des cauchemars. Il ne rêvait que de Joe l'Indien, il voyait Joe l'Indien proférer contre lui des menaces de mort. Pour rien au monde Tom ne serait sorti après la tombée de la nuit. Le pauvre Huck passait par les mêmes appréhensions : Tom ayant tout dit à l'avocat la nuit qui précédait le procès, Huck tremblait que l'on n'apprît le rôle qu'il avait joué dans cette affaire. La fuite du métis lui avait épargné le supplice d'une déposition devant le tribunal, c'est vrai. L'avocat lui avait bien promis le secret, mais pouvait-on avoir confiance en lui ? Depuis que, tourmenté par sa conscience, Tom avait réussi à le traîner en pleine nuit jusque chez l'avocat, et à arracher l'épouvantable récit à ses lèvres alors qu'elles avaient été scellées par le plus solennel et le plus redoutable des serments, la confiance de Huck dans le genre humain était sérieusement ébranlée.

De jour, les témoignages de gratitude de Potter rendaient Tom heureux d'avoir parlé ; de nuit, il aurait voulu n'avoir rien dit.

Tantôt Tom avait peur qu'on ne réussît jamais à arrêter Joe l'Indien, tantôt il avait peur qu'il fût arrêté. Il avait l'impression de ne jamais plus pouvoir respirer tranquillement tant que cet homme ne serait pas mort, tant qu'il n'aurait pas vu son cadavre.

On avait offert une récompense, on avait battu le pays, mais Joe l'Indien restait introuvable. On fit venir de Saint Louis un de ces détectives qui ont la science infuse, qui inspirent la terreur et qui soi-disant font des merveilles ; il se faisait fort de réussir ; il fouina çà et là, hocha la tête, prit un air entendu et finalement parvint au résultat auquel aboutissent généralement ses confrères : il trouva « une piste ». Mais on ne pend pas « une piste », fût-ce pour meurtre, et une fois le détective reparti, Tom se sentit aussi peu en sûreté qu'auparavant.

Les jours passèrent, et lentement chacun d'eux contribua petit à petit à ramener le calme dans les esprits.

XXV
A la recherche d'un trésor

Il y a dans la vie de tout gamin normalement constitué un moment où il éprouve le désir irrésistible de partir à la recherche d'un trésor caché. Tom ne fit pas exception à la règle. Ce jour-là il alla voir Joe Harper ; ne le trouvant pas, il se rendit chez Ben Rogers qui était parti à la pêche. En sortant de là il rencontra Huck Finn-les-Mains-Rouges. Celui-là ne dirait pas non. Tom l'emmena à distance respectueuse des oreilles indiscrètes et en grand mystère lui exposa son projet. Huck accepta. Huck acceptait toujours de prendre part à une entreprise qui promettait un certain rendement sans exiger aucun capital, car il disposait à ne savoir qu'en faire de cette espèce de temps qui n'est pas de l'argent.

— Où est-ce qu'on en trouve, des trésors ? demanda-t-il.

— A peu près partout.

— Quoi ! il y en a là comme ça tout autour d'ici !

— Non, bien sûr, Huck ; on les cache dans des endroits écartés, quelquefois dans des îles, quelquefois dans de vieux coffres qu'on enterre au pied d'un arbre mort, à l'endroit où l'ombre s'arrête à minuit ; mais surtout dans les maisons hantées, sous le plancher.

— Qui est-ce qui les cache ?

— Les voleurs, évidemment... tu ne voudrais pas que ça soit les inspecteurs de l'école du dimanche.

— Je ne sais pas, moi. Si j'avais un trésor je ne le cacherais pas ; je le dépenserais, et comment !

— Moi aussi, mais les voleurs ne font pas comme ça. Ils cachent leur trésor, et puis ils le laissent là.

— Ils ne viennent jamais le chercher ?

— Non. Ils en ont l'intention, ça va de soi ; mais il y en a qui oublient les points de repère qu'ils ont pris, d'autres qui meurent. En tout cas le trésor reste là longtemps ; le coffre rouille ; un beau jour on trouve un vieux papier tout jauni où il y a toutes les indications pour trouver les repères ; mais ça prend du temps à déchiffrer parce que ce sont généralement des signes et des hiéroglyphes...

— Des hiéro... quoi ?

— Des hiéroglyphes, des espèces de dessins qui n'ont pas l'air de grand-chose.

— Dis donc, Tom, tu en as un papier comme ça ?

— Non.

— Eh bien alors ? comment est-ce qu'on va trouver les repères ?

— T'en fais pas ; pas besoin de repères. Je te dis que c'est toujours dans une maison hantée, ou dans une île, ou au pied d'un arbre mort, surtout quand il y a une souche qui pointe en l'air. Eh bien, nous avons déjà creusé un peu dans l'île Jackson ; rien ne nous empêche de recommencer un de ces jours ; et puis il y a la vieille maison hantée au pied de la colline ; et quant aux arbres morts, ce n'est pas ça qui manque.

— Il y a un trésor au pied de chacun ?

— Ne dis pas de bêtises ! Non, naturellement.

— Alors comment sauras-tu au pied duquel il faut creuser ?

— Ah ça ! il faut tous les essayer.

— Nous en aurons pour tout l'été, mon vieux.

— Et puis après ? Une supposition que tu trouves une vieille marmite avec cent dollars dedans, ou un vieux coffre rempli de diamants ? tu ne crois pas que ça vaudrait le coup ?

Les yeux de Huck étincelèrent.

— Ça, ça serait une affaire. Tu me donneras les cent dollars ; pour les diamants, je te les laisse.

— Entendu. Moi je ne crache pas sur les diamants ; il y en a qui valent au moins vingt dollars chacun. C'est rare s'il y en a qui ne valent pas au moins 75 cents ou un dollar.

— Non ? sans blague ?

— Tout le monde te le dira. Tu n'en as jamais vu ?

— Pas que je me souvienne.

— Les rois en ont des flopées.

— Oui, mais moi je ne connais pas de rois.

— Ça, je m'en doute ; mais si tu allais en Europe, il y en a... tout autour de toi comme si on en semait.

— On en sème ?

— Non.

— Eh ben, pourquoi qu't'as dit qu'on en semait, alors ?

— Zut ! J'ai simplement voulu dire que tu les verrais faisant partie de la foule, comme tout le monde... Comme ce vieux bossu de Richard.

— Richard comment ?

— Richard tout court. Les rois n'ont qu'un prénom.

— Pas possible ?

— C'est comme ça.

— Si ça leur plaît, grand bien leur fasse. Moi je n'aimerais pas être roi et n'avoir qu'un prénom, comme un nègre. Dis donc, pour creuser, par où allons-nous commencer ?

— Sais pas. Si nous allions voir au pied du vieil arbre mort, là-haut, de l'autre côté du carrefour de Still House ?

— Moi je veux bien.

Pelle et pioche sur l'épaule ils se mirent en route. Le trajet était de plus de cinq kilomètres. Ils arrivèrent en nage, hors d'haleine, et s'allongèrent au pied d'un orme avoisinant, le temps de se reposer et de fumer une pipe.

— On est bien ici, dit Tom.

— Très bien.

— Dis donc, Huck, si nous y trouvons un trésor, qu'est-ce que tu feras de la part qui te revient ?

— Je me paierai tous les jours un pâté et une bouteille de limonade, et j'irai au cirque chaque fois qu'il y en aura un. T'en fais pas, j'aurai du bon temps.

— Tu n'en mettras pas un peu de côté ?

— Pour quoi faire ?

— Eh bien, en réserve pour plus tard.

— Ça ne servirait pas à grand-chose. Papa s'amènera un de ces jours, il fera main basse dessus et si je ne me grouille pas pour les planquer, il me nettoiera ça en vitesse, je t'en réponds. Qu'est-ce que tu feras de ta part, Tom ?

— J'achèterai un nouveau tambour, une épée, une vraie, une cravate rouge, et puis un chien ; et puis je me marierai.

— Tu te marieras ?

— Comme je te le dis.

— Tom, mon vieux, tu dérailles.

— Attends voir.

— Eh bien, c'est la plus grande bêtise que tu pourrais faire. Regarde mon père et ma mère : ils n'ont fait que se battre tout le temps ; je m'en souviens très bien.

— Ça ne veut rien dire. Celle que j'épouserai ne se battra pas.

— On dit ça ; mais elles sont toutes les mêmes, elles ne cherchent que plaies et bosses. Réfléchis encore un peu avant de te décider ; c'est un conseil d'ami que je te donne. Comment qu'elle s'appelle, la fille ?

— Ce n'est pas une fille, c'est une demoiselle.

— Ça ne fait rien, l'un ou l'autre, ça revient au même. En tout cas, comment qu'elle s'appelle ?

— Je te le dirai plus tard. Pas maintenant.

— Comme tu voudras. Mais si tu te maries, je serai plus seul que jamais.

— Mais non, tu viendras habiter avec nous, ne t'en fais pas. Maintenant, au boulot.

Ils travaillèrent d'arrache-pied pendant une bonne demi-heure sans résultat ; ils recommencèrent pendant une autre demi-heure sans plus de succès.

— Est-ce qu'on enterre toujours les trésors aussi profondément que ça ? demanda Huck.

— Quelquefois. Pas toujours. Généralement pas. J'ai l'impression que nous ne sommes pas au bon endroit.

Après avoir fait choix d'une nouvelle place ils se remirent au travail ; un peu plus lentement peut-être mais non sans ardeur. Pendant un moment ils creusèrent en silence. Puis Huck s'arrêta, prit un point d'appui sur la pelle et essuya avec sa manche les gouttes de sueur qui perlaient sur son front. Il demanda :

— Quand nous aurons trouvé celui-là, où creuserons-nous après ?

— Nous pourrions attaquer le vieil arbre de Cardiff Hill, derrière la maison de la veuve.

— Oui, il doit être bon celui-là. Mais tu ne penses pas que la veuve gardera le trésor ? C'est sur son terrain.

— Le garder ? Elle essaiera peut-être. Mais peu importe à qui appartient le terrain ; le trésor est à qui le trouve.

La réponse était péremptoire ; le travail continua. Puis Huck dit :

— Ça y est, je parie que nous nous sommes encore trompés d'endroit. Tu ne crois pas ?

— C'est curieux ; je n'y comprends rien. Quelquefois les sorcières se mettent en travers : c'est peut-être pour cela que ça ne va pas.

— Allons donc ! pas question de sorcières en plein jour.

— Tu as raison, je n'ai pas pensé à cela. Ah ! je sais... Que nous sommes bêtes ! Il faut d'abord voir où l'ombre de la branche cassée s'arrête à minuit ; c'est là qu'il faut creuser.

— Alors nous avons fait tout ça pour rien ? et par-dessus le marché il va falloir revenir cette nuit ! c'est qu'il y a un rude bout de chemin. Pourras-tu sortir de chez toi ?

— Bien sûr. D'ailleurs il faut le faire cette nuit ; si quelqu'un voit ces trous il comprendra de quoi il s'agit et le trésor nous passera sous le nez.

— Bon. Eh bien, je viendrai sous ta fenêtre et je miaulerai comme d'habitude.

— Entendu. Cachons nos outils dans ce buisson.

A l'heure dite les enfants étaient de retour. Dans l'ombre ils attendirent. L'endroit était solitaire. L'heure, consacrée par tant de vieilles traditions, était celle où les esprits chuchotent dans le bruissement des feuilles, où les fantômes se cachent dans les coins sombres ; on entendait au loin l'aboiement d'un chien, le hululement d'un hibou. Impressionnés les enfants se taisaient. Soudain ils estimèrent que minuit avait dû sonner et, à la limite de l'ombre, ils commencèrent à creuser. L'espoir les soutenait, ils s'intéressèrent à leur tâche. Les coups de pioche allaient bon train ; le trou devenait de plus en plus profond. Mais chaque fois qu'ils sursautaient parce que leur pelle ou leur pioche avait rencontré un obstacle, une déception les attendait. Tantôt c'était une pierre, tantôt une racine. Tom finit par dire :

— Ce n'est pas la peine de continuer, Huck ; nous avons encore dû nous tromper.

— Nous n'avons pas pu nous tromper, c'est exactement là que l'ombre s'arrêtait.

— Oui, mais il y a autre chose.

— Quoi ?

— L'heure. Nous avons supposé qu'il était minuit ; peut-être était-il trop tôt ou trop tard.

Huck laissa tomber sa pelle.

— Ce doit être ça. Voilà la difficulté. Nous n'avons plus qu'à abandonner ce trou-ci. C'est impossible de savoir l'heure exacte. Et puis moi, tu sais, d'être là au milieu de la nuit avec des fantômes et des sorcières qui circulent autour de vous comme ça tout le temps, ça ne va pas. J'ai toujours l'impression qu'il y a quelqu'un derrière moi, et je n'ose pas me retourner parce qu'il y en a peut-être d'autres devant qui attendent une occasion. J'en ai la chair de poule depuis que je suis ici.

— Je t'en offre autant, dit Tom. Tu sais que quand on enfouit un trésor sous un arbre, presque toujours on enterre un cadavre dans le trou, pour le surveiller.

— Ah ! bigre.

— J'ai toujours entendu dire ça.

— Tom, je n'aime pas farfouiller dans les endroits où il y a des cadavres. On peut avoir des ennuis.

— Je n'aime pas beaucoup les déranger non plus. Tu vois ça s'il y en avait un ici qui sorte son crâne du trou et se mette à nous dire quelque chose ?

— Tais-toi, Tom ; c'est effrayant.

— Ça pourrait bien arriver. Je ne me sens pas très tranquille.

— Dis donc, si on s'en allait ? On pourrait essayer ailleurs.

— Oui, je crois que ça vaudra mieux.

— Où ?

Tom réfléchit un instant.

— Dans la maison hantée. Allons-y.

— Ah zut ! je n'aime pas beaucoup les maisons hantées. Les fantômes, c'est encore pire que les cadavres. Qu'un mort parle c'est possible ; mais il ne rôde pas dans un suaire autour de toi quand tu ne t'y attends pas, il ne regarde pas par-dessus ton épaule en grinçant des dents, comme le font ces sacrés fantômes. Je ne peux pas supporter ces trucs-là, Tom ; personne ne peut.

— Je ne te dis pas non, Huck. Mais les fantômes ne se promènent que la nuit. Ils ne peuvent pas nous empêcher de creuser pendant le jour.

— C'est vrai. Mais tu sais bien que personne n'approche de cette maison hantée, pas plus le jour que la nuit.

— C'est parce que les gens ont peur d'aller dans un endroit où quelqu'un a été assassiné. Mais on n'a jamais rien remarqué autour de cette maison, excepté la nuit. Et encore ce n'étaient que des lumières bleues aux fenêtres, ce n'étaient pas de vrais fantômes.

— Justement, Tom ; quand tu vois une de ces lumières bleues danser quelque part, c'est qu'un fantôme n'est pas loin. Ça tombe sous le sens : il n'y a que les fantômes qui s'en servent.

— Je ne te dis pas, mais en tout cas ils ne viennent jamais en plein jour ; alors pourquoi avoir peur ?

— Soit. Nous essaierons la maison hantée si tu veux ; mais je n'en démords pas, il y a des risques.

Tout en causant les gamins étaient parvenus au bas de la colline. Devant eux, au milieu de la vallée éclairée par la lune ils pouvaient voir la « maison hantée ». Elle était isolée ; les barrières qui l'entouraient avaient disparu depuis longtemps ; les mauvaises herbes poussaient jusque sur le seuil de la porte ; la cheminée s'était écroulée, il ne restait plus un carreau aux fenêtres. Un coin du toit s'était effondré. Les enfants regardèrent avec circonspection ; ils s'attendaient à chaque instant à voir une lumière bleue traverser le rectangle sombre d'une fenêtre. Parlant à voix basse, comme il convenait étant donné l'heure et les circonstances, ils firent un détour par la droite pour ne pas passer trop près de la maison hantée, et regagnèrent l'un sa demeure, l'autre son abri, à travers les bois qui couvraient le versant de Cardiff Hill.

XXVI
Dans la maison hantée

Le lendemain vers midi, les deux enfants retournèrent chercher leurs outils. Tom bouillait d'impatience ; il voulait aller voir la maison hantée. Huck, qui n'en avait que modérément envie, demanda :

— Dis donc, Tom, quel jour est-ce aujourd'hui ?

Tom compta mentalement les jours de la semaine ; puis il leva sur son compagnon des yeux effarés :

— Mince alors ! je n'y ai pas pensé !

— Moi non plus, je n'y avais pas pensé, et tout d'un coup il m'est revenu que c'est aujourd'hui vendredi. Il y a des jours de chance, c'est possible ; mais pas vendredi.

— N'importe quel ballot sait ça. Je ne crois pas que tu sois le premier à l'avoir trouvé, Huck.

— Je ne le prétends pas non plus. Et que ce soit vendredi, ce n'est pas tout. J'ai fait un mauvais rêve cette nuit — j'ai rêvé de rats.

— Pas possible ? Ça, c'est signe d'embêtements. Est-ce qu'ils se battaient ?

— Non.

— Ah ! bien, ça, c'est bon signe, Huck. Quand ils ne se battent pas, ça veut dire que des embêtements peuvent se produire, qu'il faut se tenir sur ses gardes et ne pas s'en mêler. Laissons tomber pour aujourd'hui ; et jouons. Huck, connais-tu Robin des Bois ?

— Non. Qui est-ce Robin des Bois ?

— Tu ne sais pas ? C'était un des plus grands hommes de l'Angleterre, un des meilleurs : c'était un voleur de grands chemins.

— Nom d'un chien ! c'est ça que j'aurais voulu être. A qui s'en prenait-il ?

— Uniquement à des gouverneurs, des évêques, des riches, des rois, des gens comme ça. Jamais aux pauvres. Il les aimait, il partageait toujours avec eux.

— Un chic type, quoi !

— Et comment ! le plus chic qui ait jamais existé. Il n'y en a plus comme ça aujourd'hui, c'est moi qui te le dis. Il pouvait terrasser n'importe qui en Angleterre d'une seule main, l'autre main attachée derrière le dos ; et avec son arc en bois d'if, il transperçait une pièce de dix cents à plus de deux kilomètres.

— Qu'est-ce que c'est que du bois d'if ?

— Sais pas ; c'est un bois dont on fait les arcs. Et si la flèche ne faisait que frôler le bord de la pièce, il en pleurait. Tiens, jouons à Robin des Bois : c'est un jeu épatant. Je vais t'apprendre.

Ils jouèrent donc à Robin des Bois tout l'après-midi, jetant de temps à autre un regard d'envie vers la maison hantée et passant en revue les possibilités du lendemain. Le soleil baissait ; ils reprirent le chemin du retour par les grands bois de Cardiff Hill.

Le samedi, au début de l'après-midi, les enfants étaient de retour au pied de l'arbre mort. Ils s'assirent un instant à l'ombre pour bavarder et fumer une pipe, puis se remirent à approfondir leur dernier trou sans grand espoir, simplement parce que Tom affirmait qu'en bien des cas les gens avaient abandonné leurs recherches alors qu'il leur aurait suffi de creuser vingt centimètres de plus pour arriver au trésor, et qu'alors d'autres l'avaient déterré dès leur premier coup de pelle. Ayant échoué cette fois encore, ils remirent chacun leur outil sur l'épaule et s'en allèrent avec la satisfaction de n'avoir négligé aucune des exigences du métier de chercheur de trésors.

Lorsque, sous un soleil de plomb, ils atteignirent la maison hantée, le silence qui y régnait était tellement profond, l'impression de solitude et de désolation qui s'en dégageait était si démoralisante, que tout d'abord ils hésitèrent à s'aventurer à l'intérieur. Peu après ils s'enhardirent, rampèrent jusqu'à la porte et jetèrent un coup d'œil prudent : ils virent une pièce sans plancher, déplâtrée, où les mauvaises herbes avaient poussé à foison, une vieille cheminée toute délabrée, des fenêtres sans carreaux, un escalier en ruine et, pendant de partout, d'invraisemblables quantités de toiles d'araignée. Sur la pointe des pieds, en n'échangeant que de rares chuchotements, les oreilles aux aguets, le cœur palpitant, ils entrèrent, prêts à battre en retraite à la première alerte.

Un peu après, leurs craintes se dissipèrent ; ils examinèrent l'endroit en détail, tout fiers de leur courage dont ils étaient étonnés eux-mêmes. L'idée leur vint ensuite de monter au premier étage. C'était se couper toute possibilité de retraite. Mais s'étant défiés mutuellement, ce dont le résultat ne faisait pas de doute, ils jetèrent leurs outils dans un coin et se risquèrent sur l'escalier. Là-haut un même spectacle les attendait. Dans un angle, une porte donnait accès à un galetas d'apparence mystérieuse, qui était vide. Maintenant l'assurance leur revenait. Ils se disposaient à redescendre et à commencer leurs fouilles, quand tout à coup Tom fit :

— Chut !

— Qu'est-ce qu'il y a ? demanda Huck, blême de frayeur.

— Chut ! écoute.

— Oui, j'entends. Oh ! dis donc ! si on s'en allait ?

— Reste tranquille, ne bouge pas ! les voilà qui viennent, ils approchent de la porte.

A demi morts de terreur, les deux enfants s'allongèrent

sur le plancher. L'œil collé à un trou ils attendirent.

— Ils s'arrêtent... Non, il reviennent... Les voilà. Surtout ne dis plus rien, Huck. Ah ! comme je voudrais être ailleurs !

Deux hommes entrèrent. Chacun des deux enfants pensa :

— Celui-là c'est le vieux sourd-muet espagnol qui ces jours-ci est venu en ville une ou deux fois. L'autre, je ne l'ai jamais vu.

L'« autre » était sale, déguenillé, rébarbatif. L'Espagnol était enveloppé dans un grand manteau ; il avait des favoris blancs broussailleux ; de longs cheveux s'échappaient de dessous son chapeau ; il portait des lunettes vertes.

Quand ils entrèrent, l'« autre » parlait à voix basse. Ils s'assirent, dos au mur, face à la porte, et l'« autre » crut alors pouvoir élever la voix.

— Non, dit-il. J'ai bien réfléchi. C'est dangereux, ça ne me plaît pas.

— Dangereux ! grommela, à la grande surprise des enfants, le soi-disant sourd-muet. Poule mouillée, va !

Cette voix... (les enfants en tremblaient...) était celle de Joe l'Indien. Il y eut un silence ; puis Joe dit :

— Qu'est-ce qu'il y a de plus dangereux là-dedans que dans notre dernière affaire ? Eh bien, il ne nous est rien arrivé.

— Ce n'est pas la même chose. C'était plus haut sur la rivière et il n'y avait pas d'autre maison à portée de la vue. Personne ne saura que nous avons essayé puisque nous n'avons pas réussi. Ce qui est plus dangereux c'est de venir ici en plein jour : n'importe qui en nous voyant se doutera de quelque chose.

— Je sais. Mais après l'autre affaire, il n'y avait pas de meilleur endroit. Je veux quitter cette baraque. Plus tôt on partira, mieux ça vaudra. Je voulais en finir hier mais il n'y avait pas moyen, avec ces satanés gosses qui jouaient sur la colline juste en face de nous.

A ces paroles, les « satanés gosses » tremblèrent ; quelle chance ils avaient eue de se rappeler que c'était vendredi et d'attendre jusqu'au lendemain... Que n'avaient-ils décidé d'attendre un an de plus !

Les deux hommes sortirent des provisions et se mirent

à manger. Après un long silence, pensif, Joe l'Indien dit :

— Dis donc, mon vieux..., tu vas remonter la rivière, tu iras là où tu sais et tu y attendras de mes nouvelles. Moi, je vais faire un saut jusqu'au village pour voir ce qui s'y passe. Quand j'aurai fait mon enquête, si je constate que tout va bien, nous bâclerons l'affaire et puis après en route pour le Texas, tous les deux.

L'autre donna son accord. Les deux hommes se mirent à bâiller.

— Je tombe de sommeil, dit Joe l'Indien. A ton tour de monter la garde.

Il s'allongea sur les herbes qui foisonnaient dans les décombres et ne tarda pas à ronfler. Son camarade le secoua une fois ou deux ; Joe ne répondait plus. Le veilleur lui-même commença à dodeliner de la tête, puis à sommeiller. Bientôt les deux hommes ronflèrent à l'unisson. Les deux enfants poussèrent un long soupir de soulagement. Tom chuchota :

— C'est le moment... filons !

— Je ne peux pas, dit Huck, ça me coupe bras et jambes. S'ils se réveillaient, tu vois le tableau !

Tom insista. Huck tint bon. Tom se leva avec précaution ; il voulait partir seul. Mais dès son premier pas le plancher délabré fit entendre un tel craquement qu'il se recoucha par terre épouvanté et se garda bien de renouveler sa tentative. Les enfants restèrent sur place, comptant les instants interminables, jusqu'à ce qu'ils eussent l'impression que le temps faisait place à l'éternité, et que celle-ci était déjà largement entamée. O bonheur ! le soleil commençait à baisser.

L'un des ronflements cessa : Joe l'Indien s'éveillait. Il s'assit, regarda autour de lui et vit son compagnon qui dormait, la tête dans les genoux. Lui donnant un coup de pied il s'écria :

— Eh là ! veilleur de malheur ! Heureusement qu'il n'est rien arrivé.

— J'ai dormi ?

— Pas à moitié. Dis donc, vieux, il est l'heure de partir. Qu'est-ce qu'on fait du magot ?

— Sais pas. Pourquoi ne pas le laisser ici comme nous l'avons déjà fait ? Pas la peine de l'emporter avant que nous partions dans le Sud. Six cent cinquante dollars d'argent, c'est un poids.

— Entendu. Ce n'est pas une affaire de revenir ici.

— Non. Cependant faisons ça la nuit ; ça vaut mieux.

— Soit ; mais écoute voir. Avant que je réussisse ça peut prendre du temps. Et puis il faut toujours compter avec les accidents possibles. Laisser le magot là où il est maintenant, ça ne vaut rien. Il faut l'enterrer, et profondément.

— Bonne idée, dit l'autre qui traversa la pièce, s'agenouilla, souleva une des dalles du foyer et sortit un sac dont le contenu tintait agréablement. — Il en retira une vingtaine de dollars pour lui et autant pour Joe l'Indien, puis il passa le sac à ce dernier qui, à genoux dans un coin, creusait avec son poignard.

En cet instant Tom et Huck oublièrent toutes leurs terreurs, tous leurs ennuis. C'est avec un regard de convoitise qu'ils suivaient chaque mouvement des deux hommes. La réalité dépassait leur espoir. Six cents dollars ! de quoi les enrichir, eux et une demi-douzaine de camarades ! Leur chasse au trésor débutait sous les meilleurs auspices. Maintenant ils sauraient où creuser ! Ils se donnaient des coups de coude sans discontinuer, des coups de coude qui signifiaient :

— Eh bien ! maintenant n'es-tu pas content d'être venu ?

Le poignard de Joe rencontra un obstacle.

— Hello ! dit-il.

— Qu'est-ce qu'il y a ?

— Sans doute une planche à moitié pourrie. Mais non, on dirait une caisse. Aide-moi, nous allons voir ce que c'est. Non, ne bouge pas, ce n'est pas la peine, j'ai fait un trou.

Il plongea la main.

— Du pèze, mon vieux !

Les deux hommes examinèrent la poignée de pièces de monnaie que Joe avait retirée : c'était de l'or. La jubilation des enfants ne connut plus de bornes.

Le camarade de Joe dit :

— Il ne nous faudra pas longtemps pour savoir à quoi nous en tenir. Il y a une vieille pioche, là, dans les herbes, de l'autre côté de la cheminée ; je l'ai vue tout à l'heure.

Il alla vers le coin et rapporta la pelle et la pioche des enfants. Joe l'Indien prit la pioche, l'examina attentivement, hocha la tête, marmonna quelque chose et se mit au travail. Bientôt la caisse fut déterrée. Elle n'était pas très grande mais elle était cerclée de fer et avait dû être très solide avant que le travail du temps l'ait détériorée. Muets de joie les deux hommes contemplaient le trésor.

— Sais-tu qu'il y en a là-dedans pour des milliers de dollars ? fit Joe l'Indien.

— On a toujours dit que Murzel et sa bande avaient rôdé par ici pendant tout un été, observa l'autre.

— Je sais, dit Joe l'Indien ; c'est peut-être d'eux que ça vient.

— Maintenant tu n'auras plus besoin de faire l'autre coup.

— Tu ne me connais pas, répliqua le métis en fronçant les sourcils ; — ou alors tu ne sais pas tout. Ce n'est pas tant un cambriolage... qu'une vengeance ! ajouta-t-il avec une lueur sinistre dans le regard ; — et pour ça, j'ai besoin de toi. Nous partirons pour le Texas après. Retourne voir ta femme et tes gosses, et attends de mes nouvelles.

— Comme tu voudras. Qu'est-ce que nous allons faire de tout ça ? On le remet en terre ?

— Oui. (Joie délirante au premier étage.) Non, par le grand Sachem, non ! (Profonde consternation au premier étage.) J'ai failli oublier. Il y avait de la terre fraîche sur cette pioche. (Terreur folle au premier étage.) Qui a pu apporter ici une pelle et une pioche ? Pourquoi y a-t-il de la terre fraîche là-dessus ? Qui a apporté des outils ici ? Où sont ces gens ? As-tu entendu quelqu'un ? As-tu vu quelqu'un ? Enterrer le magot ici pour qu'on vienne et qu'on voie la terre fraîchement remuée ? Pas de ça ! Nous allons l'emporter dans ma cachette.

— Evidemment ! Dire que je n'ai pas pensé à ça plus tôt ! Tu veux dire au n° 1 ?

— Non, au n° 2, sous la croix. L'autre est trop facile à repérer.

— Nous pouvons y aller ; il commence à faire noir.

Joe l'Indien se leva et alla de fenêtre en fenêtre, regardant s'il n'y avait rien de suspect aux alentours.

— Je me demande qui a bien pu apporter ici cette bêche et cette pioche, répéta-t-il. Crois-tu qu'ils soient là-haut ?

Tom et Huck en eurent la respiration coupée. Joe l'Indien avait tiré son poignard ; il hésita un instant, puis se dirigea vers l'escalier. Les deux enfants eurent l'idée de se réfugier dans le galetas, mais leurs forces les avaient abandonnés. Sous les pas du métis les marches de l'escalier craquèrent. Devant l'imminence du danger, les enfants pensaient malgré tout à se réfugier dans le galetas quand tout à coup un craquement formidable se fit entendre : l'escalier s'était effondré et Joe l'Indien était retombé sur le sol au milieu des débris de bois pourri. Il se releva en sacrant, et son camarade lui dit :

— A quoi bon tout ça ? S'il y a des gens là-haut qu'ils y restent ! S'ils veulent descendre ils trouveront à qui parler ; je n'y vois pas d'inconvénient. D'ici un quart d'heure il fera noir, et s'ils veulent nous suivre, je leur souhaite du plaisir. A mon idée, ceux qui ont apporté ces outils ici, s'ils nous ont vus, ont dû nous prendre pour des diables ou pour des fantômes. Je parie bien qu'ils courent encore.

Joe commença par bougonner, puis il se rangea à l'avis de son camarade qui disait que le peu de jour qui restait devait être consacré aux préparatifs de départ. Quelques minutes après, dans la demi-obscurité, les deux hommes se glissaient hors de la maison et se dirigeaient vers le fleuve avec leur précieux colis.

Alors Tom et Huck, encore tremblants, poussèrent un « Ouf ! » bien senti. Ils se relevèrent, et par les interstices des poutres de la maison regardèrent les deux hommes s'éloigner. Les suivre ? Ils n'y songeaient guère ; ils s'estimaient heureux de se retrouver sur le sol, indemnes, et retournèrent au village par le chemin de la colline.

Ils ne disaient rien ; au fond ils étaient furieux contre eux-mêmes ; ils s'en voulaient d'avoir laissé leurs outils en bas. Sans quoi Joe l'Indien ne se serait douté de rien, il aurait enfoui tout son butin sur place, le temps d'assouvir sa « vengeance » et, quand il serait revenu, aurait constaté que le magot s'était envolé. Encore une fois quelle déveine d'avoir laissé là les outils !

Les enfants se promirent de surveiller cet Espagnol lorsqu'il viendrait au village supputer les chances qu'il avait de mener à bien ses sinistres projets, et de le prendre ensuite en filature jusqu'à sa cachette n° 2, où qu'elle soit. Tout à coup une idée terrifiante traversa l'esprit de Tom :

— Dis donc ! lui, là, avec sa vengeance ? Ça ne serait pas de nous qu'il voudrait se venger, des fois ?

— Oh ! ne dis pas ça, murmura Huck prêt à défaillir.

Ils discutèrent la question. En arrivant au village, ils étaient persuadés que les projets de Joe l'Indien devaient concerner quelqu'un d'autre ; en tout cas Tom serait seul en cause puisque seul Tom avait témoigné au procès. Cette conclusion ne faisait pas du tout l'affaire de Tom, qui en la circonstance aurait particulièrement apprécié un peu de compagnie.

XXVII
Le numéro deux

Les incidents de la journée troublèrent le sommeil de Tom ; il eut des cauchemars. Quatre fois il rêva qu'il mettait la main sur le fabuleux trésor, quatre fois le trésor lui fondit dans les doigts ; et sa déception était telle que chaque fois il se réveillait. Le lendemain matin, alors que les yeux grands ouverts il se remémorait les événements de la veille, il eut la curieuse impression que tout cela s'était passé dans un autre monde il y avait longtemps ; que toute cette aventure pouvait bien n'être qu'un rêve ; il y avait un argument très fort en faveur de cette thèse. Cette invraisemblable quantité de pièces de monnaie lui paraissait suspecte. Jusqu'ici Tom n'avait jamais vu plus de cinquante dollars à la fois ; comme beaucoup d'enfants de son âge, il se figurait que les allusions qu'il entendait faire à « des centaines » ou à « des milliers » de dollars n'étaient que des façons de parler ; qu'un individu qui possédait cent dollars, à plus forte raison plusieurs centaines de dollars, cela n'existait pas. Pour lui, un trésor caché consistait en une poignée de vraies dîmes [1] et un boisseau de choses indéterminées, mirobolantes, insaisissables, qu'on appelait des dollars.

Cependant, à force de réfléchir, il repassait dans son esprit les détails de son aventure ; après tout, cela pouvait bien ne pas être un rêve ! Il fallait tirer cela au clair. Il se leva, déjeuna à la hâte et se mit en devoir de retrouver Huck.

Huck était assis sur le rebord d'un bateau plat ; il se balançait nonchalamment les pieds dans l'eau et paraissait de fort méchante humeur. Tom résolut de ne pas aborder la question le premier. Si Huck n'en parlait pas ce serait la preuve que lui, Tom, avait rêvé.

— Hello, Huck !

— Bonjour, mon vieux.

Un silence s'ensuivit.

— Tom, si nous avions laissé nos maudits outils près de l'arbre mort, à l'heure qu'il est l'argent serait à nous. Quelle guigne tout de même.

— Alors ce n'est pas un rêve ! Quelquefois je me prends à souhaiter que c'en soit un. Ma parole, Huck !

— Qu'est-ce qui n'est pas un rêve ?

— Eh bien, l'histoire d'hier. Pour un peu je dirais que c'en est un.

— Tu en as de bonnes ! Si l'escalier avait été plus solide tu aurais vu le drôle de rêve que nous aurions fait. Ne me parle plus de rêves, j'en ai assez fait toute la nuit. J'avais tout le temps à mes trousses ce diable borgne d'Espagnol ; que le diable l'emporte !

— Non, qu'il ne l'emporte pas ! sans quoi comment trouverons-nous l'argent ?

— Nous avons eu une chance comme il n'en arrive qu'une fois dans la vie, et nous l'avons manquée. Quant à lui, nous ne le retrouverons plus jamais. En tout cas, si je me retrouvais face à face avec lui je ne me sentirais pas très fixe.

1. Pièces d'argent de 1/10e de dollar. (*N.d.T.*)

2
3
4
5

— Moi non plus ; mais tout de même je voudrais le voir, histoire de le pister jusqu'à son n° 2.

— N° 2, oui, c'est ça. J'y ai réfléchi mais je ne vois pas ce que cela peut être. Que crois-tu que c'est ?

— Aucune idée, Huck. Dis donc, est-ce que ce ne serait pas le numéro d'une maison ?

— Peut-être... non, je ne crois pas. Ou alors si c'est ça ce ne serait pas dans ce fichu patelin. Il n'y a pas de numéros ici.

— C'est vrai. Voyons voir. Ce ne serait pas plutôt un numéro de chambre dans une auberge ?

— Ce doit être ça. En ce cas ce ne sera pas difficile à trouver : il n'y a que deux auberges dans ce village.

— J'y vais. Toi, Huck, reste ici jusqu'à ce que je revienne.

Aussitôt Tom partit en courant ; il ne se souciait pas de s'afficher en public avec Huck. Il resta absent une demi-heure. Dans la première auberge, la mieux fréquentée, le n° 2 était depuis longtemps occupé par un clerc de notaire qui y était encore. Dans la seconde, moins luxueuse, la chambre n° 2 offrait l'attrait d'un mystère. Le jeune fils du tenancier dit à Tom qu'elle restait presque toujours fermée, qu'il n'avait jamais vu personne y entrer ou en sortir que la nuit ; pourquoi ? il n'en savait rien. Il lui suffisait de se dire que la chambre était « hantée », sa curiosité n'allait pas au-delà. La nuit précédente il y avait vu une lumière.

— Voilà ce que j'ai trouvé, Huck. Je crois que nous sommes sur la bonne voie.

— Ça m'en a tout l'air, Tom. Et maintenant qu'est-ce que nous allons faire ?

— Attends que je réfléchisse.

Tom médita longtemps et finit par dire :

— Voilà. Ce n° 2 a deux entrées dont l'une donne sur une impasse entre la taverne et la remise d'une briqueterie. Tâche de récolter toutes les clés que tu pourras trouver ; moi, je chiperai celles de ma tante, et la première nuit sans lune nous les essaierons. En attendant, attention à Joe l'Indien ; tu sais qu'il doit venir au village à cause de ses projets de vengeance. Si tu le vois, suis-le ; et s'il ne va pas au n° 2 en question, c'est que ce n'est pas le bon.

— Ça ne me dit rien de le suivre tout seul.

— Il fera noir, mon vieux. Peut-être qu'il ne te verra même pas ; et s'il te voit il ne ramifiera pas.

— S'il fait assez noir il se peut que je le suive. Je ne garantis rien ; je ne sais pas ; j'essaierai.

— T'en fais pas : s'il fait noir je le suivrai aussi, moi. A part la question de vengeance, il finira bien par s'occuper de l'argent.

— Ça c'est sûr, Tom. Ma parole, je le suivrai.

— A la bonne heure, Huck. Du cran, et compte sur moi.

XXVIII
A la découverte

Ce soir-là Tom et Huck étaient prêts pour la grande aventure. Ils rôdèrent aux abords de l'auberge jusqu'à plus de neuf heures. L'un surveillait l'impasse, l'autre la porte d'entrée. Personne n'entra par l'impasse, personne ressemblant de près ou de loin au faux Espagnol n'entra dans la taverne, personne n'en sortit par la porte. La nuit s'annonçait claire ; Tom rentra chez lui en comptant que, si elle s'assombrissait, Huck viendrait « miauler », à la suite de quoi il se glisserait dehors et essaierait les clefs. Mais la nuit resta claire, et à minuit environ Huck mit un terme à sa faction et alla se coucher dans un tonneau à sucre vide.

Mardi, même malchance. Mercredi aussi. Mais jeudi s'annonça sous de meilleurs auspices. Tom s'esquiva de bonne heure, ayant sous le bras la vieille lanterne de sa tante et un immense torchon destiné à en dissimuler la lueur ; il cacha la lanterne dans le tonneau qui servait à Huck de chambre à coucher, et les deux amis commencèrent leur faction.

A onze heures la taverne au rez-de-chaussée de l'auberge ferma ses portes ; les lumières, les seules du quartier, s'éteignirent. Toujours pas de trace de l'Espagnol. Personne ne s'était engagé dans l'impasse. La nuit était noire, le silence n'était interrompu que par de lointains coups de tonnerre. C'était le moment de tenter l'aventure.

Tom alla chercher sa lanterne, l'alluma dans le tonneau, l'enveloppa soigneusement de son torchon ; et dans l'ombre, les deux enfants reprirent le chemin de la taverne. Huck fit le guet et Tom pénétra dans l'impasse. Un certain temps s'écoula, que Huck trouva interminable. Pas possible, Tom avait dû s'évanouir... peut-être était-il mort ? Si seulement Huck pouvait apercevoir de temps en temps la lueur de la lanterne ! peut-être aurait-il peur, mais au moins aurait-il la preuve que Tom était encore en vie. Peut-être était-il mort, peut-être (suite de la terreur ou de l'agitation) avait-il eu une crise cardiaque ? Dans son inquiétude, Huck se rapprochait de plus en plus de l'impasse, s'attendant à chaque instant à une catastrophe. Son cœur battait à se rompre. Tout à coup il aperçut la lanterne ; et Tom, courant à toutes jambes, passa près de lui.

— Barre-toi en vitesse ! lui jeta-t-il.

Huck lui emboîta le pas sans demander son reste, et s'enfuyant à toute allure, les deux gamins ne s'arrêtèrent que lorsqu'ils eurent atteint le hangar d'un abattoir désaffecté à l'autre extrémité du village. A peine y étaient-ils entrés qu'un orage éclata ; la pluie tomba à torrents. Dès qu'il eut repris haleine, Tom mit Huck au courant.

— Qu'est-ce que j'ai pris, mon vieux ! J'ai essayé deux clés. J'ai eu beau aller doucement, ça a fait un tel raffut que je n'osais plus remuer. Par-dessus le marché les clés ne tournaient même pas dans la serrure. Alors machinalement j'ai pris le bouton de la porte, et la porte s'est ouverte, elle n'était pas fermée à clé. J'entre à pas de loup, je découvre ma lanterne et, par les mânes de César...

— Et quoi, Tom ?

— Je me suis arrêté à temps. Un peu plus je marchais en plein sur la main de Joe l'Indien.

— Non ?

— Il était là, étendu de tout son long sur le plancher,

TEMPERAN

les bras en croix. Il avait encore son bandeau sur l'œil et il dormait à poings fermés.

— Alors qu'est-ce que tu as fait ? s'est-il réveillé ?

— Non, il n'a pas bougé. Il devait être saoul. J'ai ramassé mon torchon et j'ai filé.

— Moi je n'aurais jamais pensé au torchon.

— Si je l'avais perdu, qu'est-ce que ma tante m'aurait passé !

— As-tu vu la caisse ?

— Tu sais, je n'ai fait ni une ni deux ; je n'ai pas pris le temps de regarder. Je n'ai vu ni caisse ni croix. Tout ce que j'ai vu, c'est une bouteille et un gobelet par terre, près de Joe. C'est-à-dire non, je me trompe ; il y avait dans la pièce deux barils et une quantité de bouteilles. Comprends-tu maintenant pourquoi on dit que la pièce est hantée ?

— Non.

— Hantée par le whisky, oui ! Si toutes les tavernes de soi-disant tempérance ont une chambre hantée, tu vois le coup.

— Ce qu'on va chercher, tout de même ! Mais dis donc, Tom, si Joe est saoul, ça serait peut-être le moment de lui faucher sa caisse !

— Tu as envie d'essayer, toi ?

Huck eut un frisson.

— Heu... après tout... non.

— Je ne te le conseille guère. Pour Joe, une bouteille ce n'est pas suffisant. S'il y en avait eu trois, il aurait été fin saoul et je pouvais y aller.

Après un instant de réflexion Tom ajouta :

— Ne faisons plus rien avant d'être d'abord sûrs que Joe n'est pas là-dedans ; c'est trop dangereux. En montant la garde toutes les nuits, nous finirons bien par le voir sortir et alors nous aurons le champ libre.

— Entendu. Je veillerai toute la nuit et toutes les nuits pourvu que tu te charges du reste.

— Ça va, dit Tom. Dès qu'il y aura du nouveau, viens miauler sous ma fenêtre. Si je dors fort, jette du gravier dans mes carreaux, ça me réveillera.

— Compris.

— Maintenant l'orage est passé, je rentre. D'ici deux heures il fera jour. Jusque-là tu montes la garde ?

— J'ai dit que je le ferais, je le ferai. Je la monterai pendant un an s'il le faut. Je dormirai le jour et je veillerai la nuit.

— Où est-ce que tu vas dormir ?

— Dans la grange de Ben Rogers. Il veut bien et son vieux nègre aussi, tu sais, Oncle Jack. Je vais souvent chercher de l'eau pour lui, et en retour il me donne quelquefois à croûter. Un brave type, Oncle Jack. Il m'aime bien parce que je ne suis pas fier avec lui. Parfois même nous dînons ensemble. Quand on a le ventre creux il nous arrive de faire des choses qu'on ne voudrait pas faire devant tout le monde.

— Bon. Tant que je n'aurai pas besoin de toi dans la journée, je te laisserai dormir. Et toi, il est entendu qu'aussitôt que tu verras quelque chose d'anormal, tu viendras miauler sous ma fenêtre.

XXIX
Le pique-nique

Ce vendredi matin Tom apprit une bonne nouvelle : la famille du juge Thatcher était rentrée à Saint-Pétersbourg la veille au soir. Du coup, Joe l'Indien et le trésor se virent relégués au second plan de l'actualité, Becky Thatcher ayant la vedette. Tom la rencontra entourée de nombreux camarades et cette entrevue fut le prétexte de toutes sortes de jeux. La journée se termina de la façon la plus heureuse. A force d'importuner sa mère, Becky finit par obtenir que son fameux pique-nique, promis depuis si longtemps et si longtemps différé, serait fixé au lendemain. Elle était ravie ; Tom aussi. Les invitations furent lancées le soir même, et toute la jeunesse du village se consacra aux préparatifs de la fête. Tom était si énervé qu'il ne put s'endormir que très tard... Si seulement Huck pouvait, dans quelques heures, venir miauler sous sa fenêtre, il aurait son trésor à temps pour éblouir Becky et tous ses amis. Espoir déçu : pas de signal cette nuit-là.

Le lendemain matin, entre dix et onze heures, la jeunesse se trouvait rassemblée chez le juge Thatcher et attendait le signal du départ. Selon la coutume, les personnes âgées s'étaient abstenues pour que rien ne porte ombrage à la joie des enfants. On estimait suffisant que leur sauvegarde fût assurée par quelques jeunes filles de dix-huit à vingt ans, et quelques jeunes gens de vingt à vingt-trois ans. Le vieux bac à vapeur avait été frété pour l'occasion. Bientôt la bande joyeuse, munie de paniers à provisions, se dissémina dans la rue principale du village. Sid était malade, il n'avait pu accepter l'invitation ; Mary resta à la maison pour lui tenir compagnie. Avant le départ, Mme Thatcher fit ses recommandations à sa fille :

— Il est probable que vous rentrerez tard. Le mieux serait peut-être que tu passes la nuit chez l'une ou l'autre de tes amies qui habitent près du débarcadère.

— C'est entendu maman ; j'irai chez Suzy Harper.

— Très bien. Tâche d'être sage et ne gêne personne.

En chemin Tom dit à Becky :

— Dis donc, voilà ce que nous allons faire. Au lieu d'aller chez Suzy Harper, nous monterons là-haut et nous irons coucher chez Mme Douglas. Elle aura des glaces ; elle en a presque tous les jours, plein sa cuisine. Et elle sera enchantée de nous recevoir.

— C'est cela ; ce sera très amusant.

Après un instant de réflexion Becky ajouta :

— Et maman, qu'est-ce qu'elle va dire ?

— T'en fais pas ! elle n'en saura rien.

La conscience de Becky n'était pas tranquille.

— Mais ce n'est pas bien de...

— Mais comment veux-tu que ta mère le sache ? et puis quel mal y a-t-il ? Tout ce qu'elle demande, c'est qu'il ne t'arrive rien. Si elle y avait pensé, c'est ça qu'elle t'aurait dit de faire, j'en suis sûr.

Recourir à la fastueuse hospitalité de Mme Douglas, c'était bien tentant ; les scrupules de Becky n'y résistèrent pas. Les deux enfants décidèrent de ne souffler mot à personne du programme de la soirée. Tout à coup Tom se rappela qu'il était possible que Huck vînt cette nuit miauler sous sa fenêtre. Cette considération jeta un froid sur le plaisir qu'il se promettait. Que faire ? Renoncer à aller chez Mme Douglas, il n'en avait pas le courage. Et pourquoi y renoncer ? du moment que Huck n'était pas venu la nuit précédente, il n'y avait aucune raison pour qu'il vienne cette nuit-là plutôt qu'une autre. D'un côté, la certitude d'une soirée agréable ; de l'autre, la vague possibilité d'une chasse au trésor... Avec la légèreté de son âge, Tom décida de faire ce qu'il aimait le mieux. De la journée, il ne penserait plus à la caisse.

A cinq kilomètres en aval du village, le bac débarqua ses passagers dans une crique entourée de bois. Peu après, des rires et des cris de joie réveillèrent les échos des alentours. Les uns jouèrent, les autres partirent en promenade. Un appétit féroce finit par rassembler tout le monde, et les provisions furent vite consommées. Le repas terminé, les convives se reposèrent à l'ombre des grands arbres. Puis quelqu'un demanda :

— Qui veut aller visiter la grotte ?

Tous et toutes voulurent y aller. On distribua des chandelles, et les enfants escaladèrent la colline. A flanc de coteau, l'entrée de la grotte, en forme d'A majuscule, était commandée par une porte en chêne massif. La porte était ouverte. Elle donnait accès à une sorte de vestibule de petites dimensions, froid comme une glacière et garni sur ses parois d'une sorte de calcaire humide. Entre la vallée ensoleillée et les ténèbres de l'intérieur, le contraste était saisissant. Mais l'intérêt de ce spectacle fut vite épuisé. La troupe reprit ses ébats. Un garçon alluma une chandelle. Toute la troupe se rua sur lui ; il eut beau opposer une résistance héroïque, sa chandelle fut bientôt éteinte. Nouveaux rires, nouvelle poursuite, un autre recommença et subit le même sort. Mais tout a une fin ; et peu après les visiteurs descendirent le long de la principale voie d'accès aux profondeurs. La lueur des chandelles n'en éclairait que faiblement les parois qui se rejoignaient à une hauteur de vingt mètres. Le passage n'avait guère plus de trois mètres de large. De distance en distance d'étroits couloirs bifurquaient à droite et à gauche. La grotte de Mac Dougal était en somme un vaste labyrinthe d'allées tortueuses qui se croisaient et se recroisaient en tout sens sans mener nulle part. On prétendait qu'il était possible d'y errer pendant des jours et des nuits sans en trouver la fin. Au fur et à mesure que l'on descendait, on trouvait un second labyrinthe sous le premier, et ainsi de suite. Personne ne pouvait se vanter de connaître à fond la grotte, c'était matériellement impossible. La plupart des jeunes gens en connaissaient une partie au-delà de laquelle on disait qu'il était risqué de s'aventurer. Tom y avait pénétré aussi loin que quiconque. Les promeneurs s'égaillèrent sur plus d'un kilomètre de long ; des troupes ayant pris les allées latérales se retrouvèrent aux carrefours ; d'autres réussirent à éviter toute rencontre pendant plus d'une demi-heure, sans dépasser les limites du terrain déjà exploré.

De temps en temps des invités regagnaient l'entrée de la grotte, couverts de taches de chandelles, et barbouillés de terre glaise de la tête aux pieds, essoufflés, fatigués, ravis. Ils s'aperçurent avec stupeur que personne ne s'était inquiété de l'heure et que la nuit était sur le point de tomber. La cloche du bac appelait depuis une demi-heure. Mais cette journée de fête se terminait à la satisfaction de tous et quand le bac, passagers à bord, eut quitté la rive, personne, sauf le capitaine, ne s'alarma de ce retard.

Quand le bac éclairé passa l'appontement sans s'y arrêter, Huck était déjà à son poste. Il n'entendit aucun bruit à bord car les jeunes gens, morts de fatigue, tombaient de sommeil ; il se demanda quel service faisait le bac et pourquoi il ne s'était pas arrêté à l'appontement ; puis son attention se reporta sur sa mission. La nuit devenait de plus en plus sombre. Des nuages s'amoncelaient. Dix heures sonnèrent. Les bruits s'apaisèrent, les lumières s'éteignirent, les derniers passants rentrèrent chez eux, le village s'endormit, et Huck resta seul avec le silence et les fantômes.

Onze heures. Les lumières de la taverne s'éteignirent à leur tour. L'obscurité devint générale. Huck continua à veiller : il ne se passait rien, le temps lui sembla long. Il commença à se demander si ce qu'il faisait servait à quelque chose. Pourquoi n'irait-il pas se coucher ?

Soudain un léger bruit parvint à son oreille. Instantanément Huck fut sur le qui-vive. Quelqu'un avait ouvert la porte de l'auberge donnant sur l'impasse ; elle se refermait doucement. Huck courut jusqu'au coin de la briqueterie. Une seconde plus tard, deux individus passèrent tout près de lui, à le frôler. L'un d'eux avait quelque chose sous le bras. La caisse ! Alors, ils emportaient le trésor ! Fallait-il prévenir Tom sur-le-champ ? Non ; ce serait absurde... Les hommes disparaîtraient avec le trésor et on ne les retrouverait plus. Il fallait les prendre en filature ; la nuit noire rendait la chose facile. Tout en monologuant ainsi, Huck se glissa hors de sa cachette et, pieds nus, avec des précautions de chat, il emboîta le pas aux deux noctambules en maintenant entre eux et lui une distance prudente.

Ils commencèrent par se diriger vers le fleuve, puis tournèrent à gauche dans une petite rue transversale jusqu'à un sentier menant à Cardiff Hill. Ils prirent ce sentier, passèrent sans hésitation le long d'une maison habitée par un vieux Gallois, à mi-chemin du sommet, et continuèrent à monter.

— Bon, se dit Huck, ils vont cacher la caisse dans la carrière.

Mais au lieu de s'y arrêter, ils poursuivirent leur route, gagnèrent le haut de la colline et disparurent dans un taillis. Huck ne courait plus aucun danger à se rapprocher d'eux ; il pressa le pas, puis ralentit l'allure ; n'était-il pas allé trop vite ? Il avança un peu, s'arrêta, écouta ; pas d'autre bruit que celui des battements de son cœur. Dans le lointain une chouette hulula. Sinistre présage ! Mais aucun bruit de pas. Tout était-il perdu ? Huck était sur le point de continuer quand il entendit tousser à un mètre de lui. Son cœur faisait dans sa poitrine des bonds désordonnés ; il trembla comme s'il avait plusieurs accès de fièvre à la fois, se sentant si faible qu'il allait tomber.

Il savait où il était. Il savait qu'à cinq pas de lui il y avait une petite barrière donnant accès à la propriété de Mme Douglas.

— C'est parfait. Qu'ils enfouissent leur trésor ici. Il ne sera pas difficile à retrouver.

Une voix sourde s'éleva, celle de Joe l'Indien.

— Sacrée bonne femme ! dit-il. Il y a du monde chez elle ; les fenêtres sont éclairées.

— Moi je ne vois rien.

Cette seconde voix était celle de l'inconnu de la maison hantée. Huck eut un frisson : si Joe était venu là, c'était pour mettre à exécution ses projets de vengeance. La première idée de Huck fut de s'enfuir. Puis il lui revint en mémoire que Mme Douglas avait été plus d'une fois très bonne pour lui ; peut-être ces hommes allaient-ils la tuer. Oserait-il l'avertir ? Non, il risquerait de se faire prendre. Toutes ces pensées lui passèrent par la tête entre la remarque de l'étranger et celle — qui allait suivre — de Joe l'Indien.

— Si tu ne vois rien, c'est parce que le buisson t'en empêche. Regarde par ici. Vois-tu maintenant ?

— Oui. En effet, il doit y avoir du monde. Nous ferions mieux d'y renoncer.

— Y renoncer au moment où je me dispose à quitter définitivement le pays ! Y renoncer alors que c'est peut-être ma dernière chance ! Je te l'ai dit et je te le répète, ce n'est pas pour ce qu'on pourra trouver chez elle ; ça, je te le laisse. Mais son juge de paix de mari m'a rendu la vie dure bien des fois. Il m'a fait condamner pour vagabondage. Et ce n'est pas tout. Il m'a fait fouetter ! Devant la porte de la prison, comme un nègre, au su et au vu de toute la ville. Fouetter, moi ! tu entends. Il est mort avant que je puisse me venger mais c'est sur elle que je me vengerai.

— Oh, ne la tue pas ! Tu ne vas pas faire ça ?

— La tuer ! qui te parle de la tuer ? Oui, je le tuerais, lui, s'il était là. Mais elle, pas. Pour se venger d'une femme on ne la tue pas, on la défigure. On lui fend les narines, on lui coupe les oreilles...

— Mon Dieu ! mais c'est épouvantable !

— Garde tes réflexions pour toi, ça vaudra mieux. Je l'attacherai à son lit. Si elle meurt à force de saigner, tant pis après tout. Si ça lui arrive, je ne verserai pas une larme. Tu vas m'aider ; tu es là pour ça. Seul je n'y arriverai pas. Si tu bronches, je te fais ton affaire à toi ausssi, tu comprends ? Et si je te tue, je la tue ; comme ça personne ne saura qui a fait le coup.

— S'il le faut absolument, allons-y tout de suite. Le plus tôt sera le mieux. J'en suis malade.

— Maintenant, avec tout ce monde ? Tu n'es pas fou ? Si tu continues comme ça, je vais finir par me méfier de toi. Nous attendrons qu'ils soient partis, nous ne sommes pas pressés.

Huck eut l'impression qu'un silence allait s'ensuivre, un silence plus macabre encore que cette conversation. Retenant son haleine, il recula prudemment, ne posant fermement le pied qu'après avoir tâté le terrain, risquant maintes fois de tomber, tant d'un côté que de l'autre ; chaque pas en arrière était l'objet de la même précaution. Une souche craqua sous son poids ; il s'arrêta, retint de nouveau son souffle et écouta. Aucun bruit ; rien ne bougeait. Sa gratitude envers la Providence était sans bornes. Alors il fit demi-tour entre les haies de sumacs, manœuvrant avec autant de précision que s'il eût été un bateau, puis refit en sens inverse le chemin qu'il venait de parcourir. Parvenu à la carrière, où il était en sûreté, il ne fit qu'un bond jusqu'à la maison du Gallois. Il frappa à la porte ; les têtes du vieux et de ses deux fils, deux gars bien bâtis, apparurent à une fenêtre.

— Qu'est-ce qu'il y a ? Qui est-ce qui frappe à cette heure-ci ? Qu'est-ce que vous voulez ?

— Ouvrez-moi vite, j'ai quelque chose à vous dire.

— Mais qui êtes-vous ?

— Huckleberry Finn ! Ouvrez vite !

— Huckleberry Finn ! D'ordinaire, ce n'est pas un nom qui fait ouvrir les portes. Enfin faites-le entrer, les gars, et voyons ce qu'il veut.

Huck haletait.

— Ne dites jamais que c'est moi... qui vous ai dit ça... Ne le dites pas... il me tuerait !... Mais Mme Douglas... a été souvent si bonne pour moi... qu'il faut que je vous dise... je vous le dirai si vous promettez de ne pas dire... que c'est moi qui vous l'ai dit...

— Pour qu'il se soit mis dans cet état, dit le vieux, il faut qu'il y ait quelque chose là-dessous. Parle ; personne ne dira rien, tu peux en être sûr.

Trois minutes après, le vieux et ses fils, armés jusqu'aux dents, grimpaient la colline et gagnaient le sentier sur la pointe des pieds. Huck n'alla pas plus loin ; caché derrière

un rodier, il écouta. Après un moment de silence angoissant, une détonation, puis un cri, se firent entendre.

Huck n'en demanda pas davantage. Il dévala la colline aussi vite que ses jambes pouvaient le porter.

XXX Disparus

Le dimanche matin, dès l'aube, Huck remonta la colline et s'en vint frapper doucement à la porte de la maison du vieux Gallois. Les trois hommes dormaient ; mais à la suite d'événements comme il s'en était passé cette nuit-là, ils ne dormaient que d'un œil. Une fenêtre s'ouvrit :

— Qui est là ?

— Ce n'est que moi : Huck Finn.

— Voilà un nom qui maintenant fera toujours ouvrir notre porte, de jour comme de nuit. Sois le bienvenu, mon ami.

Paroles auxquelles le jeune vagabond n'était pas habitué et qui lui résonnaient agréablement aux oreilles. Il ne se rappelait pas qu'on lui en eût jamais dit autant. La porte s'ouvrit ; il entra, on le fit asseoir. Le vieux Gallois et ses fils s'habillaient.

— Mon garçon, j'espère que tu as de l'appétit. Un déjeuner bien chaud — tu peux compter là-dessus — sera prêt au lever du soleil et tu ne seras pas de trop. Nous comptions bien que tu viendrais coucher ici cette nuit.

— J'ai eu très peur, dit Huck, et je me suis sauvé. Au premier coup de feu j'ai décampé en vitesse et j'ai bien fait au moins cinq kilomètres au pas de course. Mais il me tardait d'avoir des nouvelles, et si je suis revenu avant le lever du soleil c'est parce que cela ne me disait rien de rencontrer ces deux diables, même morts.

— Mon pauvre petit gars, tu m'as l'air d'avoir passé une bien mauvaise nuit. Mais si tu veux faire un somme après ton déjeuner il y a un lit ici pour toi. Non, ils ne sont pas morts et c'est bien dommage. D'après ta description nous savions exactement où les trouver ; nous nous sommes avancés à pas de loup jusqu'à trois ou quatre mètres d'eux. Dans le sentier aux sumacs il faisait noir comme dans un four. Ne voilà-t-il pas que, juste à ce moment-là, j'ai eu une envie terrible d'éternuer. C'est bien ma veine. J'ai essayé de me retenir mais rien à faire, il a fallu que ça parte. J'étais en tête, pistolet en main, et quand j'ai éternué ces bougres-là sont sortis du sentier ; on les entendait frôler les sumacs. J'ai crié : « Tirez, les gars ! » et en même temps que mes fils, j'ai fait feu dans la direction du bruit. Mais les coquins n'ont pas perdu de temps ; nous les avons poursuivis dans le bois. Nous n'avons pas dû les atteindre. Ils ont tiré sur nous, un coup chacun ; nous avons entendu siffler les balles. Mais ils nous ont manqués. Dès que nous n'avons plus rien entendu, nous avons abandonné la poursuite et avons été prévenir la gendarmerie. Un détachement est parti surveiller les abords du fleuve et dès qu'il fera jour le shérif, à la tête d'un autre détachement, organisera une battue dans les bois. Mes fils se joindront aux gendarmes. Si seulement nous avions un signalement de ces deux brigands, cela ferait joliment bien l'affaire. Dis-moi, dans l'obscurité tu n'as probablement pas pu les voir ?

— Mais si, je les ai vus en ville et je les ai suivis.

— Ça tombe à pic ! Dis un peu de quoi ils ont l'air.

— L'un est ce vieux sourd-muet espagnol qui est venu au village une fois ou deux ; l'autre est tout déguenillé.

— Ça suffit, mon petit ; nous voyons qui c'est. Je les ai aperçus une fois dans les bois derrière la propriété de Mme Douglas, et ils se sont trottés. En route ! les gars ; dites ça au shérif Vous déjeunerez quand vous reviendrez.

Les fils du Gallois partirent aussitôt. Au moment où ils sortaient Huck se leva d'un bond et s'écria :

— Je vous en prie, ne dites à personne que c'est moi qui vous ai mis sur leur piste ! Je vous en prie !

— Entendu, puisque tu le demandes ; mais pourquoi

ne pas vouloir qu'on reconnaisse le mérite de ce que tu as fait ?

— Je vous en prie, n'en dites rien !

Après le départ des jeunes gens, le vieux Gallois dit :

— Ils ne diront rien ; moi non plus. Mais pourquoi veux-tu qu'on ne le sache pas ?

Huck, réticent, se perdit dans des explications embrouillées, disant seulement qu'il en savait déjà trop long sur l'un de ces deux hommes, et pour tout l'or du monde il ne voulait pas que cet homme apprît que lui, Huck, savait quoi que ce soit sur lui... car il lui ferait son affaire, c'était sûr.

Le vieux Gallois promit à nouveau le secret et ajouta :

— Comment en es-tu venu à les suivre ? Tu te doutais de quelque chose ?

Huck prit le temps de réfléchir pour ne pas en dire plus long qu'il ne voulait.

— Vous savez, je mène une vie plutôt dure... tout le monde le dit, du moins, et je crois que c'est vrai... et quelquefois, à force d'y penser, de chercher le moyen de sortir de ma misère, ça m'empêche de dormir. C'était le cas la nuit dernière. Impossible de fermer l'œil. Il était quelque chose comme minuit ; je me promenais en échafaudant des plans, et quand je suis passé le long de la briqueterie à côté de la Taverne de la Tempérance, je me suis adossé au mur pour réfléchir. C'est à ce moment-là que les deux individus sont passés près de moi ; l'un avait quelque chose sous le bras, j'ai pensé qu'ils venaient de faire un coup. L'un d'eux fumait, l'autre lui a demandé du feu : ils se sont arrêtés juste devant moi. La lueur des cigares leur a éclairé le visage, et alors j'ai pu voir que le grand c'était le sourd-muet espagnol ; je l'ai reconnu à ses favoris blancs et à son bandeau sur l'œil ; l'autre était tout déguenillé.

— C'est à la lueur des cigares que tu as vu qu'il était déguenillé ?

Huck fut un instant démonté par cette remarque. Puis il reprit :

— Je ne sais plus, mais il me semble bien que oui.

— Alors ils ont continué leur chemin... et puis ?

— Et puis je les ai suivis... oui, c'est ça. J'ai voulu

voir ce qu'ils allaient faire ; ils avaient l'air de vouloir se cacher. Je les ai suivis jusqu'à la barrière de chez Mme Douglas. Dans le noir, j'ai entendu le petit plaider pour elle, et l'Espagnol jurer ses grands dieux qu'il la défigurerait, comme je vous l'ai dit, à vous et à vos deux...

— Quoi ! c'est le sourd-muet qui a dit tout ça ?

Huck s'était coupé encore une fois. Plus il manœuvrait de façon à empêcher le vieux de savoir qui était l'Espagnol, plus il s'enferrait en dépit de tous ses efforts. Il faisait tout ce qu'il pouvait pour en sortir. Le Gallois lui faisait subir un interrogatoire serré, et Huck faisait gaffe sur gaffe.

— Mon petit gars, dit le vieux, n'aie pas peur de moi. Je ne toucherais pas à un cheveu de ta tête pour tout l'or du monde. Ce que je veux, c'est te protéger. Cet Espagnol n'est ni sourd ni muet, tu viens de le dire malgré toi ; inutile d'essayer de te rattraper. Tu sais sur son compte quelque chose que tu ne veux pas dire. Aie confiance en moi..., dis-moi ce que c'est, je ne te vendrai pas.

Huck regarda le vieillard bien en face ; il ne vit en lui que bonté et loyauté. Il se pencha vers lui et lui chuchota dans l'oreille :

— Ce n'est pas un Espagnol, c'est Joe l'Indien !

Le Gallois faillit sauter en l'air :

— Je comprends, maintenant. Quand tu m'as parlé de nez fendu et d'oreilles coupées, j'ai pensé que c'était de l'imagination de ta part parce que les blancs ne se vengent pas de cette façon-là. Mais un Indien, c'est autre chose.

Pendant le déjeuner la conversation continua. Le vieillard raconta qu'en dernier lieu, avant de se coucher, ses fils et lui avaient allumé une lanterne et étaient allés examiner la barrière et ses alentours, pour voir s'il n'y avait pas de taches de sang. Ils n'en avaient pas trouvé mais avaient mis la main sur un grand sac contenant...

— Contenant QUOI ?

Les mots étaient sortis de la bouche de Huck plus vite qu'il ne le voulait. Les yeux écarquillés, le souffle coupé, il attendait la réponse. Le Gallois, étonné, le regarda fixement pendant trois secondes, cinq secondes, dix secondes, et répondit :

— Des outils de cambrioleur. Mais qu'est-ce que tu as ?

Huck s'affala dans son fauteuil, haletant, mais inexprimablement soulagé. Le Gallois le regarda intensément, avec curiosité, puis dit :

— Oui, des outils de cambrioleur. On dirait que cela te soulage de l'apprendre. Qu'est-ce qui te prend ? Qu'est-ce que tu voulais que ce soit ?

Huck ne savait plus où se mettre. Sous le regard inquisiteur fixé sur lui, il aurait donné n'importe quoi pour trouver une réponse plausible... Il ne trouvait rien ; il laissa échapper la première idée qui lui passa par la tête : il n'avait pas le temps de peser ses mots.

— Des livres pour l'école du dimanche ! murmura-t-il.

Le pauvre Huck n'avait certes pas l'intention d'être drôle. Mais le vieillard éclata d'un rire joyeux qui le secoua de la tête aux pieds, et il déclara qu'un tel rire valait mieux que toutes les ordonnances du médecin. Il ajouta :

— Mon pauvre petit gars, te voilà tout pâle, tu as l'air fatigué, tu ne dois pas être dans ton assiette. Mais ce ne sera rien ; un bon repos et ça ira mieux après.

Huck était vexé de s'être trahi si bêtement et d'avoir fait preuve d'une agitation qui pouvait paraître suspecte ; en fait, dès qu'il avait entendu la conversation près de la barrière, il avait eu la conviction que le paquet emporté de la taverne ne pouvait pas contenir le trésor. Toutefois ce n'était qu'une supposition, il n'en était pas sûr ; et la nouvelle de la découverte du sac lui avait fait perdre son sang-froid. Dans l'ensemble l'incident avait clarifié la situation : Huck savait maintenant que ce sac n'était pas le bon ; il était tranquillisé, tout était en bonne voie ; le trésor devait toujours être au n° 2, les bandits ne tarderaient pas à être pris et seraient mis sous les verrous le jour même, Tom et lui pourraient s'emparer du magot sans crainte d'être dérangés.

Le déjeuner était à peine terminé que l'on frappa à la porte. Huck se dissimula dans un coin ; il n'avait envie d'être mêlé ni de près ni de loin aux événements de la veille. Le Gallois fit entrer plusieurs personnes dont Mme Douglas.

Dehors des groupes de curieux montaient la côte ; les langues avaient marché.

Le Gallois dut raconter aux visiteurs l'histoire de la nuit ; Mme Douglas exprima sa reconnaissance en termes chaleureux.

— Ne parlons pas de cela, madame : il y a quelqu'un à qui vous devez plus de reconnaissance qu'à mes fils et à moi, mais il ne me permet pas de dire son nom. Sans lui nous ne serions pas arrivés à temps.

Cette nouvelle intrigua tellement les visiteurs qu'elle faillit prendre la première place dans la conversation. Néanmoins le Gallois refusa de satisfaire les curiosités, et par là même d'être cause que toute la ville fût au courant ; il garda donc son secret.

Le sujet épuisé, Mme Douglas intervint :

— Je m'étais endormie en lisant dans mon lit, et je dormais profondément malgré tout ce bruit. Pourquoi n'êtes-vous pas entré, pourquoi ne m'avez-vous pas réveillée ?

— Nous avons trouvé que ce n'était pas la peine. Il était peu probable que ces bandits songent à revenir ; ils avaient perdu leurs outils. A quoi bon vous réveiller et vous alarmer ? Mes trois nègres ont monté la garde autour de votre maison tout le reste de la nuit. Tenez, ils viennent justement de rentrer.

De nouveaux groupes de visiteurs arrivèrent ; il fallut chaque fois leur répéter l'histoire.

Pendant les vacances il n'y avait pas d'école du dimanche ; mais tout le monde alla à l'église de bonne heure. Les fidèles, se rendant à l'église, ne parlaient que de l'événement sensationnel et disaient qu'aucune trace des deux bandits n'avait encore été découverte. Quand le sermon fut terminé, Mme Thatcher rejoignit Mme Harper à la sortie et lui demanda :

— Est-ce que ma petite Becky va dormir toute la journée ? J'ai bien pensé qu'elle devait être morte de fatigue.

— Votre Becky ?

— Oui, dit Mme Thatcher stupéfaite. N'a-t-elle pas couché chez vous hier soir ?

— Mais non.

Mme Thatcher pâlit et s'affaissa sur un banc juste au moment où tante Polly, en grande conversation avec une amie, venait à passer.

— Bonjour, madame Thatcher, dit tante Polly ; bonjour, madame Harper. L'un de mes neveux manque à l'appel. Sans doute Tom a-t-il couché chez l'une d'entre vous cette nuit ? Et il n'a pas osé venir à l'église. Nous allons avoir un compte à régler ensemble, lui et moi.

Mme Thatcher hocha faiblement la tête ; sa pâleur augmenta.

— Il n'a pas couché chez moi, dit Mme Harper, qui à son tour commençait à être inquiète.

L'anxiété se peignit sur les traits de Tante Polly.

— Joe Harper, as-tu vu Tom ce matin ?

— Non, madame.

— Quand l'as-tu vu pour la dernière fois ?

Joe essaya de se rappeler mais il ne pouvait rien dire avec certitude. Les fidèles étaient tous sortis de l'église. Les chuchotements passèrent de bouche en bouche ; il en résulta pour tous une gêne de mauvais augure. On interrogea anxieusement les enfants, ainsi que les jeunes surveillants qui avaient accompagné les disparus. Personne ne s'était inquiété de savoir si Tom et Becky étaient à bord du bac au voyage de retour ; il faisait noir, personne n'avait songé à vérifier si quelqu'un manquait. Un jeune homme exprima alors la crainte que les enfants ne fussent peut-être dans la grotte. Mme Thatcher s'évanouit à cette idée. Tante Polly se mit à pleurer et à se tordre les mains.

L'alarme se répandit de bouche en bouche, de groupe en groupe, de rue en rue. Au bout de cinq minutes, le tocsin sonnait et le village entier fut sur pied. L'événement de Cardiff Hill perdit toute importance, les cambrioleurs furent oubliés. On sella les chevaux, on sauta dans les canots, le bac appareilla ; et, moins d'une demi-heure après la constatation de l'absence des enfants, un ensemble de deux cents personnes se dirigeait vers la grotte.

Pendant tout l'après-midi le village parut désert. Nombreuses étaient les femmes qui se rendaient auprès de Mme Thatcher et de tante Polly pour les réconforter. Elles pleuraient avec elles ; les larmes valent souvent mieux que des paroles. Toute la nuit le village attendit des nouvelles. Quand enfin le jour parut, le seul signe de vie que l'on eût reçu était : « Envoyez d'autres chandelles et des vivres. » Mme Thatcher était presque folle d'inquiétude et Tante Polly aussi. Mr. Thatcher, qui était allé à la grotte, leur avait bien adressé quelques messages d'espoir et d'encouragement mais qui ne contenaient rien de positivement rassurant.

Le vieux Gallois rentra chez lui à l'aube, les vêtements couverts de taches de chandelle et de terre glaise, harassé de fatigue. Huck était encore dans le lit qu'on lui avait préparé ; il avait la fièvre, il délirait. Tous les médecins étant dans la grotte, Mme Douglas voulut s'occuper du petit malade. Elle dit qu'elle ferait de son mieux parce que, qu'il soit bon ou médiocre, ou mauvais, il était une créature de Dieu, et rien de ce qui venait de Dieu ne devait être négligé. Le Gallois dit qu'il y avait du bon dans ce garçon, et la veuve répondit :

— Vous pouvez en être sûr. C'est la marque de Dieu. Il y en a dans chacune de ses créatures.

Au début de l'après-midi des groupes de chercheurs commencèrent à revenir au village ; mais les plus robustes continuèrent les recherches. Tout ce que l'on put apprendre, c'est que les investigations s'étaient étendues jusqu'aux profondeurs les plus inexplorées de la grotte ; pas de crevasse, pas de coin qui n'ait été visité. Partout où quelqu'un se risquait dans le labyrinthe des galeries, des lumières en mouvement permettaient de le suivre, des échanges d'appels et de coups de pistolet se répercutaient le long des sombres corridors.

A un endroit, loin de la partie fréquentée par les touristes, on avait trouvé l'inscription « BECKY ET TOM » tracée à la suie de chandelle ; tout près de là on avait ramassé un bout de ruban taché de graisse. Mme Thatcher reconnut le ruban et elle éclata en sanglots ; c'était la dernière relique qu'elle aurait jamais de sa fille ; rien ne pouvait lui être plus précieux parce que, quand elle l'avait perdu, elle était encore vivante. Quelqu'un raconta que de temps à autre, dans la grotte on voyait un point lumineux apparaître au loin ; l'espoir renaissait, un groupe d'hommes s'engageait dans la galerie ; ce n'était que pour éprouver un nouveau désappointement, le point lumineux n'était constitué que par les chandelles d'un autre groupe de chercheurs.

Trois jours et trois nuits s'écoulèrent ; le village sombra dans un profond abattement. Personne n'avait plus de cœur à rien. La découverte, faite tout à fait par hasard, que le propriétaire de la Taverne de la Tempérance avait un dépôt clandestin d'alcool, n'attira que faiblement l'attention, quelque importante que fût cette nouvelle. Dans un intervalle de lucidité, Huck amena la conversation sur les tavernes en général et finalement, craignant confusément le pire, il demanda à Mme Douglas si quelque chose avait été découvert à la Taverne de la Tempérance depuis qu'il était malade.

— Oui, dit-elle.

Les yeux hagards, Huck se dressa sur son séant :

— Quoi ? quoi donc ?

— De l'alcool... on a fermé la taverne. Reste tranquille, mon petit. Quelle peur tu m'as faite !

— Dites-moi encore une chose, rien qu'une, je vous en prie. Est-ce Tom Sawyer qui l'a découvert ?

La veuve éclata en sanglots.

— Chut, chut ! mon petit ; je t'ai déjà dit que tu ne devais pas parler. Tu es très, très malade.

Ainsi on n'avait découvert que de l'alcool. Quel bruit cela aurait fait si on avait découvert de l'or ! Alors le trésor avait disparu, il fallait en faire son deuil. Mais pourquoi Mme Douglas pleurait-elle ? C'était curieux qu'elle pleure comme cela !

Huck ressassait continuellement ces mêmes pensées. Sous l'effet de la fatigue qu'elles lui causaient, il ne tarda pas à s'endormir.

— Là, il dort, le pauvre petit, se dit Mme Douglas. Il demande si Tom Sawyer a trouvé l'alcool ! c'est Tom Sawyer qu'il faudrait retrouver. Hélas ! il n'y a plus beaucoup de gens maintenant qui gardent assez d'espoir ou assez de forces pour continuer les recherches.

XXXI
Dans la grotte

Revenons-en au rôle joué dans le pique-nique par Becky et Tom. Une fois dans la grotte, en compagnie de leurs camarades, ils avaient parcouru les galeries obscures, visité les merveilles connues qui portaient des noms ronflants tels que *Le Salon, La Cathédrale, Le Palais d'Aladin,* etc. Bientôt commença une partie de cache-cache dans laquelle Tom et Becky firent preuve de leur entrain habituel ; puis, ce jeu finissant par les lasser, ils s'engagèrent à la découverte dans un couloir sinueux en tenant leurs chandelles au-dessus de leurs têtes pour pouvoir déchiffrer le fouillis de noms, de dates, d'adresses et de devises tracés à la suie sur le roc.

Distraits par leur bavardage, ils se rendirent à peine compte qu'ils atteignaient une partie de la grotte dont les parois ne portaient plus d'inscriptions. Avec leurs chandelles ils tracèrent à leur tour leurs noms sur une saillie du calcaire, et poursuivirent leur chemin. Peu après, ils arrivèrent à un endroit où un petit filet d'eau coulait goutte à goutte d'une corniche ; l'eau, contenant de la chaux, avait, au cours des âges, transformé la pierre impérissable en une sorte de Niagara en miniature. Tom se glissa derrière le rideau de pierre transparente et l'illumina pour le grand plaisir de Becky. De l'autre côté, Tom découvrit une sorte d'escalier naturel assez escarpé, entre deux parois rapprochées : il n'en fallait pas plus pour faire renaître en lui la vocation d'explorateur. Becky accepta ; ils tracèrent à la fumée un repère en vue de leur retour et commencèrent leurs recherches. Ils allèrent de droite et de gauche, descendant jusque dans les profondeurs secrètes de la grotte, tracèrent un autre repère et suivirent un embranchement à la recherche de nouveautés qu'ils comptaient révéler au monde extérieur. Ils pénétrèrent dans une vaste salle, du plafond de laquelle pendaient une multitude de stalactites brillantes, de la longueur et du diamètre de la jambe d'un homme ; ils parcoururent la salle, admirant, s'émerveillant, et peu après en sortirent par l'une des nombreuses galeries qui aboutissaient à cet endroit. Ce passage les conduisit à une ravissante cascade, dont le bassin était incrusté de fleurs de givre et de cristaux brillant à la lumière ; c'était, au milieu d'un souterrain dont les murs étaient étayés par un grand nombre de piliers fantastiques formés par la jonction des stalactites et des stalagmites, le résultat de l'incessant égouttement au cours des siècles. Au plafond, de véritables essaims de chauves-souris qui s'étaient rassemblées là par milliers ; la lumière les affola et elles s'abattirent par centaines sur les chandelles en poussant des cris stridents. Tom, qui connaissait les habitudes de ces animaux, vit le danger. Il prit Becky par la main et l'entraîna dans le corridor le plus proche ; bien lui en prit, car une chauve-souris éteignit d'un coup d'aile la chandelle de Becky au moment où elle sortait de la salle. Les chauves-souris poursuivirent les enfants, mais ceux-ci changèrent de couloir au fur et à mesure qu'il s'en présentait et finirent par se débarrasser de ces dangereux animaux. Tom découvrit bientôt un autre lac souterrain, dont les bords se perdaient dans l'ombre. Son intention était d'en faire le tour ; il décida toutefois de prendre d'abord un peu de repos. Alors, et pour la première fois, le profond silence qui régnait en cet endroit ainsi que la moiteur de l'atmosphère firent aux enfants une impression saisissante.

— Je n'y ai pas fait attention, dit Becky, mais il me semble qu'il y a une éternité que nous n'avons entendu les autres.

— Pense donc, Becky, nous sommes au-dessous d'eux et je ne sais à quelle distance ni dans quelle direction. Il serait impossible ici de les entendre.

Becky prit peur.

— Depuis combien de temps sommes-nous là ? Ne ferions-nous pas mieux de revenir ?

— Oui, Becky, peut-être.

— Peux-tu t'y retrouver, Tom ? Moi, je m'y perds.

— Je pourrais s'il n'y avait pas les chauves-souris. Si elles éteignent nos deux chandelles nous serons dans de jolis draps. Essayons de nous en tirer sans passer par là.

— Oui, mais pour l'amour de Dieu, ne te perds pas, ce serait affreux, dit la petite tremblant à cette idée.

Ils s'engagèrent dans une sorte de couloir, regardant à droite et à gauche pour voir s'ils n'y reconnaîtraient pas un chemin déjà parcouru ; mais tout leur était inconnu. Chaque fois que Tom inspectait les alentours, Becky guettait sur son visage un signe d'encouragement. Il s'efforçait de paraître gai :

— Ça va bien ; ce n'est pas encore celui-là mais nous finirons bien par y arriver.

Mais à chaque échec il avait de moins en moins confiance, et bientôt commença à changer de direction à chaque croisement dans le fol espoir de trouver le passage qu'il cherchait. Il continuait à dire : « Ça va bien », mais se sentait envahi par une telle angoisse que les mots ne correspondaient plus à ce qu'ils devaient exprimer et résonnaient exactement comme s'il avait dit : « Tout est perdu. » Becky, prise d'une terreur folle, se cramponnait à lui et faisait tout ce qu'elle pouvait pour ne pas pleurer, mais les larmes finirent par couler malgré elle. Enfin elle dit :

— Oh ! Tom, tant pis pour les chauves-souris, retournons par là. Par ici tout me semble aller de mal en pis.

Tom s'arrêta.

— Ecoute, dit-il.

Un profond silence s'ensuivit, si profond que le bruit de la respiration des enfants prit dans ce calme une importance inaccoutumée. Tom appela. L'écho répercuta son appel le long des galeries désertes et s'affaiblit au fur et à mesure de la distance jusqu'à ne plus ressembler qu'à un rire macabre.

— Oh ! ne fais plus cela, Tom ; c'est trop horrible, dit Becky.

— C'est horrible, mais il le faut, Becky ; quelqu'un *pourrait* nous entendre, tu sais ; et de nouveau il appela.

Ce « pourrait » avait un sens tellement tragique qu'il donnait le frisson plus encore que le rire spectral qu'ils venaient d'entendre ; c'était, pour Tom, l'aveu du déclin de son espoir. Immobiles, les enfants écoutaient, mais sans résultat.

Tom voulut revenir sur ses pas ; il se hâta. Au bout de quelques instants, les symptômes d'une certaine indécision de sa part révélèrent à Becky l'horrible réalité : il ne retrouvait plus son chemin.

— Oh, Tom ! tu n'as pas fait de repères !

— Becky, c'est de la folie de ma part. Je n'ai pas pensé que nous en aurions besoin pour revenir. Je ne peux plus retrouver le chemin ; je m'embrouille...

— Tom, Tom ! nous sommes perdus, nous sommes perdus ! Nous ne pourrons plus jamais sortir de cette horrible grotte ! Pourquoi diable avons-nous quitté les autres ?

Elle se jeta à terre et eut une telle crise de larmes que Tom prit peur : allait-elle mourir ou perdre la raison ? Il s'assit à côté d'elle et la prit dans ses bras ; elle appuya la tête sur l'épaule de Tom, se serra contre lui, donnant libre cours à son angoisse, exprimant d'inutiles regrets dont le lointain écho lui renvoyait une parodie lugubre. Tom la supplia de reprendre courage ; elle dit qu'elle ne s'en sentait pas la force. Il en vint à s'accuser d'être responsable de tout le mal ; cette confession provoqua une réaction salutaire. Becky déclara qu'elle essaierait de reprendre confiance, qu'elle se lèverait et le suivrait où il voudrait : « A condition que tu ne parles plus comme cela : c'est autant ma faute que la tienne. »

Ils se remirent à marcher sans but, au hasard, puisqu'il ne leur restait rien d'autre à faire. Un moment l'espérance parut renaître, sans raison, simplement parce que l'espoir est chose naturelle chez les êtres humains tant qu'il n'a pas été émoussé par l'âge et l'expérience.

Au bout d'un moment Tom prit la chandelle de Becky et l'éteignit. Cette mesure d'économie s'expliquait d'elle-même. Becky comprit et son espoir défaillit à nouveau. Elle savait que Tom avait dans sa poche une chandelle entière et trois ou quatre morceaux, mais se rendit néanmoins compte qu'une prudente économie s'imposait.

Petit à petit, la fatigue se fit sentir ; les enfants essayèrent de ne pas y prendre garde, car il était terrible de penser à s'asseoir quand le temps devenait de plus en plus précieux ; marcher, dans une direction, dans n'importe quelle direction, c'était au moins progresser et cela pouvait porter ses fruits ; mais s'asseoir c'était inviter la mort et lui faciliter la tâche.

Bientôt les frêles jambes de Becky refusèrent de la porter; elle dut s'asseoir. Tom s'installa à côté d'elle. Il lui parla de ses amis, de sa maison, des lits confortables qui s'y trouvaient, et par-dessus tout de la lumière ! Becky pleurait et Tom cherchait le moyen de la consoler ; mais les arguments qu'il trouvait pour l'encourager étaient usés jusqu'à la corde ; les circonstances leur conféraient une sorte d'ironie macabre. Becky était si lasse qu'elle finit par s'endormir. Tom en fut heureux : il voyait son visage tiré reprendre sa sérénité sous l'influence de songes agréables. Quelquefois un sourire lui passait sur les lèvres. Tandis qu'il rêvassait, lui aussi, Becky se réveilla avec un rire léger qui s'arrêta brusquement ; ce qui suivit était plutôt une plainte.

— Dire que j'ai pu dormir ! gémit-elle. Oh ! comme j'aurais voulu ne jamais me réveiller !... Oh non, Tom, je n'ai rien dit. Je te fais de la peine... je ne le dirai plus.

— Je suis bien content que tu aies dormi, Becky ; maintenant tu dois te sentir reposée, nous allons trouver le chemin de la sortie.

— Nous allons essayer, tu veux dire. J'ai vu dans mon rêve un si magnifique pays ! Je crois plutôt que c'est là que nous irons.

— Peut-être pas, peut-être pas. Du courage, Becky, et en route.

Ils se levèrent et se remirent en marche en se tenant par la main, mais sans grand espoir. Ils cherchèrent à calculer depuis combien de temps ils étaient dans la grotte ; il leur semblait qu'il y avait des jours, peut-être des semaines..., et cependant il était évident que cela ne pouvait pas être puisque leur provision de chandelles n'était pas épuisée. Un long moment s'écoula ; puis Tom observa qu'il fallait faire le moins de bruit possible, que si on passait près d'une source il importait de ne pas la manquer. Ils finirent par en trouver une ; Tom déclara qu'il fallait se reposer à cet endroit. Les deux enfants étaient terriblement fatigués ; Becky certifia cependant qu'elle pouvait marcher encore un peu. Elle fut étonnée d'entendre Tom la contredire ; elle ne comprenait pas. Ils s'assirent ; à l'aide d'un peu de terre glaise Tom fixa sa chandelle sur une aspérité du mur en face d'eux. Ils réfléchirent pendant quelques instants sans rien dire.

— Tom, j'ai faim, dit tout à coup Becky.

Tom sortit quelque chose de sa poche.

— Te souviens-tu de cela ? demanda-t-il.

En souriant tristement Becky répondit :

— C'est notre gâteau de noces, Tom.

— Oui. Je souhaiterais seulement qu'il y en ait davantage parce que c'est tout ce qui nous reste.

— Je l'avais pris au pique-nique, Tom, pour qu'en rentrant nous en mettions chacun un morceau sous notre oreiller et que nous fassions de beaux rêves ; c'est comme cela que font les grandes personnes avec les gâteaux de noces ; mais nous, ce sera notre...

Elle n'acheva pas sa phrase. Tom partagea le gâteau en deux morceaux. Becky mangea sa moitié de bon appétit ; Tom grignota à peine la sienne. Il y avait de l'eau fraîche en abondance pour compléter ce modeste repas. Bientôt Becky proposa de repartir. Tom garda un instant le silence ; puis :

— Becky, dit-il, serais-tu assez forte pour supporter une mauvaise nouvelle ?

Bien que l'appréhension la fît pâlir, Becky crut pouvoir dire que oui.

— Eh bien voilà, Becky ; il nous faut rester ici où nous avons de l'eau à boire, car ceci est notre dernier bout de chandelle.

Becky ne put retenir ses larmes. Tom fit de son mieux pour la consoler mais sans grand succès. Enfin Becky dit :

— Tom !

— Quoi, Becky ?

— Ils finiront bien par s'apercevoir que nous ne sommes pas là ; ils nous chercheront.

— Oui... bien sûr... évidemment.

— Peut-être qu'ils nous cherchent déjà maintenant.

— Je pense... j'espère bien que oui.

— Quand crois-tu qu'ils se seront aperçus de notre absence ?

— Mais... en reprenant le bateau, je suppose.

— Il devait faire nuit à ce moment-là... Crois-tu qu'ils se seront aperçus que nous n'y étions pas ?

— Je ne sais pas. Mais de toute façon ta mère se sera bien aperçue de ton absence quand les autres revenaient.

L'expression d'effroi que Tom put voir sur le visage de Becky le fit tressaillir ; il se rendit compte de l'erreur qu'il venait de commettre. Cette nuit-là Becky ne devait pas rentrer chez elle. Les deux enfants réfléchirent en silence ; une nouvelle manifestation du chagrin de Becky prouva à Tom que leurs pensées suivaient un même cours..., il se pourrait que la matinée du dimanche fût écoulée à moitié avant que Mme Thatcher découvre que Becky n'était pas chez Mme Harper.

Les enfants, les yeux rivés sur leur dernier bout de chandelle, le regardaient fondre, lentement mais inexorablement ; il n'y eut bientôt plus qu'un centimètre de mèche. La flamme eut un dernier sursaut ; une mince colonne de fumée monta, puis, dans toute son horreur, l'obscurité régna, totale, absolue.

Combien de temps s'écoula avant que Becky eût conscience qu'elle pleurait dans les bras de Tom, ni l'un ni l'autre n'aurait pu le dire. Tout ce dont ils se rendirent compte l'un et l'autre, c'est qu'après un temps qui leur parut interminable, ils finirent par sortir de leur torpeur. Tom estimait qu'on devait en être à dimanche ou peut-être à lundi. Il s'efforçait de faire parler Becky mais la pauvre petite avait trop de chagrin, elle n'avait plus aucun espoir. Tom pensait qu'on avait depuis longtemps dû s'apercevoir de leur absence et que sans aucun doute les recherches étaient commencées ; s'il criait, quelqu'un ne manquerait pas de venir. Il essaya ; mais dans l'obscurité les échos résonnèrent de façon si lugubre qu'il ne recommença pas.

Les heures s'écoulèrent, interminables. La faim se fit à nouveau sentir. Il restait un morceau de gâteau que sur la moitié qui lui revenait Tom n'avait pas mangé ; ils se le partagèrent et il leur parut ensuite qu'ils avaient encore plus faim qu'auparavant. Ce simulacre de repas ne fit qu'exciter leur appétit.

De temps en temps Tom disait :

— Chut ! As-tu entendu ?

Tous deux retenaient leur respiration et écoutaient. C'était comme un appel très faible, très lointain. Aussitôt Tom répondit ; il prit Becky par la main ; les deux enfants avancèrent à tâtons le long du couloir dans la direction supposée. Tom écouta ; un instant plus tard le son se fit entendre de nouveau et apparemment d'un peu plus près.

— Les voilà ! dit Tom ; ils arrivent ! viens, Becky, nous sommes sauvés !

La joie des prisonniers fut délirante ; ils n'avançaient toutefois que lentement, car les crevasses ne manquaient pas et il fallait faire très attention. Bientôt en effet ils se trouvèrent devant une crevasse et durent s'arrêter ; avait-elle un mètre de profondeur, en avait-elle trente ? en tout cas il n'était pas question de la franchir. Tom se mit à plat ventre et étendit le bras tant qu'il put pour essayer d'en mesurer la profondeur ; il ne toucha pas le fond. Ils n'avaient plus qu'à rester où ils étaient et à attendre l'arrivée des chercheurs. Ils tendirent l'oreille : il n'y avait pas à se dissimuler que les appels devenaient de plus en plus distants ; quelques secondes de plus et ils n'entendirent plus rien. Accablant coup du sort ! Tom s'enroua à force d'appeler, mais cela ne servit à rien. Il parla à Becky pour lui redonner de l'espoir ; mais après un long moment d'anxieuse attente, aucun bruit ne se fit plus entendre.

Les enfants revinrent à tâtons jusqu'à la source ; le temps leur paraissait de plus en plus long. Ils dormirent de nouveau, et, quand ils se réveillèrent, ils avaient faim et ils étaient démoralisés. Tom estima qu'on devait en être au mardi.

Tout à coup Tom eut une idée. Il y avait plusieurs galeries latérales à proximité. Mieux valait en explorer quelques-unes que de se morfondre à ne rien faire. Il tira de sa poche la ficelle de son cerf-volant, l'attacha à une saillie du mur ; et Becky et lui partirent, Tom en tête, déroulant sa ligne à mesure qu'ils avançaient. Au bout de quelques pas le couloir finissait dans le

vide. Tom s'agenouilla pour tâter le sol et le mur aussi loin qu'il le pouvait avec la main. En faisant un effort pour toucher le mur un peu plus loin vers la droite, il vit, à moins d'une vingtaine de mètres, une main d'homme tenant une chandelle émerger de derrière un rocher. Tom poussa un vigoureux cri d'appel ; et aussitôt cette main fut suivie par le corps auquel elle appartenait... C'était celui de Joe l'Indien ! Tom en fut comme paralysé, incapable de faire un mouvement. L'instant d'après il eut la satisfaction de voir le faux Espagnol tourner les talons en vue de se soustraire à toute poursuite éventuelle.

Tom s'étonna que Joe n'ait pas reconnu sa voix et n'ait pas saisi la belle occasion qui se présentait à lui de le tuer pour se venger de sa déposition au tribunal. Mais peut-être l'écho avait-il modifié le timbre de sa voix... A la réflexion il pensa que ce devait être le cas. La frayeur de Tom lui coupa bras et jambes. Il se dit que s'il avait la force de revenir à la source il y resterait, et que pour rien au monde il ne courrait le risque de rencontrer à nouveau Joe l'Indien. Il eut soin de ne pas révéler à Becky ce qu'il avait vu, et lui dit qu'il n'avait crié qu'à tout hasard.

A la longue, la faim et le désespoir l'emportèrent sur la peur. Une nouvelle attente fastidieuse devant la source et le besoin de dormir qui s'ensuivit leur changèrent les idées. Les enfants se réveillèrent en proie à une faim dévorante. Tom pensait en être au mercredi ou au jeudi ; qui sait ? peut-être même au vendredi ou au samedi ; les recherches avaient probablement été abandonnées.

Il proposa d'explorer une autre galerie. Il était disposé à affronter la rencontre de Joe l'Indien et tous autres périls. Mais Becky était très faible ; elle était tombée dans une morne apathie dont il fut impossible à Tom de la tirer. Elle attendrait maintenant où elle était et mourrait ; elle n'en avait plus pour longtemps. Que Tom, disait-elle, prenne avec lui sa ficelle et explore tout ce qu'il voulait ; elle l'implorait seulement de revenir souvent lui parler ; elle lui fit promettre que quand l'affreux moment arriverait, il resterait près d'elle et lui tiendrait la main jusqu'à la fin.

Tom l'embrassa, la gorge serrée par l'émotion, et se

fit un devoir vis-à-vis d'elle de paraître certain, soit de rencontrer les chercheurs, soit de trouver une issue pour sortir de la grotte ; puis il prit la ficelle en main et à quatre pattes s'en alla à tâtons dans l'une des galeries, à demi mort d'inanition et démoralisé par de sombres pressentiments.

XXXII
Les voilà !

L'après-midi du mardi touchait à sa fin. La consternation régnait dans le village. On n'avait toujours pas retrouvé les enfants. Des prières publiques avaient été ordonnées ; de nombreuses prières privées, dans lesquelles chacun avait mis tout son cœur, avaient été dites ; malgré cela aucune bonne nouvelle n'était parvenue de la grotte. La majorité des chercheurs avaient renoncé à leurs explorations et avaient repris leurs occupations habituelles, en déclarant qu'il était évident pour eux qu'on ne retrouverait jamais les enfants. Mme Thatcher, très malade, avait fréquemment le délire. On disait que cela fendait le cœur de l'entendre appeler sa fille ; elle levait la tête, écoutait durant une longue minute, puis retombait sur les oreillers en gémissant. Tante Polly faisait de la neurasthénie ; ses cheveux gris étaient devenus blancs. Ce mardi soir les villageois se couchèrent tristes et désespérés.

Tout à coup, au beau milieu de la nuit, les cloches, en un carillon frénétique, réveillèrent les dormeurs. En un clin d'œil les rues furent pleines de gens mi-vêtus qui criaient « Levez-vous ! Levez-vous ! Les voilà ! les voilà ! » Les uns soufflaient dans des trompettes, les autres tapaient sur des casseroles ; toute la population, en un bruyant cortège, se dirigea vers le fleuve à la rencontre des enfants qui arrivaient dans une voiture découverte traînée par des hommes hurlant de joie.

Puis le défilé se reforma en sens inverse et remonta la rue principale en poussant d'innombrables hourras.

Toute la localité était éclairée ; personne ne songeait plus à aller se coucher ; c'était la nuit la plus émouvante que le village ait jamais vécue. Pendant une demi-heure défila dans la maison de Mr. Thatcher une procession de visiteurs qui voulaient voir les enfants, les embrasser, serrer la main de Mme Thatcher. Beaucoup de gens étaient tellement émus qu'ils ne pouvaient même plus parler ; ils pleuraient de joie. Le bonheur de tante Polly était complet ; à celui de Mme Thatcher il ne manquait que de savoir si le messager porteur de l'heureuse nouvelle avait pu joindre son mari, toujours à la grotte.

Tom, allongé sur un canapé, était entouré d'un nombreux auditoire ; il racontait l'extraordinaire aventure en brodant à son habitude. Il avait exploré, aussi loin que le lui permettait la ficelle de son cerf-volant, deux galeries sans résultat ; puis, s'étant risqué dans une troisième, il se disposait à revenir en arrière quand il avait aperçu une sorte de lueur lointaine qui ressemblait à la lumière du jour. Lâchant la ficelle, il avait rampé dans cette direction, avait passé la tête et les épaules par une ouverture exiguë d'où — il n'en croyait pas ses yeux — il voyait le majestueux Mississippi couler à ses pieds ! Heureusement que son expédition n'avait pas eu lieu la nuit ! Il n'y aurait pas eu de lueur, il n'aurait pas poussé plus à fond l'exploration de la galerie... Il était alors revenu annoncer la bonne nouvelle à Becky ; elle l'avait prié de ne pas la tracasser avec de pareilles histoires, elle était fatiguée, elle savait qu'elle allait mourir et ne demandait pas autre chose.

Il avait insisté ; il avait réussi à la convaincre ; en apercevant le bleu du ciel elle avait failli mourir de joie. Il s'était hissé hors du trou et l'avait aidée à en sortir ; puis ils s'étaient assis, pleurant de bonheur. Des hommes étaient alors passés dans une barque ; Tom les avait appelés, leur avait expliqué la situation, avait dit qu'ils mouraient de faim. Tout d'abord les hommes n'avaient pas ajouté foi à ce récit qu'ils jugeaient fantaisiste, parce que, disaient-ils, « vous êtes ici en dessous de la vallée où se trouve la grotte, et à huit kilomètres en aval ».

Ils avaient toutefois pris les enfants à bord ; ils les avaient conduits dans une maison où on leur avait donné à manger, où ils avaient pu prendre du repos jusqu'à deux ou trois heures après le coucher du soleil. Ces mêmes hommes les avaient ensuite ramenés au village.

Mr. Thatcher et son équipe de chercheurs étaient toujours dans la grotte. Avant l'aube ils y furent rejoints, grâce aux cordages qu'ils avaient déroulés derrière eux, et on leur apprit la grande nouvelle.

La fatigue et la faim, pendant un séjour de trois jours et trois nuits dans la grotte, avaient épuisé les enfants. Tom et Becky restèrent au lit le mercredi et le jeudi ; ils semblaient de plus en plus fatigués. Le jeudi Tom se leva ; le vendredi il put sortir, et le samedi il était à peu près rétabli. Mais Becky ne quitta pas sa chambre avant le dimanche ; encore avait-elle l'air de sortir d'une longue maladie.

Tom avait appris que Huck était souffrant ; le vendredi, il alla le voir, mais ne fut pas admis dans sa chambre. Mêmes prescriptions pour le samedi et le dimanche ; après quoi il fut admis quotidiennement, à condition de ne pas raconter son aventure, et de ne rien dire qui put être de nature à agiter le malade. Mme Douglas resta près du lit pour s'assurer que Tom observait les consignes.

Chez lui, Tom apprit l'histoire de Cardiff Hill et la découverte dans le fleuve, près de l'embarcadère, du cadavre de l'homme en guenilles. On supposait que le malheureux s'était noyé en voulant s'échapper.

Environ quinze jours après sa sortie de la grotte, Tom alla voir Huck dont la convalescence était maintenant assez avancée pour qu'il fût en état de soutenir une conversation ; et Tom prétendait avoir à lui dire quelque chose du plus haut intérêt. La maison de Mr. Thatcher étant sur son chemin, Tom entra pour dire bonjour à Becky. Mr. Thatcher, qui était avec quelques amis, interpella Tom et lui demanda ironiquement s'il n'avait pas envie de retourner dans la grotte.

— Ça ne me ferait pas peur, répondit Tom.

— Et tu n'es pas le seul, Tom, je m'en doute. Mais à cela nous avons mis bon ordre. Dorénavant plus personne ne pourra se perdre dans cette grotte.

— Comment ça ?

— Parce que j'ai fait blinder la porte il y a quinze jours ; j'y ai fait mettre trois serrures, et c'est moi qui ai les clefs.

Tom devint blanc comme un linge.

— Qu'est-ce qu'il y a ? qu'est-ce que tu as, mon petit ? Vite qu'on apporte un verre d'eau.

Mr. Thatcher en aspergea le visage de Tom, et quand Tom parut remis de son émotion :

— Alors maintenant ça va mieux ? Qu'est-ce qu'il y avait donc ?

— Il y a, Mr. Thatcher, que Joe l'Indien est dans la grotte !

XXXIII
Au but

En quelques minutes la nouvelle fit le tour du village. Une douzaine d'embarcations, chargées d'hommes, partirent pour la grotte de Mac Dougal. Le bac, bondé de curieux, suivait. Tom était dans la barque de Mr. Thatcher.

Aussitôt ouverte la porte de la grotte un triste spectacle s'offrait aux regards dans le demi-jour de l'entrée. Joe l'Indien était étendu par terre, mort. Son visage tout contre la porte, ses yeux braqués témoignaient que jusqu'au dernier moment le retour au monde extérieur avait été sa seule préoccupation. Tom était ému malgré tout car il savait par sa propre expérience par quelles affres le misérable avait dû passer. Il avait pitié ; mais il éprouvait un soulagement, un sentiment de sécurité tels, qu'il comprit à ce moment-là mieux qu'il ne l'avait jamais fait sous quelle terrible menace il avait vécu depuis le jour où il avait témoigné devant le tribunal contre ce sinistre coquin.

Le couteau à cran d'arrêt de Joe était là, tout près,

la lame cassée en deux. Le misérable avait opiniâtrement essayé, tant du tranchant que de la pointe, d'entamer la poutre maîtresse de la porte ; le roc l'en avait empêché. Vains efforts, d'ailleurs, car au-dehors la roche naturelle formait une sorte de seuil ; sur cette roche, très dure, le couteau n'avait pas eu de prise ; c'est le couteau seul qui en avait souffert. La roche eût-elle permis à Joe d'arriver à ses fins, que le travail de l'Indien aurait été inutile ; car en admettant que la poutre eût été coupée, Joe n'aurait pas pu passer sous la porte, et il le savait. Il n'avait endommagé la porte que pour faire quelque chose, pour passer le temps et donner un but à ses facultés surtendues.

Il était habituellement possible de trouver, dans les anfractuosités du rocher, une demi-douzaine de bouts de chandelle, laissés là par les touristes ; mais cette fois il n'y en avait plus ; le prisonnier affamé les avait cherchés et les avait mangés. Il avait même mangé plusieurs chauves-souris qu'il avait réussi à attraper, et n'en avait laissé que les griffes. Cela ne l'avait pas empêché de mourir de faim. Non loin de là, une stalagmite, formée par l'eau gouttant lentement de la stalactite au-dessus d'elle, avait monté du sol au cours des âges. Le captif avait cassé la stalagmite ; sur le tronçon il avait mis une pierre qu'à force de patience il avait évidée pour recueillir la précieuse goutte qui tombait toutes les trois minutes avec une régularité de chronomètre. De quoi remplir une cuiller à café toutes les vingt-quatre heures. Cette goutte tombait déjà au moment de la construction des Pyramides, au moment de la chute de Troie, à l'époque de la fondation de Rome, du début de l'ère chrétienne, du débarquement en Angleterre de Guillaume le Conquérant, de la traversée de Christophe Colomb et du massacre de Lexington. A l'heure actuelle elle tombe encore ; elle continuera à tomber quand tout ce dont nous nous occupons aujourd'hui aura sombré dans l'après-midi de l'histoire, le crépuscule de la tradition et la nuit noire de l'oubli. Tout ce qui se passe est-il combiné en vue d'une action future ? Cette goutte n'est-elle tombée régulièrement depuis cinq mille ans que dans le but de désaltérer un jour cet être humain ? D'ici mille ans cette goutte aura-t-elle un autre rôle à jouer ? Qu'importe !

Il y a déjà de nombreuses années que le malheureux a évidé cette pierre pour recueillir les précieuses gouttes d'eau : aujourd'hui c'est devant cette misérable pierre, devant cette eau qui tombe si lentement, que le touriste s'arrête le plus volontiers. A l'échelle des curiosités de la grotte de Mac Dougal, la coupe de Joe l'Indien vient en tête ; le palais d'Aladin lui-même ne peut pas rivaliser avec elle.

On enterra Joe l'Indien près de l'entrée de la grotte. De trois lieues à la ronde affluèrent en bateau ou en carriole les curieux venus des villes et des hameaux ; ils avaient pris leurs enfants avec eux, ils avaient apporté leurs provisions ; et ils se déclarèrent presque aussi contents de voir enterrer Joe l'Indien qu'ils l'auraient été de le voir pendre.

Ses funérailles mirent un terme à la circulation d'une pétition adressée au Gouverneur et demandant la grâce de Joe l'Indien. Cette pétition portait quantité de signatures ; un grand nombre de comités s'étaient formés, où l'on avait beaucoup pleuré, où l'on avait dépensé des trésors d'éloquence, sans compter un comité de vieilles femmes éplorées, qui avaient pour mission de se rendre en grand deuil auprès du Gouverneur, de l'apitoyer par leurs larmes, de l'adjurer de faire preuve d'une mansuétude qui l'eût couvert de ridicule, et somme toute de fouler aux pieds les devoirs de sa charge. On accusait Joe l'Indien d'avoir tué cinq citoyens de ce village, mais qu'importe ? Eût-il été Satan en personne, que d'innombrables faibles d'esprit se seraient offerts à signer une pétition pour qu'on lui pardonne, et à arroser cette pétition de leurs larmes intarissables.

De bonne heure le lendemain de l'enterrement, Tom emmena Huck dans un endroit écarté pour « parler affaires ». Par le Gallois et par Mme Douglas, Huck avait appris dans le détail l'aventure de la grotte. Mais il y avait une chose dont Tom était sûr que personne n'avait parlé, celle-là même dont il voulait parler. Quand la conversation vint sur ce terrain la figure de Huck s'allongea.

— Je sais ce que c'est, dit-il. Tu as été au n° 2 et tu n'as rien trouvé que du whisky. Personne ne m'a dit que c'était toi ; mais aussitôt que j'ai entendu parler de whisky je m'en suis douté et j'ai compris que tu n'avais pas l'argent, sans quoi tu te serais arrangé pour me le faire savoir en douce. Tom, quelque chose me dit que nous ne mettrons jamais la main sur ce magot.

— Tu n'y es pas, Huck. Il n'est pas question du bistrot. Tu te souviens qu'il était ouvert le samedi, le soir du pique-nique ? et que tu devais être de garde cette nuit-là ?

— Ah oui, bien sûr ! Il me semble qu'il y a un an de ça. C'est cette nuit-là que j'ai suivi Joe l'Indien jusque chez Mme Douglas.

— C'est toi qui l'as suivi ?

— Oui ; mais il ne faut pas que ça se sache : je parierais que Joe a laissé des copains à la traîne et je n'ai pas envie qu'ils me cherchent des poux dans la tête. Sais-tu bien que, sans moi, il serait maintenant au Texas ?

Sous le sceau du secret, Huck raconta alors toute l'aventure à Tom qui ne savait que ce que le Gallois lui en avait dit.

— Pour moi, dit Huck, revenant au nœud de l'affaire, celui qui a repéré le whisky a aussi barboté le pognon ; en tout cas, ce qu'il y a de sûr, c'est qu'il nous passe sous le nez, mon vieux.

— Huck, la galette n'a jamais été au n° 2.

— Quoi ? (Huck dévisagea son camarade.) Tom, aurais-tu retrouvé la piste ?

— Ecoute bien, Huck ; l'argent est dans la grotte.

Les yeux de Huck flamboyèrent.

— Répète voir.

— L'argent est dans la grotte.

— Tom, foi d'Indien, parles-tu sérieusement ou est-ce que tu me fais marcher ?

— Huck, je n'ai jamais été plus sérieux de ma vie. Veux-tu venir avec moi là-bas et m'aider à le sortir ?

— Je comprends que je veux ! Tu me garantis que tu connais bien le chemin et qu'on ne se perdra pas ?

— Huck, ça ira comme sur des roulettes.

— Hourra ! Qu'est-ce qui te fait penser que l'argent est...

— Huck, mon vieux, attends que nous y soyons. Si on ne le trouve pas, je te promets de te donner mon tambour et tout ce que j'ai au monde.

— Tope là. Quand est-ce qu'on y va ?

— Tout de suite si tu veux. Tiendras-tu le coup ?

— Est-ce que c'est loin dans la grotte ? Il n'y a guère que trois ou quatre jours que je suis sur mes quilles. Je peux faire un ou deux kilomètres ; mais plus, je ne crois pas.

— Par le chemin que tout le monde prendrait, sauf moi, il y en a à peu près pour huit kilomètres ; mais il y a un raccourci que je suis seul à connaître. Je t'y emmènerai directement en bateau. J'amarrerai le bateau là-bas, et pour le retour je m'en charge à moi tout seul. Tu n'auras même pas à lever le petit doigt.

— Alors allons-y tout de suite.

— Entendu. Il faut emporter de quoi manger, de quoi fumer, des sacs, trois cordes de cerf-volant, et puis de ces nouveaux machins qu'on appelle des allumettes de sûreté. Ça m'a joliment manqué de ne pas en avoir quand j'y étais l'autre jour.

Peu après midi les deux gamins empruntèrent le canot d'un riverain absent et se mirent en route. Après avoir dépassé de quelques kilomètres le vallon de la grotte, Tom dit :

— Regarde. Depuis le vallon cette berge n'a pas changé : pas de maisons, pas de chantiers, rien que des buissons. Mais vois-tu le point blanc juste après cet éboulis ? C'est un de mes repères. C'est là que nous allons mettre pied à terre.

Ils accostèrent.

— Eh bien, Huck, de là où tu es tu pourrais passer une canne à pêche dans le trou par lequel je suis sorti. Est-ce que tu le vois ?

Huck chercha mais ne trouva rien. Alors Tom fièrement alla tout droit vers un épais fourré de sumacs et dit :

— Eh bien, c'est là, mon vieux. Regarde-moi ça : comme trou, dans tout le pays, on ne fait pas mieux. Surtout discrétion, hein ? J'ai toujours voulu être un brigand mais il me fallait un repère, et le problème c'était de le trouver. Nous l'avons maintenant, et nous n'en dirons rien à personne, excepté bien sûr à Joe Harper et à Ben Rogers. Parce que, naturellement, il faut que nous soyons une bande, sans ça de quoi est-ce que ça aurait l'air ? « La bande de Tom Sawyer » : ça sonne bien, qu'est-ce que tu en dis ?

— Magnifique, Tom. Et qui allons-nous voler ?

— Oh ! n'importe qui, on arrête au passage tous les gens qui vous tombent sous la main ; c'est comme ça qu'on fait.

— Et on les tue ?

— Pas forcément. On les mettra à l'ombre dans la grotte jusqu'à ce qu'ils paient une rançon.

— Qu'est-ce que c'est que ça, une rançon ?

— De l'argent. Tu leur demandes tout ce qu'ils peuvent donner eux et quelquefois leurs amis avec ; et quand tu les as gardés à l'ombre pendant un an, s'ils ne paient pas, on les tue. Généralement, c'est comme ça qu'on fait. Mais on ne tue pas les femmes. On les met sous clef ; on ne les tue pas. Elles sont toujours belles et riches, et elles ont une peur bleue. On leur prend leurs montres et tout ce qu'elles ont, mais quand on leur parle, c'est toujours avec la plus exquise politesse et chapeau bas. Il n'y a pas plus poli qu'un brigand ; tous les livres te le diront. Et puis les femmes en pincent pour toi, et quand elles sont restées dans la grotte pendant huit ou quinze jours elles cessent de pleurer, et il n'y a plus moyen de les faire partir. Si on les chasse elles reviennent. C'est comme ça dans les bouquins, mon vieux.

— C'est rudement épatant. C'est encore plus bath que d'être pirate.

— Oui, par certains côtés, parce qu'on est plus près de la maison, des cirques, et de tout ça.

Entre-temps les deux amis avaient pénétré dans le trou, Tom montrant le chemin. Après avoir réussi — non sans mal — à parvenir jusqu'au fond de la galerie d'entrée, ils assujettirent une extrémité de leur ficelle qu'ils déroulèrent au fur et à mesure qu'ils avançaient. Ils arrivèrent bientôt à la source. Tom eut un frisson rétrospectif. Il montra à Huck le dernier bout de mèche de chandelle adhérant encore à un bloc de terre glaise sur une aspérité du mur, et il décrivit comment Becky et lui avaient vu mourir la flamme. Impressionnés par l'obscurité relative, et par le silence, les enfants avaient baissé la voix et chuchotaient. Ils poursuivirent leur chemin et ne tardèrent pas à arriver à un autre corridor où ils furent arrêtés par le bord de la crevasse qui avait empêché Tom d'aller plus loin. A la lueur de leurs chandelles, ils constatèrent que ce n'était pas un précipice, mais une sorte de falaise argileuse de huit à dix mètres de haut. Tom chuchota :

— Maintenant, Huck, je vais te montrer quelque chose.

Il leva la chandelle.

— Regarde dans le coin aussi loin que tu peux. Vois-tu là, sur ce rocher, quelque chose tracé à la suie ?

— Tom... c'est une croix !

— Et alors où est ton n° 2 ? Sous la croix, hein ? Huck, c'est là que j'ai vu Joe l'Indien passer avec sa chandelle.

Huck regarda un instant la croix, et d'une voix tremblante :

— Tom, dit-il, allons-nous-en.

— Eh bien quoi ? Et le trésor ? Tu le laisses tomber ?

— Oui, laisse-le. Le fantôme de Joe l'Indien doit rôder par ici, c'est sûr.

— Mais non, Huck. Il reste à l'endroit où il est mort, à huit kilomètres d'ici.

— Non, mon vieux Tom, non. Il rôde près de son trésor. Je sais bien comment ils font, les fantômes. Et toi aussi tu le sais.

Tom finit par avoir des doutes ; peut-être Huck avait-il raison. Mais tout à coup une idée lui vint.

— Que nous sommes bêtes, Huck ! Le fantôme de Joe l'Indien ne se risquera pas à venir là où il y a une croix.

L'argument porta.

— C'est vrai, je n'avais pas pensé à ça. Cette croix nous porte chance. Allons jusque-là, nous chercherons le coffre.

Tom passa le premier. Comme il descendait, ses talons s'imprimèrent dans l'argile du sol. Huck suivit. Dans la petite salle où se trouvait le rocher, débouchaient quatre galeries. L'examen des trois premières ne donna rien. Dans la quatrième, la plus près du rocher, ils découvrirent une sorte de petit réduit dans lequel il y avait une paillasse, des couvertures, une paire de bretelles, des couennes de lard et quelques os de volaille. Mais pas de coffre. Les gamins fouillèrent l'endroit à diverses reprises mais en vain. Tom dit :

— Il a dit : *sous* la croix. On ne peut pas être plus sous la croix qu'ici. Ça ne peut pas être sous le rocher puisque le rocher s'enfonce en terre. Alors ?

Malgré de nouvelles recherches ils ne trouvèrent rien. Découragés ils s'assirent. Huck donnait sa langue au chat. Tom réfléchit. Tout à coup il se leva :

— Attends voir. De ce côté-ci il y a des empreintes de pas et des taches de chandelles ; des autres côtés il n'y en a pas. Qu'est-ce que ça veut dire ? Je te parie que l'argent est sous ce rocher. Je vais creuser dans la glaise.

— Ce n'est pas une mauvaise idée, dit Huck ragaillardi.

Tom sortit son véritable « Barlow » et creusa. A quelque dix centimètres de profondeur la lame entra dans un morceau de bois.

— Non, mais... tu entends ?

Huck se mit à creuser à son tour. Ils découvrirent quelques planches masquant une excavation naturelle qui passait sous le roc. Tom y descendit. En tenant sa chandelle à bout de bras il ne pouvait pas voir le fond du trou. Voulant en avoir le cœur net il se mit à quatre pattes ; le boyau descendait en pente douce, tournant à droite, puis à gauche. Huck suivait. Après un coude brusque Tom s'écria :

— Qu'est-ce que tu dis de ça, Huck ?

C'était bel et bien un coffre. A côté il y avait un petit baril de poudre, vide ; deux fusils dans leurs étuis de cuir, deux ou trois paires de vieux mocassins, une ceinture et quelques autres objets d'équipement détrempés par l'eau de suintement.

Le coffre n'était pas fermé.

— Enfin on le tient ! dit Huck plongeant les mains dans le tas de pièces ternies par l'humidité. — Dis donc nous voilà riches, mon vieux !

— Huck, je savais que nous finirions par le trouver. C'est presque trop beau pour être vrai mais maintenant nous l'avons, il n'y a pas d'erreur. Ah ! il ne s'agit plus

de baguenauder, il faut le sortir. Voyons si on peut soulever cette caisse.

La caisse pesait plus de vingt-cinq kilos. Tom pouvait la soulever par un coin ; mais quant à la porter il n'en était pas question.

— Je m'en doutais, dit Tom. Quand ils l'ont postée, le jour de la maison hantée, ils en avaient plein les bras. Heureusement que j'ai pensé à prendre des sacs.

Une fois l'or dans les sacs, les gamins le remontèrent jusqu'à la galerie.

— Maintenant les fusils, dit Huck.

— Non ; laisse-les là. Nous en aurons besoin quand nous serons brigands. Nous n'avons qu'à les laisser ici. C'est également ici que nous ferons nos orgies ; c'est un endroit épatant pour les orgies.

— Qu'est-ce que c'est que ça, des orgies ?

— Sais pas. Mais les brigands font toujours des orgies ; il faudra bien que nous en fassions aussi. Dis donc, il y a longtemps que nous sommes là, il doit être tard. J'ai faim, moi. Pas toi ? Nous mangerons quand nous serons dans le bateau, et puis après on fumera une pipe.

Qui fut dit fut fait. Ils sortirent par le buisson de sumacs, regardèrent prudemment de tous côtés et, ayant constaté qu'il n'y avait personne en vue, s'installèrent dans le bateau pour manger et pour fumer. Et au coucher du soleil ils repartirent. Tom suivit la rive, bavardant gaiement avec Huck, tandis que la nuit tombait.

— Voilà mon vieux. Nous allons cacher la galette dans le grenier au-dessus du bûcher de Mme Douglas. Je reviendrai demain matin et nous compterons pour faire le partage. Après on cherchera un endroit dans les bois pour la mettre en sûreté. Monte la garde une minute, je vais aller chercher le charriot de Ben. Je reviens tout de suite.

Il revenait bientôt avec le chariot, y mettait les deux sacs, les recouvrait de vieux chiffons et partait en traînant son chargement derrière lui. Arrivés à la hauteur de la maison du Gallois, les deux enfants se reposèrent. Ils allaient repartir quand le Gallois, sortant de chez lui, aperçut leur silhouette dans l'obscurité.

— Hello ! qui est là ?

— Huck et Tom Sawyer.

— Parfait. Venez avec moi, les gars. On vous cherche partout. Dépêchons-nous. Je vais tirer votre chariot. Oh ! mais il est lourd. Qu'est-ce qu'il y a là-dedans ? Des briques, de la ferraille ?

— De la ferraille, dit Tom.

— Je le pensais bien. On se donne plus de mal pour ramasser quelques bouts de ferraille qu'on vend cent sous pour la fonte, qu'on ne s'en donnerait pour gagner le double en faisant un travail convenable. Enfin ! La nature humaine est ainsi faite. Dépêchons.

Les gamins demandèrent pourquoi il fallait tant se presser.

— Ne vous en faites pas. Vous verrez quand vous serez chez Mme Douglas.

Un peu inquiet, car il était de longue date habitué à être injustement accusé de toutes sortes de méfaits, Huck dit :

— Mr. Jones, *nous* n'avons rien fait de mal.

Le Gallois éclata de rire.

— Ça, mon garçon, je n'en sais rien. N'es-tu pas en bons termes avec Mme Douglas ?

— Si, elle a toujours été très gentille pour moi.

— Alors, tout va bien. De quoi as-tu peur ?

A cette question, Huck n'avait pas encore eu le temps de répondre, qu'il fut poussé, en compagnie de Tom, dans le salon de Mme Douglas. Mr. Jones laissa le chariot à la porte et entra à son tour.

La pièce était brillamment éclairée, et toutes les notabilités du village s'y trouvaient réunies : les Thatcher, les Harper, les Rogers, tante Polly, Sid, Mary, le pasteur et bien d'autres, tous sur leur trente-et-un. Mme Douglas reçut les enfants aussi cordialement qu'on peut le faire quand on se trouve en présence de deux garnements couverts de terre glaise et de taches de chandelle. Tante Polly, rouge de honte, fronçait le sourcil et regardait Tom d'un œil furibond. Personne toutefois n'était dans ses petits souliers autant que les deux enfants. Mr. Jones dit :

— Tom n'était pas à la maison, et j'allais renoncer à le chercher quand en sortant à l'instant j'ai trouvé Tom et Huck devant ma porte. Je vous les ai aussitôt amenés.

— Et vous avez bien fait, dit la veuve. Venez, mes enfants.

Elle les fit monter dans une chambre et leur dit :

— Vous allez vous laver et vous habiller. Il y a là tout ce qu'il faut : chemises, chaussettes et complets. Les deux sont à Huck... non, pas de remerciements, mon petit. Mr. Jones en a donné l'un et moi l'autre. Mais ils iront à Tom aussi bien qu'à Huck. Habillez-vous, nous vous attendons. Descendez aussitôt que vous serez prêts.

Et Mme Douglas descendit rejoindre ses invités.

XXXIV
Révélations

— Dis donc, Tom, dit Huck, si seulement on trouvait une corde on pourrait se barrer. La fenêtre n'est pas haute.

— Qu'est-ce qui te prend ? Pourquoi veux-tu te barrer ?

— Mon vieux, je n'ai pas l'habitude de ce genre de monde. Ces gens-là me barbent. J'ai bonne envie de ne pas redescendre.

— Ce n'est rien, ne fait pas l'idiot. Tu verras, je m'occuperai de toi.

Sid fit irruption dans la pièce.

— Tom, dit-il, tante Polly t'a attendu tout l'après-midi. Mary avait préparé tes habits du dimanche et tout le monde t'a cherché partout. Dis donc, qu'est-ce que c'est que ces taches de graisse et de terre glaise que tu as sur tes vêtements ?

— Si Monsieur Siddy voulait bien se mêler de ce qui le regarde, cela me ferait grand plaisir. Moi, je voudrais bien savoir à quoi rime cette cérémonie ?

— C'est une réception comme Mme Douglas en organise souvent. Cette fois-ci c'est en l'honneur du Gallois et de ses fils, parce qu'ils l'ont tirée d'affaire dans l'histoire de l'autre nuit. Et si tu veux savoir je peux encore te dire autre chose.

— Quoi donc ?

— Eh bien, voilà. Mr. Jones veut faire ce soir une révélation sensationnelle aux invités ; je l'ai entendu raconter en grand mystère à la tante Polly ce dont il s'agit : ce n'est plus guère un secret pour personne. Tout le monde le sait, Mme Douglas la première, qui fait tout ce qu'elle peut pour avoir l'air de ne pas le savoir. Il fallait que Huck soit là, parce que sans cela la grande révélation de Mr. Jones ratait son effet.

— Une révélation à propos de quoi, Sid ?

— Mr. Jones révélera que c'est Huck qui a pisté les brigands jusqu'à la maison de Mme Douglas. Il escompte que la nouvelle fera sensation, mais elle tombera tout à fait à plat.

Et Sid ricana, l'air très satisfait de lui-même.

— Sid... c'est toi qui as parlé ?

— Qu'est-ce que ça peut te faire ? Quelqu'un a parlé, cela suffit.

— Sid, il n'y a dans ce village qu'un type assez moche pour faire ça, c'est toi. Si tu avais été dans la peau de Huck, tu aurais dévalé la colline à toute allure et tu n'aurais jamais parlé des voleurs à qui que ce soit. Tu ne sais faire que des mufleries et tu ne peux pas supporter que quelqu'un soit félicité pour avoir fait quelque chose de bien. Tiens, — fit Tom en administrant une gifle à son frère et en le reconduisant à la porte à grands coups de pieds quelque part, — et pas de remerciements, comme dit Mme Douglas. Maintenant, raconte un peu ça à la tante Polly si tu l'oses, et tu verras demain ce que tu vas prendre.

Quelques minutes plus tard, les invités de Mme Douglas s'asseyaient à table. Les enfants, au nombre d'une douzaine, étaient installés dans la même pièce à de petites tables, à la mode du jour. Au moment opportun, Mr. Jones fit un petit discours pour remercier l'aimable hôtesse de l'honneur qu'elle lui faisait, à lui et à ses fils, et ajouta qu'il y avait encore quelqu'un dont la modestie...

Etc., etc. En ménageant ses effets il révéla la part Huck avait prise dans l'aventure ; la surprise que

cette nouvelle fut en grande partie simulée et ne fut ni aussi bruyante, ni aussi enthousiaste qu'elle aurait pu l'être si le secret avait été bien gardé. Toutefois la jeune veuve feignit un étonnement suffisant et prodigua à Huck tant de compliments et de témoignages de reconnaissance qu'il en oublia la gêne presque intolérable que lui causaient ses vêtements neufs pour ne penser qu'à l'ennui, tout à fait intolérable celui-là, qu'il éprouvait à être le point de mire de tous les regards et l'objet des félicitations de tous les assistants.

Mme Douglas ajouta qu'elle voulait offrir à Huck un foyer sous son toit et lui faire donner de l'instruction et que plus tard, quand elle aurait mis de côté l'argent nécessaire, elle lui installerait un petit commerce.

L'heure de Tom était venue.

— Huck n'a pas besoin de ça, déclara-t-il. Huck est riche.

Le sentiment des convenances empêcha seul les auditeurs de répondre à cette amusante plaisanterie par un éclat de rire approprié. Le silence qu'elle occasionna était quelque peu gênant. Tom se chargea de le rompre.

— Huck a de l'argent. Vous n'en croyez peut-être rien mais il a beaucoup d'argent. Ne souriez pas, vous allez voir. Attendez une minute.

Tom sortit en courant. Interloqués, les gens interrogeaient du regard Huck qui ne desserrait pas les dents.

— Sid, que fait donc Tom ? demanda tante Polly. Je ne comprendrai jamais rien à ce garçon. C'est ex...

La rentrée de Tom, courbé sous le poids de ses sacs, coupa court aux jérémiades de tante Polly. Tom déversa sur la table le flot des pièces d'or.

— Qu'est-ce que je vous ai dit ? Une moitié est à Huck, l'autre est à moi.

Les spectateurs en restèrent pantois. Tout le monde regardait, personne ne disait rien. Le premier moment de surprise passé, l'assistance fut unanime à demander des explications. Tom ne se fit pas prier. Son récit fut long mais si captivant que personne ne l'interrompit. Quand Tom eut terminé, Mr. Jones dit :

— J'avais cru vous faire une petite surprise à l'occasion de cette cérémonie mais je suis bien obligé de convenir qu'à côté de celle-là, la mienne n'existe pas.

On compta l'argent. Il y en avait pour plus de douze mille dollars. C'était plus qu'aucun des assistants n'en avait encore jamais vu à la fois, nonobstant ce que pouvait être la fortune personnelle de chacun.

XXXV
Inconvénients de la richesse

Inutile de dire que la bonne aubaine échue à Tom et à Huck fit sensation dans le village de Saint-Pétersbourg. Une somme aussi considérable, toute en espèces sonnantes et trébuchantes, cela tenait du prodige. On en parla, on en rêva ; surmenée par la fatigue résultant de cette agitation malsaine, la raison de beaucoup de citoyens faillit sombrer. Toutes les maisons hantées ou soi-disant telles de Saint-Pétersbourg ou des villages environnants furent l'objet d'une sorte de dissection ; elles furent démontées planche par planche ; non seulement des enfants mais des hommes faits, des hommes ayant une solide réputation de pondération et de bon sens, en prospectèrent les fondations dans l'espoir de tomber sur un trésor caché.

Dès que Tom et Huck apparaissaient, ils avaient une cour autour d'eux ; on les admirait, on ne les quittait pas des yeux. Les deux enfants ne s'étaient jamais imaginé auparavant qu'aucune de leurs paroles pût être digne de remarque ; maintenant leurs moindres mots étaient montés en épingle, leurs moindres actes suscitaient un intérêt considérable ; ils avaient, de toute évidence, perdu la faculté de faire ou de dire quoi que ce soit comme tout le monde. Leur vie, elle aussi, fut passée au crible et on y découvrit les signes précurseurs d'une originalité hors de pair. Le journal local publia leur biographie.

Mme Douglas plaça l'argent de Huck à six pour cent ; et à la demande de tante Polly, Mr. Thatcher en fit autant pour celui de Tom. Chacun des deux enfants fut à la tête d'un revenu fabuleux : un dollar pour chaque jour de la semaine et pour un dimanche sur deux. C'était ce que touchait, ou plutôt ce que devait toucher le pasteur, ce qu'on lui avait promis ; il était rare que ses quêtes lui rapportent des sommes aussi importantes. En ces temps heureux il suffisait d'un dollar vingt-cinq cents par semaine pour payer le logement, la nourriture, l'éducation d'un enfant et son entretien par-dessus le marché.

Mr. Thatcher avait Tom en haute estime. Il disait qu'un garçon doué de facultés moyennes n'aurait pas réussi à faire sortir sa fille de la grotte. Quand Becky, en grand secret, raconta à son père comment Tom s'était fait fouetter à sa place, Mr. Thatcher en fut manifestement très ému ; et quand elle sollicita l'indulgence pour le mensonge flagrant auquel Tom avait eu recours pour substituer sa responsabilité à la sienne, le juge, dans un magnifique élan d'éloquence, dit que c'était là un noble mensonge, un mensonge généreux, magnanime, digne de passer à la postérité et d'être mis en parallèle avec la franchise légendaire de George Washington à propos de la hache ! Becky proclamait que son père ne lui avait jamais paru aussi grand ni aussi beau que lorsqu'il arpentait la pièce et martelait le sol du talon en se livrant à cette improvisation. Elle courut immédiatement en faire part à son ami Tom.

Mr. Thatcher voyait déjà Tom devenir un jour un grand juriste ou un grand soldat. Il se chargerait de le faire admettre à l'Ecole Militaire et de le faire inscrire ensuite à la faculté de droit la plus réputée des Etats-Unis, afin qu'il puisse à son choix embrasser l'une ou l'autre carrière, voire même les deux.

La brillante situation financière de Huck et le fait qu'il était maintenant patronné par Mme Douglas lui ouvrirent les portes de la société ; mais il fallait le traîner dans les réunions mondaines, le forcer à y aller ; c'était pour lui un véritable martyre. Les domestiques de Mme Douglas le lavaient, le nettoyaient, le bichonnaient, le peignaient, le brossaient, et le bordaient chaque soir dans des draps d'une blancheur rébarbative où il n'y avait même pas la moindre tache qu'il pût presser sur son cœur et choyer comme une vieille connaissance. Pour manger il fallait qu'il se serve non seulement d'un couteau et d'une fourchette mais d'une assiette et d'une serviette ; il fallait qu'il boive dans un verre ou dans une tasse, qu'il apprenne ses leçons, qu'il aille à l'église, qu'il parle si correctement que son langage en perdait toute saveur ; quoi qu'il fît, il se sentait pieds et poings liés derrière les barreaux de la civilisation qui le séparaient du monde extérieur.

Il endura bravement son supplice pendant trois semaines ; et puis subitement il disparut. Pendant deux jours, Mme Douglas désespérée le chercha partout. Tout le monde était consterné. On battit la campagne ; on dragua le fleuve pour retrouver son corps. Le matin du troisième jour, Tom Sawyer eut le flair d'aller faire un tour du côté de vieux tonneaux vides abandonnés derrière les anciens abattoirs, et dans l'un il trouva le fugitif. Huck avait dormi là ; il venait de se restaurer à l'aide de quelques rogatons qu'il avait dû voler à droite et à gauche, et confortablement allongé il fumait béatement sa pipe. Il était sale, dépeigné, et portait les vieilles guenilles de jadis, du temps où il était heureux et libre. Tom le fit sortir de son coin, le mit au courant du souci qu'il avait causé et le pressa de rentrer au bercail. Aussitôt le visage de Huck se renfrogna.

— Ne m'en parle pas, Tom, dit-il. J'ai essayé, il n'y a rien à faire. Je ne peux pas, mon vieux. Ce n'est pas pour moi ces trucs-là. Mme Douglas est très bonne, très gentille pour moi, mais je ne peux pas me faire à ce genre de vie. Il faut que tous les jours je me lève à la même heure ; que je me lave ; on me peigne à m'en arracher les cheveux. Elle ne veut pas que je dorme dans le bûcher. Il faut que je mette ces fichus habits qui m'étouffent ; l'air ne passe pas au travers, et j'ai tellement peur de les salir que je ne peux ni m'asseoir, ni me coucher, ni me rouler par terre si j'en ai envie. Je n'ai pas fait de glissade sur une clôture de cave depuis je ne sais combien de temps. Il faut que j'aille à l'église ; j'y ai chaud, je transpire comme un bœuf, et puis j'ai horreur de ces malheureux sermons. On ne peut pas attraper une mouche, on ne peut pas chiper. Le dimanche il faut porter des souliers toute la journée. Mme Douglas mange à heure fixe. Tout ça est tellement régulier que c'en est insupportable.

— Mais, mon pauvre Huck, tout le monde en fait autant.

— C'est possible, mais ça m'est égal. Je ne suis pas tout le monde et j'en ai plein le dos. Je trouve épouvantable d'être à l'attache comme ça. Et pour manger c'est trop facile. Des repas qui viennent tous seuls, comme ça, je ne peux pas m'y intéresser. Si j'ai envie d'aller à la pêche, il faut que je demande la permission ; si j'ai envie d'aller tirer ma coupe dans le fleuve, il faut que je demande la permission ; ma parole, je ne sais pas ce que je peux faire sans demander la permission. Il faut que je m'exprime si correctement que je n'ai plus de plaisir à ouvrir la bouche. J'en suis réduit à monter dans le grenier un peu tous les jours pour jurer à mon aise, sinon il y a de quoi crever, mon vieux Tom. Mme Douglas ne veut pas que je fume, elle ne veut pas que je crie, que je bâille, que je m'étire, que je me gratte devant tout le monde. — Avec un air de dignité outragée il ajouta : Et avec ça, elle prie tout le temps. Je n'ai jamais vu une femme pareille ! Je n'en peux plus, mon vieux ; qu'est-ce que tu veux, je me suis trotté. Et par-dessus le marché voilà l'école qui remet ça, il aurait fallu que j'y aille. Non mais ! tu te rends compte ? D'être riche, au fond, ça ne tient pas ce que ça promet. On va de corvée en corvée, de suée en suée, et on en arrive à souhaiter d'être mort. Ces frusques-ci me plaisent, ce tonneau me plaît et je m'y tiens. Je n'aurais pas eu tous ces embêtements-là sans ce fichu argent. Alors, écoute bien : tu vas prendre ma part avec la tienne, tu me donneras une petite pièce de temps en temps, pas trop souvent parce que ce qui ne donne pas un peu de mal à avoir ne m'intéresse pas, et tu iras expliquer la chose à Mme Douglas. Tu m'excuseras comme tu pourras.

— Huck, tu sais bien que je ne peux pas faire ça. Ça ne se fait pas. D'ailleurs si tu essayais de tenir le coup encore un peu, tu finirais par aimer ça.

— Aimer ça ! Ouais, comme j'aimerais un poêle chauffé au rouge si je devais rester assis dessus ! Je ne veux pas être riche, moi ; je ne veux pas vivre dans des maisons où on étouffe. J'aime les bois, le fleuve, les tonneaux ; je ne demande rien de plus. C'est tout de même malheureux que maintenant que nous avons une grotte et des fusils, juste au moment où tout s'arrangerait pour que nous puissions devenir des brigands, cette satanée idiotie vienne tout gâcher !

Tom saisit la balle au bond.

— Tu sais, Huck, d'être riche ça ne m'empêchera pas de faire un brigand.

— Non ? Vrai de vrai, tu parles sérieusement, Tom ?

— Aussi vrai que je suis assis là. Mais nous ne pouvons pas t'admettre dans la bande si tu ne dégotes pas mieux que ça, tu sais.

La joie de Huck s'effondra.

— Ne pas m'admettre, Tom ? Est-ce que vous ne m'avez pas admis comme pirate ?

— Ah oui, mais ça n'est pas la même chose. D'une façon générale, un brigand est d'un niveau supérieur à celui d'un pirate. Dans beaucoup de pays, on recrute les brigands dans l'aristocratie, des ducs, des types comme ça.

— Tom, mon vieux, t'as toujours été un copain, pas vrai ? Tu ne voudrais pas me laisser tomber, dis ? Tu n'aurais pas le cœur de faire ça, toi ?

— Mais non, Huck : ça n'est pas que je veuille te laisser tomber... Je ne veux pas te laisser tomber. Mais réfléchis un peu à ce que diraient les gens. Ils diraient : « La bande de Tom Sawyer, peuh ! comme recrutement il y a mieux ! » Et c'est de toi qu'il serait question. Ce n'est pas ça que tu veux, n'est-ce pas ? Eh bien, moi non plus.

Huck, se livrant bataille à lui-même, demeura un instant silencieux. Puis prenant son courage à deux mains :

— Eh bien soit ! dit-il. Je vais retournez chez Mme Douglas pendant un mois. Je ferai un effort, je verrai si je peux m'y faire. Mais ça, c'est à condition que tu me prennes dans ta bande.

— Entendu, Huck. Allons, viens, mon vieux. Je demanderai à Mme Douglas de te laisser un peu plus la bride sur le cou.

— Tu feras ça, Tom ? Ça c'est chic. Si elle n'insiste pas trop pour les choses les plus embêtantes, je m'arrangerai pour fumer en douce, pour jurer en douce ; je m'y ferai ou je crèverai. Quand est-ce que ça commence, la bande ? Quand est-ce qu'on devient bandits ?

— Eh bien tout de suite ; je vais convoquer les copains : l'initiation pourra peut-être avoir lieu cette nuit.

— L'ini... la quoi ?

— L'initiation.

— Qu'est-ce que c'est que ça ?

— Eh bien, on jure de se soutenir les uns les autres, de ne jamais révéler les secrets de la bande même au risque d'être coupé en petits morceaux, de tuer tous ceux qui touchent à quelqu'un de la bande et leur famille avec.

— Epatant, mon vieux !

— Je comprends. Et tout ça doit se faire à minuit, dans l'endroit le plus retiré, le plus solitaire qu'on puisse trouver ; genre maison hantée, quoi ! si on ne les avait pas toutes démolies.

— Minuit, ça me plaît en tout cas.

— Bon. Et il faut jurer sur un cercueil et signer de son sang.

— Ça, c'est quelque chose ! La piraterie, à côté de ça, ça n'existe pas. Je resterai chez Mme Douglas tant qu'il faudra : quand je me serai fait un nom comme brigand et que tout le monde en parlera, tu verras ça si elle sera fière de m'avoir recueilli sous son toit !

10

Conclusion

Ainsi s'achève cette histoire. Puisque c'est celle d'un enfant, il nous faut la terminer ici ; sinon, pour peu qu'on la continue, elle deviendrait celle d'un homme. Quand il s'agit de grandes personnes, on sait comment terminer les romans : c'est généralement par un mariage. Mais quand il s'agit d'enfants, c'est à l'auteur de savoir où s'arrêter.

La plupart des personnages de ce livre vivent encore [1] et le destin leur a souri. Peut-être un jour quelqu'un sera-t-il tenté de reprendre l'histoire des plus jeunes et de voir quel genre d'hommes et de femmes ils sont devenus ; mieux vaut donc ne rien en dire pour l'instant.

1. Nous rappelons que ce livre a été écrit en 1876.

Table

Préface de l'Auteur 9
I. *Jeux et combats* 11
II. *Le sens des affaires* 19
III. *Mars et Vénus* 28
IV. *L'école du dimanche* 34
V. *Chien contre cancrelat* 46
VI. *Tom fait la connaissance de Becky* 51
VII. *Fiançailles* 64
VIII. *Pirate en herbe* 71
IX. *Drame dans un cimetière* 77
X. *Le serment* 87
XI. *Scrupules de conscience* 94
XII. *Thérapeutiques* 99
XIII. *Pirates* 104
XIV. *Nostalgie* 113
XV. *Expédition nocturne* 120
XVI. *Le canif perdu* 126
XVII. *Coup de théâtre* 134
XVIII. *Le rêve* 141
XIX. *Le morceau d'écorce* 149
XX. *Conduite chevaleresque de Tom* 152
XXI. *Peinture et poésie* 158

XXII.	*Les voies de la Providence*	167
XXIII.	*Le tribunal*	170
XXIV.	*Jours de gloire, nuits de terreur*	178
XXV.	*A la recherche d'un trésor*	179
XXVI.	*Dans la maison hantée*	186
XXVII.	*Le numéro deux*	196
XXVIII.	*A la découverte*	201
XXIX.	*Le pique-nique*	205
XXX.	*Disparus*	213
XXXI.	*Dans la grotte*	222
XXXII.	*Les voilà !*	234
XXXIII.	*Au but*	237
XXXIV.	*Révélations*	248
XXXV.	*Inconvénients de la richesse*	253
Conclusion		261

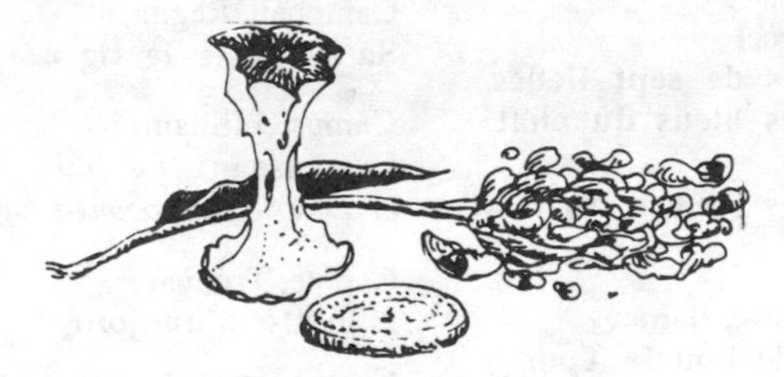

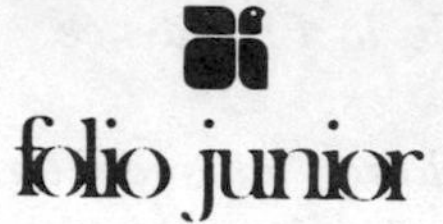

La première collection de poche illustrée pour la jeunesse
Plus de 500 titres disponibles

Andersen, Hans Christian
La reine des neiges
La vierge des glaciers

Anonymes
Ali Baba et les quarante voleurs
Aventures du baron de Münchhausen
Histoire d'Aladdin ou la lampe merveilleuse
Histoire de Sindbad le marin
Histoire du petit bossu
Le roman de Renart / I
Le roman de Renart / II

Asturias, Miguel Angel
L'homme qui avait tout, tout, tout

Aymé, Marcel
Les bottes de sept lieues
Les contes bleus du chat perché
Les contes rouges du chat perché

Beecher Stowe, Harriet
La case de l'oncle Tom

Bonheur, Gaston
Tournebelle

Borodine, Leonide
L'année du miracle et de la tristesse

Bosco, Henri
L'âne Culotte
L'enfant et la rivière
Le renard dans l'île

Buisson, Virginie
L'Algérie ou la mort des autres

Burnett, Frances H.
Le petit lord Fauntleroy

Buzzati, Dino
La fameuse invasion de la Sicile par les ours
Le chien qui a vu Dieu

Cameron, Ian
Le cimetière des cachalots

Campbell, Reginald
Sa Majesté le tigre

Camus, William
Les oiseaux de feu
et autres contes peaux-rouges

Capote, Truman
L'invité d'un jour

Carré, Gérard
La troisième guerre mondiale n'aura pas lieu

Carroll, Lewis
Alice au pays des merveilles
De l'autre côté du miroir

Causse, Rolande
Rouge Braise

Cendrars, Blaise
Petits contes nègres pour les enfants des blancs

Chaillou, Michel
La vindicte du sourd

Cole, Gerald
La petite amie de Grégory

Collodi, Carlo
Pinocchio

Colum, Padraïc
Le fils du roi d'Irlande

Cooper, James Fenimore
Le dernier des mohicans

Coué, Jean
Kopoli, le renne guide
L'homme de la rivière Kwaï

Crompton, Richmal
William
L'insupportable William

Dahl, Roald
Charlie et la chocolaterie
Charlie et le grand ascenseur de verre
Escadrille 80
James et la grosse pêche
L'enfant qui parlait aux animaux *et autres nouvelles*
La potion magique de Georges Bouillon
Le Bon Gros Géant
Le cygne *suivi de*
La merveilleuse histoire de Henry Sugar
Les deux gredins
Moi, Boy
Sacrées sorcières

Daudet, Alphonse
La dernière classe
et autres contes du lundi
Le petit Chose
Lettres de mon moulin
Tartarin de Tarascon

Desai, Anita
Un village près de la mer

Dhôtel, André
Le pays où l'on n'arrive jamais

Fallet, René
Bulle ou la voix de l'océan

Faulkner, William
L'arbre aux souhaits

Fon Eisen, Anthony
Le prince d'Omeyya

Forsyth, Frederick
Le berger

Fournel, Paul
Un rocker de trop

Frémion, Yves
Tongre

Frère, Maud
Vacances secrètes

Gamarra, Pierre
Six colonnes à la une

Garfield, Léon
Le fantôme de l'apothicaire

Garrel, Nadine
Au pays du grand condor
Les princes de l'exil

Gautier, Théophile
Le roman de la momie

Gilbreth, Ernestine et Frank
Treize à la douzaine

Giono, Aline
Mon père, contes des jours ordinaires

Golding, William
Sa Majesté des Mouches

Gordon, Donald
Alerte à Mach 3

Grimm
Hans-mon-hérisson
et autres contes
Les trois plumes
et autres contes

Gripari, Pierre
La sorcière de la rue Mouffetard
et autres contes de la rue Broca
Le gentil petit diable
et autres contes de la rue Broca

Halévy, Dominique
L'enfant et l'étoile

Hatano, Isoko et Ichiro
L'enfant d'Hiroshima

Hemingway, Ernest
Le vieil homme et la mer

Hickok, Lorena A.
L'histoire d'Helen Keller

Hines, Barry
Kes

Howker, Janni
Le blaireau sur la péniche

Jacob, Max
Histoire du roi Kaboul Ier et du marmiton Gauwain

Jayez, Renée
Guemla des collines

Kästner, Erich
La conférence des animaux
Les gens de Schilda

Kemal, Yachar
Le roi des éléphants et Barbe-Rouge la fourmi boiteuse

Kessel, Joseph
Le lion
Le petit âne blanc
Une balle perdue

King-Smith, Dick
Le cochon devenu berger
Harry est fou

Kipling, Rudyard
Histoires comme ça
Le livre de la Jungle
Le second livre de la Jungle
Stalky et Cie

Kis, Danilo
Chagrins précoces

La Fontaine, Jean
Le loup et l'agneau
et autres fables

Lansing, Alfred
Les rescapés de l'endurance

Laureillard, Rémi
Fred le nain et Maho le géant
Une fée sans baguette
Les terribles Zerlus

Le Clézio, J. M. G.
Celui qui n'avait jamais vu la mer *suivi de* **La montagne du dieu vivant**
Lullaby

Villa Aurore
suivi de **Orlamonde**

Le Roy, Eugène
Jacquou le croquant

Leusse, Claude de
La Belle et le Feïjao

London, Jack
Croc-Blanc
L'amour de la vie
suivi de **Négore le lâche**
L'appel de la forêt
Le fils du loup
Le loup des mers

Luc, saint
Evangile selon saint Luc

Mac Orlan, Pierre
L'ancre de miséricorde
Les clients du Bon Chien Jaune

Malot, Hector
En famille / I
En famille / II
Sans famille / I
Sans famille / II

Manceron, Claude
Austerlitz
Le citoyen Bonaparte

Martin, Didier
Frédéric + Frédéric = Frédéric

Massepain, André
L'île aux fossiles vivants

Maurois, André
Patapoufs et Filifers

Mebs, Gudrun
L'enfant du dimanche
Je sais où est la clef

Ménard, Jean-François
Le voleur de chapeaux

Mérimée, Prosper
Colomba

Mirman, Louis
Grite parmi les Loups
Le silex noir
Youg

Morgenstern, Susie
Premier amour, dernier amour

Mörike, Eduard
Un voyage de Mozart à Prague

Morpurgo, Michael
Cheval de guerre

Njami, Simon
Les enfants de la cité

Noguès, Jean-Côme
Le vœu du paon

Norton, Mary
Tous les géants sont-ils bien morts?

Ollivier, Jean
Histoires du gaillard d'avant

Pef
La grande aventure du livre

Pelot, Pierre
Sierra brûlante

Pergaud, Louis
La guerre des boutons

Perrault, Charles
Contes de ma mère l'Oye

Peyramaure, Michel
La vallée des mammouths

Prévert, Jacques
Contes pour enfants pas sages
Lettres des îles Baladar

Price, Willard
Pièges dans la jungle
Pièges sous le Pacifique

Renard, Jules
Poil de Carotte

Roy, Claude
Enfantasques
La maison qui s'envole
Le chat qui parlait malgré lui

Saint-Exupéry, Antoine de
Le petit prince

Sand, George
Histoire du véritable Gribouille

Saussure, Eric
Les oiseaux d'Irlenuit

Scott, Walter
Ivanhoé / I
Ivanhoé / II

Ségur, comtesse de
François le bossu
Jean qui grogne et Jean qui rit
L'auberge de l'Ange Gardien
Le général Dourakine
Le mauvais génie
Les bons enfants
Les deux nigauds
Les malheurs de Sophie
Les petites filles modèles
Les vacances
Mémoires d'un âne
Nouveaux contes de fées
Un bon petit diable

Sempé, Jean-Jacques
Marcellin Caillou

Sempé / Goscinny
Joachim a des ennuis
Le petit Nicolas et les copains
Les récrés du petit Nicolas
Les vacances du petit Nicolas

Séverin, Jean
Le soleil d'Olympie

Shahar, David
Riki, un enfant à Jérusalem

Shelley, Mary
Frankenstein

Solet, Bertrand
Les révoltés de Saint-Domingue

Stahl, P. J.
Les aventures de Tom Pouce

Steig, William
Dominic
L'île d'Abel
Le vrai voleur

Steinbeck, John
Le poney rouge

Stevenson, Robert Louis
L'étrange cas du Dr Jekyll et de M. Hyde
L'île au trésor
Le diable dans la bouteille

Sue, Eugène
Kernok le pirate

Swift, Jonathan
Voyage à Lilliput

Tanase, Virgil
Le bal sur la goélette du pirate aveugle

Thompson, Kay
Eloïse

Thurber, James
La dernière fleur

Tournier, Michel
L'aire du muguet
Les Rois Mages
Sept contes
Vendredi ou la vie sauvage

Twain, Mark
La célèbre grenouille sauteuse *et autres contes*
Hucckleberry Finn
Les aventures de Tom Sawyer

Vacher, André
Noulouk

Verne, Jules
Autour de la lune
Aventures de trois Russes et de trois Anglais dans l'Afrique Australe
Cinq semaines en ballon
De la terre à la lune
La journée d'un journaliste américain en 2889 *suivi de* **l'éternel Adam**
Le tour du monde en quatre-vingt jours
Les Indes Noires
Les révoltés de la «Bounty» *suivi de* **Un drame au Mexique**
Maître Zacharius *suivi de* **Un drame dans les airs**
Michel Strogoff / I
Michel Strogoff / II
Un hivernage dans les glaces
Une fantaisie du docteur Ox
Vingt mille lieues sous les mers / I
Vingt mille lieues sous les mers / II
Voyage au centre de la terre

Villiers de l'Isle-Adam
Treize contes maléfiques

Wells, Herbert George
La guerre des mondes
La machine à explorer le temps

Wilde, Oscar
L'anniversaire de l'infante *suivi de* **L'enfant de l'étoile**
Le prince heureux, Le géant egoïste *et autres contes*

Williams, Charles
Fantasia chez les ploucs

Wolgensinger, Jacques
L'épopée de la Croisière Jaune

Wou Tcheng-En
Le Roi des Singes et la Sorcière au Squelette

Zimnik, Reiner
Jonas le pêcheur
Les tambours

FOLIO JUNIOR EDITION SPECIALE

Marc Twain

Les aventures de Tom Sawyer

Supplément réalisé par
Christian Biet,
Jean-Paul Brighelli,
Michel Devoge
et Jean-Luc Rispail

Illustrations de Bruno Pilorget

SOMMAIRE

ÊTES-VOUS HONNÊTE OU MENTEUR ?

1. AU FIL DU TEXTE (p. 267)

Premières richesses
Êtes-vous aussi malin que Tom ?
Jeux de société
Jeu de chiffres
Remèdes pour une verrue
Becky écrit son journal
L'ambition de Tom
Histoire d'un crime
La peur
Pourriez-vous être pirate sur l'île Jackson ?
Robinsonade
Histoires de cœur
Une Amérique de toutes les couleurs
Grimoire
Êtes-vous superstitieux ?
Sept cartes pour un western
La farce
Des labyrinthes en miroir
Jeu de mots
Jeux de lettres
Jeu de calcul
Le héros et le philosophe

2. LES ILES DANS LA LITTÉRATURE (p. 288)

Le Chercheur d'or, J.M.G. Le Clézio
Huckleberry Finn, Mark Twain
L'Enfant et la rivière, Henri Bosco
L'Ile aux fossiles vivants, André Massepain
L'Ile du docteur Moreau, Herbert George Wells

3. SOLUTIONS DES JEUX (p. 293)

ÊTES-VOUS HONNÊTE OU MENTEUR ?

Pour le savoir, répondez aux questions suivantes en choisissant à chaque fois la proposition qui vous correspond le mieux, puis faites le compte des ○, ●, △, ▲, □ obtenus. Reportez-vous ensuite aux explications qui figurent à la fin du livre.

1. *Vous devez traverser le Mississippi, mais vous n'avez pas d'argent sur vous :*
A. Cramponné à une corde, vous vous laissez traîner par le bateau qui fait la traversée △
B. Vous vous cachez sous les banquettes du vapeur ▲
C. Vous traversez sur un tronc d'arbre ●
D. Vous traversez à la nage □
E. Vous dérobez le ticket d'embarquement d'une vieille dame ○

2. *Si vous étiez, à la place de Tom, coincé dans la maison hantée, au moment où Joe l'Indien monte l'escalier :*
A. Vous crieriez : « Attention derrière vous ! » et vous sauteriez par-dessus lui △
B. Vous chuchoteriez : « Je suis venu vous prévenir ; les hommes du shérif sont à vos trousses ! » ○
C. Vous claqueriez des dents, paralysé par la peur ▲
D. Vous diriez : « Pardonnez-moi, j'étais venu chercher un trésor. » □
E. Vous proposeriez de partager le trésor avec lui ●

3. *Vous apercevez un noyé échoué sur la rive du Mississippi :*
A. Vous vous enfuyez, épouvanté ▲
B. Vous dites au shérif que c'est vous qui l'avez fait remonter avec du mercure sur une miche de pain △
C. Vous tentez de le réanimer en pratiquant la respiration artificielle ●
D. Vous lui enlevez sa chaîne en or avant qu'on ne le découvre ○
E. Vous le signalez au shérif □

4. *Vous allez pique-niquer dans l'île Jackson :*
A. Vous mangez les sandwichs que votre mère vous a préparés □
B. Vous faites semblant d'avoir perdu votre panier et vous demandez à chacun de vous donner quelque chose à manger ○
C. Vous pêchez perches, gardons et brochets et vous les faites frire ! △
D. Vous suivez une abeille jusqu'à sa ruche pour vous régaler de son miel ●
E. Vous regardez les fourmis très occupées à dévorer votre repas ▲

5. *Une montre a été dérobée dans votre classe ; juste avant la fouille générale, vous découvrez que le voleur l'a cachée dans votre casier :*
A. Vous la jetez par la fenêtre ▲
B. Vous la dissimulez dans une de vos chaussettes ●
C. Vous la mettez à votre poignet comme si c'était la vôtre △
D. Vous le dites immédiatement au risque d'être accusé □
E. Vous la glissez dans le casier du voisin ○

6. *Votre meilleur ami copie sur son voisin ; le professeur arrive derrière lui et va le surprendre :*
A. Vous en avez froid dans le dos ▲
B. Vous toussez pour l'avertir □
C. Vous tombez à la renverse avec votre chaise △
D. Vous vous coincez les doigts dans votre pupitre en hurlant ●
E. Vous vous écriez : « Monsieur ! vous avez une araignée sur l'épaule ! » ○

7. *Vous lâchez discrètement une poignée de hannetons dans l'église ; ils vrombissent dans tous les sens et font rire vos camarades ; le curé se fâche ; vous dites :*
A. C'est ma très grande faute ! □
B. J'ai aperçu la queue fourchue du diable qui les lançait ●
C. J'ai laissé tomber ma boîte à hannetons ▲
D. Qui a pu commettre pareil sacrilège ? △
E. Regardez ! Il y en a un qui sort de votre poche ! ○

8. *Vous êtes le seul à savoir que votre pire ennemi est perdu dans une grotte :*
A. Vous organisez quand même les secours en indiquant où il se trouve □
B. Vous ne dites rien ▲
C. Vous donnez une fausse piste aux secouristes ○
D. En voulant le traquer, vous vous perdez dans la grotte ●
E. Vous provoquez volontairement un éboulement qui bouche l'entrée de la grotte △

9. *Vous avez joué trop longtemps et vous rentrez à la maison avec deux heures de retard :*
A. Vous passez par la fenêtre de votre chambre et vous rejoignez tranquillement votre famille △
B. Vous vous excusez : le jeu était si captivant que vous avez oublié l'heure □
C. Vous prétendez avoir aidé une vieille dame à porter ses paquets jusque chez elle ○
D. Vous demandez si vous n'êtes pas trop en retard ▲
E. Vous expliquez que vous auriez pu vous faire écraser et ne pas revenir du tout ! ●

Solutions page 293

1
AU FIL DU TEXTE

Premières richesses

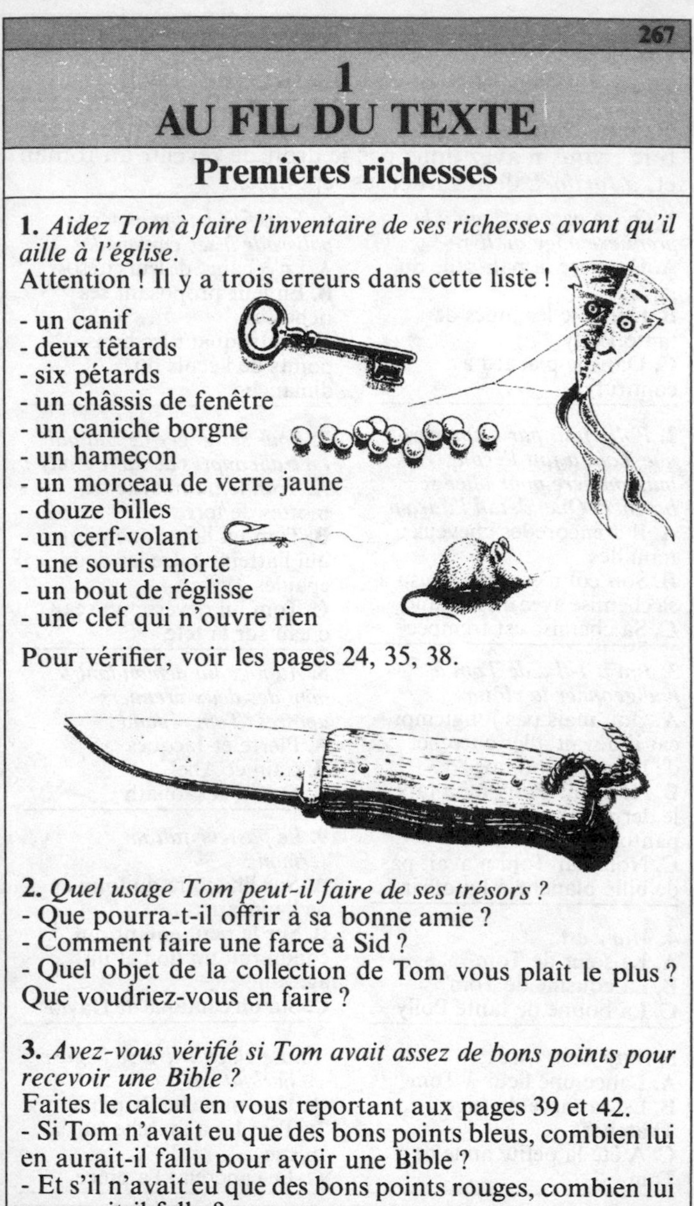

1. *Aidez Tom à faire l'inventaire de ses richesses avant qu'il aille à l'église.*
Attention ! Il y a trois erreurs dans cette liste !

- un canif
- deux têtards
- six pétards
- un châssis de fenêtre
- un caniche borgne
- un hameçon
- un morceau de verre jaune
- douze billes
- un cerf-volant
- une souris morte
- un bout de réglisse
- une clef qui n'ouvre rien

Pour vérifier, voir les pages 24, 35, 38.

2. *Quel usage Tom peut-il faire de ses trésors ?*
- Que pourra-t-il offrir à sa bonne amie ?
- Comment faire une farce à Sid ?
- Quel objet de la collection de Tom vous plaît le plus ? Que voudriez-vous en faire ?

3. *Avez-vous vérifié si Tom avait assez de bons points pour recevoir une Bible ?*
Faites le calcul en vous reportant aux pages 39 et 42.
- Si Tom n'avait eu que des bons points bleus, combien lui en aurait-il fallu pour avoir une Bible ?
- Et s'il n'avait eu que des bons points rouges, combien lui en aurait-il fallu ?

Êtes-vous aussi malin que Tom ?

Ce jeu consiste à mettre à l'épreuve vos capacités de lecture ; vous n'avez donc pas le droit de revenir au roman et, *a fortiori*, de regarder les réponses...

1. *Où se cachait Tom à la première page du livre ?*
A. Derrière la palissade du jardin
B. Derrière les jupes de tante Polly
C. Dans le placard à confitures

2. *Polly finit par s'apercevoir que Tom a fait l'école buissonnière pour aller se baigner. Quel détail l'a trahi ?*
A. Il a encore les cheveux mouillés
B. Son col n'est plus cousu à sa chemise avec du fil blanc
C. Sa chemise est trempée

3. *Jim a-t-il aidé Tom à badigeonner la clôture ?*
A. Oui, mais pas longtemps, car il devait aller chercher de l'eau à la pompe
B. Non, car Polly lui a tapé le derrière avec une pantoufle
C. Non, car Tom n'avait pas de bille blanche à lui offrir

4. *Mary est :*
A. La sœur de Tom
B. La cousine de Tom
C. La bonne de tante Polly

5. *Amy Lawrence :*
A. Lance une fleur à Tom
B. Est la nièce du juge Thatcher
C. A été la petite amie de Tom

6. *Tom fait badigeonner la palissade à ses camarades :*
A. En échange de leurs trésors
B. En leur proposant ses richesses
C. En troquant les bons points de l'école du dimanche

7. *Pour se venger de Sid qui l'a trahi auprès de tante Polly :*
A. Tom le bombarde de mottes de terre
B. Tom lui lance une pierre qui l'atteint entre les deux épaules
C. Tom lui déverse un seau d'eau sur la tête

8. *Au juge lui demandant le nom des deux premiers apôtres, Tom répond :*
A. Pierre et Jacques
B. Caïn et Abel
C. David et Goliath

9. *Le pasteur fait un sermon :*
A. Sur l'histoire du loup et de l'agneau
B. Sur le petit enfant qui conduirait un lion et un agneau
C. Sur un cantique de David

10. *Le chien traverse l'église en hurlant car :*
A. Une mouche l'a piqué
B. Tom lui a marché sur la queue
C. Le cancrelat l'a pincé

Solutions page 293

Jeux de société

1. *Tom et les garçons*
- Pour quelle raison Tom se bat-il avec le jeune garçon élégamment vêtu ?
- Au jeu de la guerre, quel rôle tient-il ?
- Lorsqu'il peint la palissade, par quel moyen parvient-il à faire faire son travail par ses camarades ?
- A l'école du dimanche, comment s'y prend-il pour berner tout le monde une fois de plus ?

2. *Tom et les filles*
- Pourquoi esquive-t-il Amy Lawrence ?
- Quelle est la seule personne à qui il obéit ?
- Quels sentiments souhaite-t-il faire naître chez la jeune fille inconnue qu'il voit pour la première fois dans le jardin de Jeff Thatcher ?
- Que fait-il aussitôt pour essayer de la conquérir ?
- Quelle est sa réaction lorsqu'il la voit entrer dans l'église ?
- Que lance la jeune fille à Tom ?
- Et que lui lance la servante ?

3. *Tom et les adultes*
- Comment Tom s'y prend-il pour berner sa tante Polly, notamment aux pages 12, 14 et 29 ?
- Quelle est la punition infligée à Tom par sa tante ?
- Comment Tom fait-il pour tromper Mr. Walters ?
- Que reçoit-il en guise de récompense ?
- Est-il également puni ?

Jeu de chiffres

Avant d'envoyer Tom repeindre la clôture (p. 19), Tante Polly s'aperçoit qu'il faut délayer le sac de chaux dans six litres d'eau très exactement. Or, elle ne dispose que d'un vieux bidon de sept litres et d'un seau de onze litres. Tom se dit capable de mesurer les six litres d'eau à partir de ces deux récipients. Comment va-t-il faire ?

Solutions page 294

Remèdes pour une verrue

1. *Les trois remèdes de l'histoire*

a) Avec de l'eau de pluie
- Que faut-il faire ?
- Que faut-il dire ?
- A quelle heure ?
- Qui l'a essayé ?
- Le résultat est-il positif ?

b) Avec une fève
- Que faut-il faire ?
- Que faut-il dire ?
- A quelle heure ?
- Qui l'a essayé ?
- Le résultat est-il positif ?

c) Avec un chat crevé
- Que faut-il faire ?
- Que faut-il dire ?
- A quelle heure ?
- Qui l'a essayé ?
- Le résultat est-il positif ?

- Quels sont les points communs à ces trois remèdes ?
- Lequel est le plus simple ? Lequel est le plus diabolique ? Pourquoi ?

2. *Le quatrième remède*

Connaissez-vous un autre remède ? Expliquez lequel, qui l'a essayé et quel fut le résultat.

3. *Le cinquième remède*
Il est imaginaire : inventez-le !
- Avec la mue d'un serpent ?
- Avec la langue d'un dragon ?
- En prononçant quelle formule ?

Essayez d'abord des formules identiques à celles de Tom et de Huck ! A partir de : « Eau de pluie, eau de pluie, avale mes verrues ! », on peut tenter : « Serpent en muant (bis), emporte mes verrues ! »

Et, si vous doutez de l'efficacité de ces formules, inventez-en d'autres sur des rythmes nouveaux !

Becky écrit son journal

Le soir de ses fiançailles avec Tom, Becky rentre à la maison toute triste. N'ayant « auprès d'elle personne à qui se confier » (p. 70), Becky ouvre un cahier neuf et commence un journal intime.

« J'étais dans le jardin quand je l'ai vu pour la première fois. C'était... »

Elle raconte d'abord les pitreries par lesquelles Tom attira son attention le samedi. (p. 30)
- Le vit-elle ce soir-là ? (p. 33)

Puis elle se souvient de toutes les façons dont il s'est fait remarquer à l'église le dimanche matin.
- Y est-elle indifférente ?
- En sourit-elle ?
- Est-elle admirative ?

Enfin, elle note ses pensées et ses réactions à propos des événements de cette première journée d'école où Tom est venu s'asseoir près d'elle.

Rédigez ce journal !

L'ambition de Tom

1. *« Quand je serai grand, je serai clown dans un cirque. »* (p. 66)
C'est ce qu'explique Tom à Becky. Vous semble-t-il avoir des dispositions ? Pourquoi ?

2. *« Non, il serait soldat »* (p. 72)
Et, en effet, il a déjà prouvé sa bravoure et son sens de la stratégie militaire à deux reprises. Quand ? (p. 17 et 29)

3. *« Mieux encore... Il irait chez les Indiens... Il deviendrait un grand chef. »* (p. 72)
Avec quel costume ? Que ferait-il ? Et dans quel but ?

4. *« Être pirate ! »* (p. 72)
Avec quel costume ? Que ferait-il ? Et dans quel but ?

5. *Et vous, en quoi vous imaginez-vous ?*
En chirurgien ? En Zorro ? En explorateur ? En pilote ?...
Avec quel costume ? Que feriez-vous ? Et dans quel but ?

Histoire d'un crime

Lieu du crime :
Heure du crime :
Qui tue qui ?
Arme du crime :
Mobile du crime :
Témoins du crime :
Pourquoi les témoins se trouvaient-ils là ?
A quel moment les témoins partent-ils ?
Quels indices accuseront un innocent ?

1. *Le crime auquel assiste Tom Sawyer*
Mark Twain fournit toutes les informations nécessaires pour remplir cette fiche, au chapitre IX et à la page 57.

2. *Inventez un autre crime*
Déterminez les éléments d'un nouveau crime en inventant des réponses différentes à toutes les questions posées dans la fiche ci-dessus. Puis rédigez l'histoire de ce crime imaginaire, en essayant de composer un récit captivant !

La peur

1. *Les enfants ont peur au cimetière*
- Pourquoi ont-ils peur quand ils entendent des voix ?
- Pourquoi ont-ils peur quand ils reconnaissent les voix ?
- Et pour quelle raison se sauvent-ils du cimetière ?

2. *Les enfants ont peur dans le hangar*
- Pourquoi Tom et Huck jurent-ils de ne parler de cette affaire à personne ?
- Pour quelles raisons Tom et Huck sont-ils effrayés par le hurlement du chien ? Quel est ce chien ? Comment est son hurlement ?
- Pourquoi Tom et Huck sont-ils effrayés par le ronflement ?
- Qu'est-ce qui les rassure au sujet du chien ? Et au sujet du ronflement ?

3. *Comment identifier les personnages dans la nuit*

a) Au cimetière :
- Comment Tom et Huck arrivent-ils à identifier Muff Potter ? Joe l'Indien ? Le Dr Robinson ?

b) Dans le hangar :
- Comment Tom et Huck parviennent-ils à identifier le chien ? Muff Potter ?

4. *Le lecteur a peur*
« Une silhouette se glissa furtivement par une brèche dans le mur. » (p. 90)
- Qui la voit ?
- Pourquoi l'auteur s'abstient-il de préciser dès le début à qui appartient cette silhouette ?
- Quelles craintes le lecteur éprouve-t-il alors pour Tom et Huck ?

5. *Inventez une autre histoire où vous devrez insérer la phrase : « Une silhouette se glissa furtivement par une brèche dans le mur... »*

Pourriez-vous être pirate sur l'île Jackson ?

1. *Quel est le mot de passe des pirates au rendez-vous de minuit ?*
A. Macchabée !
B. Grand Missouri !
C. Sang !

2. *les pirates font du feu sur l'île :*
A. En grattant une allumette
B. En transportant du feu trouvé sur un radeau
C. En frottant des silex

3. *Avec de grandes feuilles, les pirates confectionnent :*
A. Des pagnes
B. Des masques
C. Des gobelets

4. *Ils mangent :*
A. Des œufs de tortue
B. Des œufs de canard
C. Des œufs de poisson

5. *Le pirate de l'île Jackson devra porter :*
A. Des haillons
B. Des vêtements chamarrés d'or et d'argent
C. Un bandeau sur l'œil

6. *Huck fabrique une pipe en creusant :*
A. Une pomme de terre
B. Un épi de maïs
C. Une branche de sureau

7. *Tom part chercher le canif perdu :*
A. Pour cacher le mal au cœur provoqué par la fumée du tabac
B. Parce que c'est Mary qui le lui a donné
C. Parce qu'un pirate ne peut rester sans couteau

8. *Les trois pirates dorment :*
A. Sur la plage
B. Sous une tente
C. Au pied d'un grand sycomore

9. *Que faire des femmes ?*
A. On les tue
B. On les garde
C. On les scalpe

10. *Tom s'appelle :*
A. Le Vengeur Noir de la Mer des Antilles
B. La Terreur des Mers
C. Tom-les-Mains-Rouges

Solutions page 294

Robinsonade

1. *La décision de partir*
- Que veut fuir Tom ?
- Qu'avait-il déjà désiré ? (p. 32 et 72)
- Pour quelle raison Joe souhaite-t-il également partir de chez lui ?
- Pourquoi Huck les accompagne-t-il ?

2. *Qu'emportent-ils dans l'île ?*
Tom :
Joe :
Huck :
- Comment se procurent-ils du feu ?
- A quoi servira la vieille voile prise sur le radeau ?

3. *Ils déclarent « renoncer à tout jamais à la vie civilisée »* (p. 109)
Pourtant, ils ont débarqué avec du feu, des vivres et des outils.
- Quels sont-ils ?
- Que parviennent-ils à faire de tous ces éléments ?

4. *La joie de vivre dans l'île Jackson*
- La joie du réveil en pleine nature : que découvre Tom ?
- La joie du festin : pourquoi le poisson est-il si bon ?
- La joie de l'eau : quelle différence avec la toilette du dimanche ?
- La joie de l'exploration : qu'est-ce qui aurait pu être inquiétant
- La joie de fumer : pourquoi est-ce si important ?
- La joie de se croire un héros : quand ?
- La joie de flâner : c'est-à-dire ?
- Quelle est la grande différence avec la vie civilisée ?

5. *La pureté de leurs intentions*
- Quels actes de piraterie commettent ces apprentis pirates ?
- A quoi se mesure leur honnêteté ?

6. *Les relations sociales*
- Robinson était seul sur son île ; quand Vendredi arriva, il devint son serviteur (dans le livre de Daniel Defoe) ou il lui apprit la vraie vie sauvage (dans le livre de Michel Tournier).

- Dans *L'Ile* de Robert Merle, la guerre éclate parce que les deux groupes en présence, les Britanniques et les Tahitiens, n'ont pas les mêmes principes.
- Dans *Sa Majesté des Mouches* de William Golding, la violence se déchaîne entre les clans d'enfants parce qu'un chef ne reconnaît pas l'autorité de l'autre.

a) Quelles relations entretiennent entre eux Tom, Huck et Joe ?
- Retrouvez-vous une des situations envisagées dans les autres romans évoqués ci-dessus ?
- Y a-t-il un chef ? Qui prend l'initiative ?
- A quels moments le désaccord naît-il ? Pourquoi s'apaise-t-il à chaque fois ?
- Le mode de vie en société de ces trois pirates vous paraît-il enviable ? Pour quelles raisons ?

b) Et si l'île Jackson n'avait pas été déserte ?
Imaginez les réactions des trois garçons face à une rencontre inattendue.
- Celle de Joe l'Indien.
- Celle du père de Huck.
- Celle d'un autre personnage choisi par vous.

7. *La nostalgie*
La nostalgie, cela signifie le mal du pays, le désir profond de rentrer chez soi, lorsqu'on est loin ; c'est un mot d'origine grecque qui convenait particulièrement à Ulysse.
Savez-vous pourquoi le héros d'Homère dans *L'Odyssée* a voulu quitter l'île paradisiaque où il vivait heureux avec la nymphe Calypso ?
Il n'est pas étonnant que les trois pirates ressentent eux aussi de la nostalgie. Quand cela leur arrive-t-il ? Pourquoi ?

8. *Qu'auriez-vous fait à leur place ?*
- Avec qui et avec quels objets souhaiteriez-vous partir sur une île déserte ?
Racontez la vie idéale que vous y mèneriez.
Votre histoire a trois fins possibles :

a) Ou bien vous retournez délibérément à la vie civilisée en choisissant pour cela un jour particulièrement important à vos yeux (un anniversaire, par exemple).

b) Ou bien vous êtes retrouvé et récupéré par les gendarmes ou par votre famille.
c) Ou bien vous décidez de rester dans votre île et vous y organisez définitivement votre vie !

Choisissez l'une de ces trois fins et faites-en le récit.
Quel autre dénouement pourriez-vous donner à votre histoire ?

Histoires de cœur

Pour suivre le chassé-croisé des amours de Tom et Becky, sauriez-vous compléter ce tableau en rétablissant la séquence entière, partout où nous avons mis des points de suspension ? Et si vous ne vous rappelez plus exactement ce qu'il se passe, nous vous avons donné, dans chaque case, le numéro de la page où vous retrouverez les événements.

	TOM	BECKY
Pour se faire remarquer :	Tom fait l'acrobate et... 104	Becky poursuit ses camarades... 145
Réaction :	Tom persévère dans sa résolution de... 146	Becky dit : « Peuh... » 104
Résultat :	Tom part... 104	Becky... 146
Pour attiser la jalousie :	Tom parle à... 146	Becky regarde... 147
Résultat :	Tom se promet de... 104	« Passez votre chemin... » 152
Témoin :	Tom surprend... 146	Becky voit... 147
La menace d'une punition :	« Tant pis... » 155	Et bien, tant pis. 149
L'approche de la punition :	Tom voit ce qu'il a à faire :... 157	Elle hésite à se lever pour... 155
La réconciliation	157	

Une Amérique de toutes les couleurs

1. *Les Noirs*

« A la pompe il y a toujours beaucoup de monde. Des jeunes gens et des jeunes filles, dont la peau présente toutes les variétés de nuances du blanc au noir, y attendent leur tour ; on s'y repose, on y joue, on y échange des jouets, on s'y bouscule, on s'y dispute. » (p. 19)

Certes, les Noirs s'appellent des nègres parce qu'ils sont encore esclaves à cette époque, mais Tom Sawyer est-il raciste ?
- Qui est le premier confident de Tom, celui à qui il vient raconter comment il a fait l'école buissonnière ? (p. 13)
- Par qui Tom essaie-t-il d'abord de faire badigeonner la palissade à sa place ? En échange de quoi ? (p. 20)
- Qui lui a appris à siffler comme un oiseau qui gazouille ? (p. 15)
- Qui monte la garde autour de la maison de Mme Douglas ? (p. 218)
- Qui sait beaucoup de choses en matière de superstition ? (p. 92)
- Avec qui Huck dîne-t-il parfois ? En éprouve-t-il de la gêne ? (p. 205)

2. *Les Indiens*

a) D'abord, Tom, Joe et Huck jouent aux Indiens dans l'île
- Comment se déguisent-ils ? A quels rôles jouent-ils ? (p. 133)
- Où placent-ils leur fierté ? Dans le fait de fumer sans malaise le calumet de la paix ou de savoir scalper les Sioux ? Pourquoi ?
- Qui s'amuse à les voir célébrer la paix après avoir tant guerroyé ?
- Le jeu des Indiens est-il plus américain que le jeu de Robin des Bois ? Pourquoi ?

b) Quel est le méchant de l'histoire ?
- Quels signes de cruauté donne-t-il ?
- Pour quel motif prépare-t-il ses crimes ? Contre le docteur ? (p. 81) Contre la veuve Douglas ? (p. 210)
- Mark Twain lui accorde-t-il des circonstances atténuantes ? Le plaint-il ? Pourquoi ?

Grimoire

Tom suggère un autre moyen pour dénicher un trésor : « Un beau jour on trouve un vieux papier tout jauni où il y a toutes les indications pour trouver les repères ; mais ça prend du temps à déchiffrer parce que ce sont généralement des signes et des hiéroglyphes... » (p. 180)
Et si, avant de se faire prendre, le pirate qui cacha son trésor dans un coin de la masure abandonnée avait eu le temps d'en indiquer l'emplacement sur un morceau de papier, d'enfermer ce papier dans une bouteille et de jeter celle-ci dans le Mississippi ?
Imaginez alors ce papier jauni et dessinez ce qui y serait inscrit en indiquant sous forme de rébus les informations suivantes :
- à 5 km en amont de l'île Jackson
- près du village de Saint-Pétersbourg
- au pied de la colline dite Cardiff Hill
- au milieu de la vallée
- près de la cheminée
- dans la terre
- dans une caisse en bois cerclée de fer
- des pièces d'or

N'oubliez pas de dater et de signer !

Êtes-vous superstitieux ?

Tom croit aux fantômes, aux présages, au feu du ciel, au diable... Et vous, que savez-vous du surnaturel ?

1. *Les présages*
Complétez les phrases suivantes en vous référant aux pages indiquées.

Si un death-watch ......, alors .... (p. 77)
Si un chien perdu ...., alors .... (p. 92)
Si le sang d'un mort..., alors .... (p. 96)
Si une chenille ...., alors .... (p. 113)
Si une miche de pain.., alors .... (p. 117)
Si des rats ...., alors .... (p. 187)
Si une chouette ...., alors .... (p. 209)
- Est-ce que ces prédictions se réalisent ?
- Quel présage la coccinelle pourrait-elle apporter ? (p. 114)

2. *Où sont les fantômes et les esprits ?*
Retrouvez-les dans les pages suivantes : 74, 111, 131, 184, 185.

3. *L'échec aux croyances*

a) La multiplication des billes (p. 73)
- Qu'est-ce qui aurait dû se passer ?
- Que constate Tom ?
- Comment se l'explique-t-il ?

b) Le feu du ciel (p. 96, 112, 169)
- Sur qui devrait-il tomber ? Pourquoi ?
- Comment expliquer qu'il ne se passe rien ?

c) Les croyances médicales de tante Polly
- En quoi consistent-elles ?
- Sont-elles plus efficaces que les remèdes contre les verrues proposés par Tom et Huck ?

Sept cartes pour un western

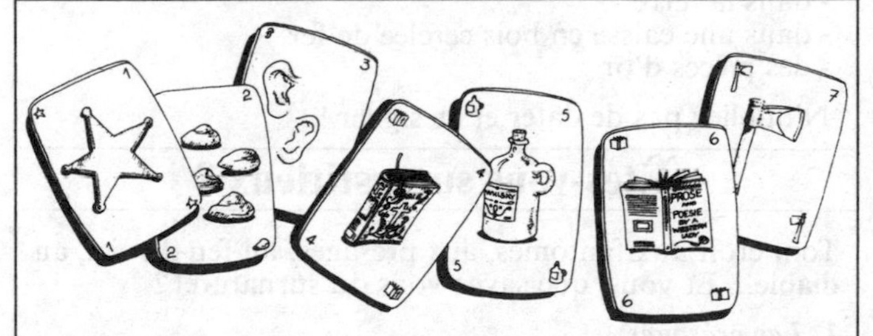

Chaque carte fait référence à un élément de l'histoire américaine évoquée dans les westerns. Trouvez les mots utilisés par Mark Twain, correspondant à chacune des cartes. C'est une invitation à lire *Les Aventures de Tom Sawyer* dans leur contexte historique !

1. C'est l'étoile du chef de la police montée, du ...... !
2. A quoi servent ces pierres ? Au ...... du pauvre Muff Potter !
3. Des oreilles coupées ? C'est le rêve de vengeance du méchant ...... !
4. Combien de versets en savez-vous par cœur ? C'est la ...... !

5. Qu'y a-t-il dans la chambre hantée de la taverne ? Un ...... !
6. Le soir de l'examen, le morceau de résistance de la cérémonie, c'est la lecture des ...... !
7. C'est la ...... de Washington !

Solutions page 295

La farce

1. Quand la femme du maître d'école revient de la campagne, son mari lui fait part de l'humiliation qu'il a subie le jour de l'examen. Arrivera-t-il à se faire passer pour une victime ? Imaginez et rédigez cette scène.

2. Tom en rit encore lorsqu'il raconte l'affaire à Huck. Écrivez son récit, en vous souvenant que Tom a tendance à broder !

3. Le maître d'école est ainsi bien ridiculisé, mais de quoi ont l'air les autres adultes ?

a) Quelles injustices ont été commises contre les enfants ?
- Par Mme Harper ?
- Par tante Polly ?

b) Les villageois accourent sur le lieu du crime, au tribunal, à l'église, à la grotte ; ils cherchent le coupable, ils cherchent les enfants disparus. Avec succès, ou sans succès ?
- Grâce à qui trouve-t-on le coupable du meurtre ?
- Grâce à qui Becky sort-elle de la grotte ?
- Le Gallois protège la veuve, mais arrive-t-il à capturer les bandits ?

4. Imaginez les farces que les trois pirates pourraient faire.
- Au pasteur
- Au shérif
- Aux braves femmes qui se retrouvent à l'église.

Des labyrinthes en miroir

« La grotte de Mac Dougal était en somme un vaste labyrinthe d'allées tortueuses qui se croisaient et se recroisaient en tout sens sans mener nulle part. (...) Au fur et à mesure que l'on descendait, on trouvait un second labyrinthe sous le premier, et ainsi de suite. » (p. 207)
En observant la composition du roman, on découvre une vingtaine d'épisodes ou de remarques qui se répètent et se font écho, comme si le roman était construit en labyrinthe à deux étages.

Vous allez parcourir le labyrinthe, en vous reportant, pour chacun des numéros rencontrés, à la liste ci-dessous. Puis, à côté de chacun des numéros, vous allez essayer d'inscrire la page où la même situation se répète. Pour vous aider, voici dans le désordre les pages en question :

137 - 188 - 232 - 218 - 104 - 193 - 244 - 235 - 178 - 123 - 187 - 169 - 210 - 156 - 242 - 259 - 191 - 178 - 207 - 148

1. Tom se bagarre avec Alfred Temple. (p. 18)
2. Tom fait l'acrobate pour attirer l'attention de Becky. (p. 30)
3. Si Tom se noyait, comme tante Polly regretterait de l'avoir grondé ! (p. 32)
4. Tom interrompt le sermon du pasteur avec un cancrelat. (p. 50)
5. Tom se fait fouetter pour venir s'asseoir près de Becky. (p. 60)
6. Tom et Joe jouent à Robin des bois. (p. 74)

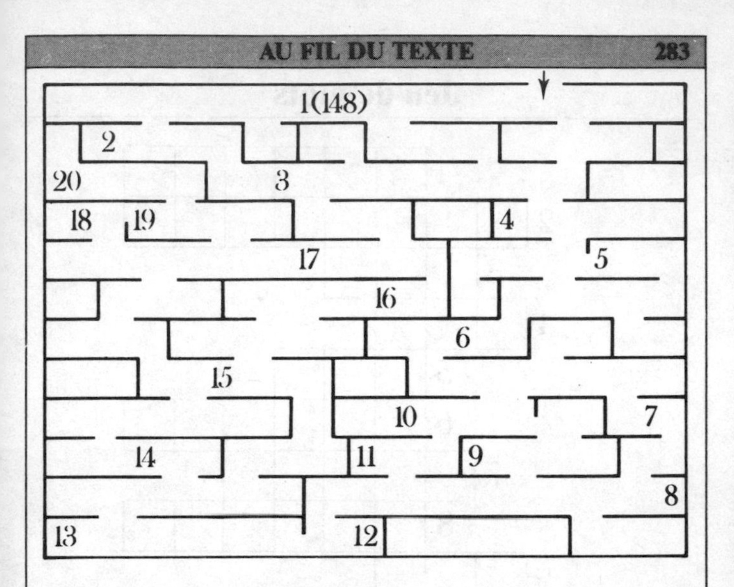

7. Tom et Huck sont paralysés par le profond silence du cimetière. (p. 78)
8. Tom et Huck sont épouvantés par l'arrivée de Joe et de son complice au cimetière. (p. 80)
9. Les deux gamins cachés assistent à l'extraction du cadavre. (p. 81)
10. Tom et Huck sont témoins du crime de Joe l'Indien. (p. 81)
11. Tom et Huck prêtent serment en signant de leur sang. (p. 90)
12. Tom fait des cauchemars à cause de Joe l'Indien. (p. 96)
13. Tom part en radeau pour l'île Jackson. (p. 106)
14. Les pirates ne tuent pas les femmes. (p. 111)
15. Une terrible tempête effraie les pirates. (p. 132)
16. Dans l'église, les fidèles commentent le triste événement. (p. 137)
17. Le retour triomphal de Tom bouleverse les villageois. (p. 139)
18. Tom est devenu le héros de l'école. (p. 145)
19. Au cours de la chasse au trésor, Tom est épouvanté par la main de Joe l'Indien. (p. 202)
20. Joe annonce qu'il va cacher le trésor dans la cachette n° 2, sous la croix. (p. 194)

Solutions page 295

Jeu de mots

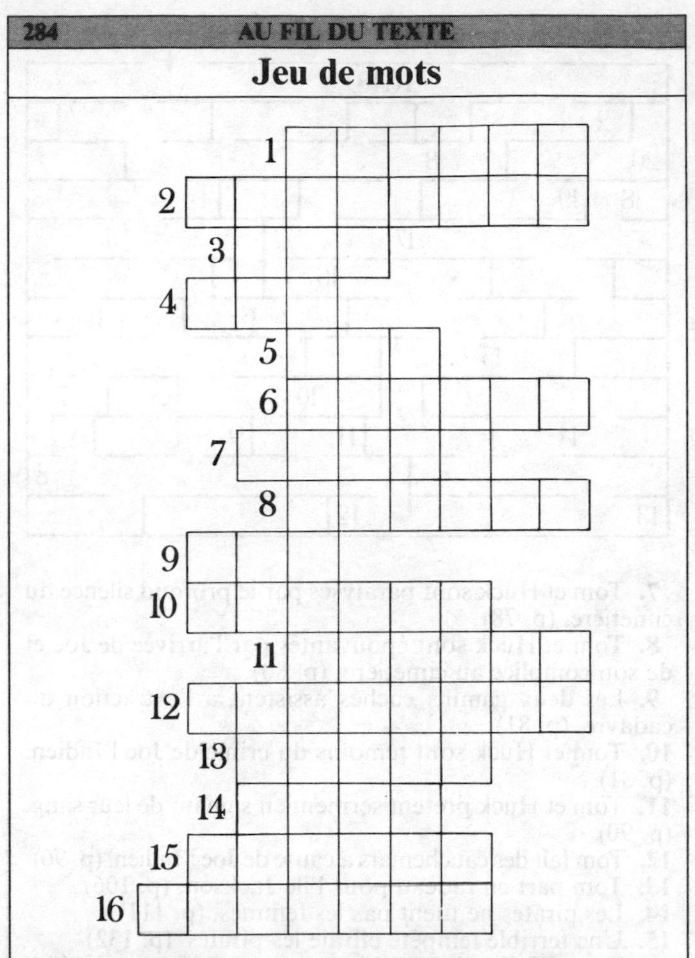

1. A cause de lui, la révélation de Mr. Jones rate son effet.
2. Il applaudit au généreux mensonge de Tom.
3. Il va chercher de l'eau à la pompe du village.
4. Il personnifie le *Grand Missouri*.
5. Le grand héros de cette histoire.
6. Il a failli se faire lyncher.
7. Elle a deux tresses blondes.
8. C'est le premier adversaire de Tom.
9. L'Indien.

10. La Terreur des Mers.
11. Le Vengeur Noir de la Mer des Antilles.
12. Une victime de Joe l'Indien.
13. Elle corrige Tom à coups de dés sur la tête.
14. L'été, il vit dans un tonneau.
15. Il a caché son trésor dans la maison hantée.
16. Elle a failli avoir le nez fendu et les oreilles coupées.

Quand vous aurez trouvé le nom des personnages de cette histoire, vous verrez apparaître verticalement un nom de lieu.

Solutions page 296

Jeux de lettres

1. *Trouvez un mot de trois lettres en sachant que :*
PAS n'a pas de lettre commune avec lui.
NON a une lettre commune, à la bonne place.
LIT a une lettre commune, mais pas à la bonne place.
TAS a une lettre commune, à la bonne place.
MOI a deux lettres communes, une à la bonne place et l'autre non.

2. *Cherchez le point commun aux mots de chaque série.* Regardez bien la place des voyelles et des consonnes !

a) Voici cinq mots de la page 55 :
JOUISSAIT - PLUIE - ESSAYE - ŒIL - VIEUX
Parmi les mots suivants, lesquels peuvent figurer dans cette série ?
BLEU - MIEUX - CREUX - PROSCRIT - EAU

b) Voici cinq mots de la page 257 :
ATTACHE - VIENNENT - PERMISSION - FEMME - TIENNE
Parmi les mots suivants, lequel peut s'ajouter à cette liste ?
POSSIBLE - TONNEAUX - CORRECTEMENT - INTERESSER - OUTRAGEE

3. *Retrouvez l'ordre logique des mots*
Les quatre mots suivants se trouvent à la page 11. Ils ont été placés dans un certain ordre qui correspond à une logique bien précise.
GRAND - MOMENT - BALAI - ORGUEIL
Voici quatre autres mots qui, eux, figurent à la page 12. Lequel doit en toute logique compléter la liste ci-dessus ?
INDULGENTE - BRUSQUEMENT - BARBOUILLE - EVIDEMMENT

Solutions page 296

Jeu de calcul

1. En 1853, quand Mark Twain s'engage comme pilote de bateau sur le Mississippi, il assure un service régulier entre Hannibal, sa ville natale, et Louisiana. Un ami d'enfance conduit un autre bateau qui va à la même vitesse pour descendre le courant, et à la même lenteur pour le remonter.
A midi, ils partent tous les deux des deux villes et se croisent une première fois à 30 km d'une des villes. Parvenus à destination, ils s'arrêtent chacun 10 mn, puis repartent et se croisent une deuxième fois à 46 km de la même ville.
Quelle est la distance entre les deux villes ?
(Même si vous n'avez pas d'atlas sous la main, vous pouvez trouver.)

2. A Saint-Pétersbourg, où habite Tom, sur 45 hommes :
- 38 sont mariés ;
- 42 savent piloter un bateau sur le fleuve ;
- 37 possèdent une maison ;
- 19 tiennent un commerce.

Quel est le nombre d'hommes de ce village qui, à la fois, sont mariés, savent piloter un bateau, possèdent une maison et tiennent un commerce ?

Solutions page 296

Le héros et le philosophe

Tom et ses amis ne jouent pas seulement aux Indiens et à Robin des Bois.

1. *Le jeu de Thésée*
La légende grecque raconte qu'au fond du Labyrinthe vivait le Minotaure qui dévorait chaque année sept jeunes gens et sept jeunes filles ; Thésée, le fils du roi d'Athènes, grâce au fil que lui donna la princesse Ariane, ne se perdit pas dans le Labyrinthe et parvint à tuer le monstre. Il avait promis d'épouser la princesse pour la récompenser.
- Qui a failli être englouti dans la grotte de Mac Dougal ?
- Quel monstre héberge-t-elle ?
- Qui tient la ficelle du cerf-volant de Tom ?
- Qui partage avec lui le gâteau de noces ?
- N'est-ce-pas Tom, finalement, qui a terrassé le monstre ? Comment ?

2. *Le jeu de Diogène*
Diogène était un philosophe grec du IVe siècle avant J.-C. Il cherchait à vivre sobrement et le plus proche possible de la nature. Vêtu seulement d'un manteau, marchant pieds nus, il s'abritait dans un tonneau. Voyant un jour un enfant boire dans le creux de sa main, il brisa son écuelle, la jugeant désormais superflue.
On le décrit errant dans les rues d'Athènes, à midi, une lanterne à la main, à la recherche d'un homme véritable. Diogène méprisait les richesses autant que les convenances sociales.
- Sans le savoir, Huck ne joue-t-il pas à Diogène ?
Cherchez tous les détails de sa vie qui pourraient le rapprocher du philosophe grec (sans oublier la lanterne le soir où il guette l'Indien !).

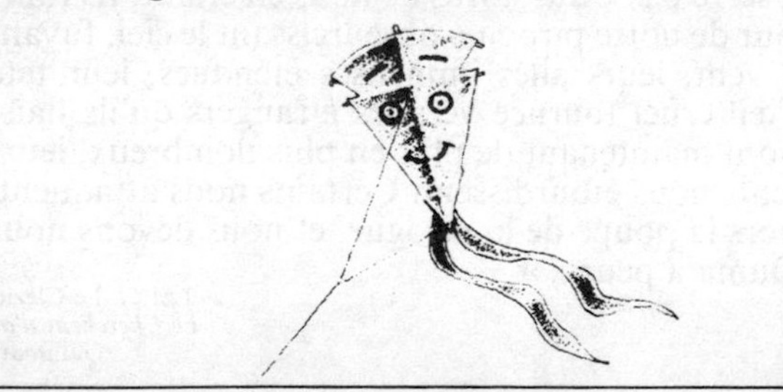

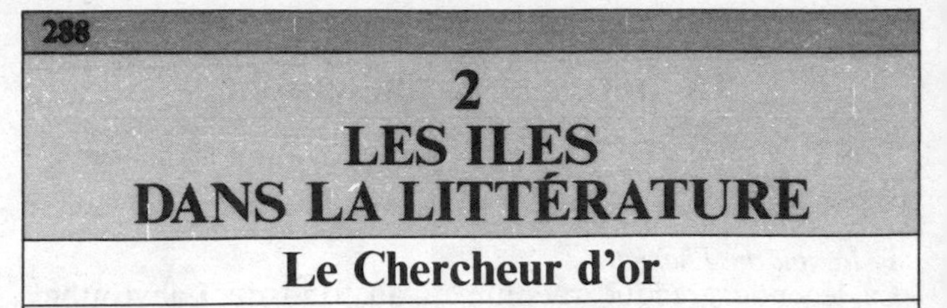

Le Chercheur d'or

Alexis s'est embarqué pour l'île Rodrigues où, selon les récits que lui faisait son père, un corsaire aurait abandonné son butin. Mais le trésor reste introuvable et il oublie son désespoir auprès de la séduisante Ouma, qui l'entraîne vers l'île aux oiseaux.

« Devant la proue, une île apparaît : c'est l'île aux Fous. Avant même de les apercevoir, nous entendons le bruit des oiseaux de mer. C'est un roulement continu, régulier, qui emplit le ciel et la mer.

Les oiseaux nous ont vus, ils volent au-dessus de la pirogue. Des sternes, des albatros, des frégates noires, et les fous géants qui tournoient en glapissant.

L'île n'est plus qu'à une cinquantaine de brasses, à tribord. Du côté du lagon, c'est une bande de sable, et vers le large, des rochers sur lesquels viennent se briser les vagues de l'océan. Ouma est venue près de moi à la barre, elle dit à voix basse, près de mon oreille :

– C'est beau !...

Jamais je n'ai vu autant d'oiseaux. Ils sont des milliers sur les rochers blancs de guano, ils dansent, ils s'envolent et se reposent, et le bruit de leurs ailes vrombit comme la mer. Les vagues déferlent sur les récifs, recouvrent les rochers d'une cascade éblouissante, mais les fous n'ont pas peur. Ils écartent leurs ailes puissantes et ils se soulèvent dans le vent au-dessus de l'eau qui passe, puis ils retombent sur les rochers.

Un vol serré passe au-dessus de nous en criant. Ils tournent autour de notre pirogue, obscurcissant le ciel, fuyant contre le vent, leurs ailes immenses étendues, leur tête noire à l'œil cruel tournée vers les étrangers qu'ils haïssent. Ils sont maintenant de plus en plus nombreux, leurs cris stridents nous étourdissent. Certains nous attaquent, piquent vers la poupe de la pirogue, et nous devons nous abriter. Ouma a peur... »

J.M.G. Le Clézio,
Le Chercheur d'or,

Huckleberry Finn

Mark Twain a écrit une suite aux Aventures de Tom Sawyer. *Il y raconte comment Huckleberry Finn fait croire à sa disparition et s'enfuit en canot dans l'île Jackson où il goûte enfin la paix et la liberté.*

« A la nuit tombée, je couvris mon feu, content de ma journée. Mais, peu à peu, la solitude me pesa ; aussi j'allai m'asseoir sur la rive pour écouter le clapotis de l'eau. Je comptai les étoiles, les troncs qui passaient sur la rivière, les radeaux, et bientôt j'allai dormir. Il n'y a pas de meilleure façon de passer le temps quand vous languissez un peu, faute de compagnie ; ça ne dure pas, et bientôt vous n'y pensez plus.

Trois jours et trois nuits passèrent ainsi, sans aucun changement, tous pareils. Mais, le jour suivant, je m'en allai explorer l'île. J'en étais le patron ; tout m'appartenait, pour ainsi dire, et je voulais tout connaître, mais surtout je voulais faire passer le temps. Je découvris des fraises bien mûres et fameuses, puis des raisins verts, des framboises vertes et des mûres vertes qui commençaient à se former. Tout ça serait utile en son temps.

Je flânai ainsi dans les grands bois, jusqu'à un endroit qui ne devait pas être loin de l'extrémité de l'île. J'avais apporté mon fusil, mais je n'avais encore rien tiré, par précaution ; j'avais pourtant bien l'intention de tuer quelque gibier plus près du camp. A ce moment, je faillis poser le pied sur un serpent de bonne taille qui se faufila à travers l'herbe et les fleurs ; je me mis à courir à ses trousses pour essayer de l'avoir ; je galopai parmi les arbres et, tout d'un coup, je sautai en plein sur les cendres d'un feu encore fumant.

Mon cœur bondit dans ma poitrine. Sans jeter un coup d'œil en arrière, je rabattis le chien de mon fusil et filai en douce sur la pointe des pieds, aussi vite que possible. De temps en temps, je m'arrêtais pour écouter dans l'épaisseur du feuillage, mais je haletais si fort que je n'entendais rien d'autre. Je me glissai un peu plus loin, m'arrêtai de nouveau et je continuai longtemps ainsi. »

Mark Twain,
Huckleberry Finn,
traduction de Suzanne Nétillard,

L'Enfant et la rivière

Pascalet et Gatzo, ayant échappé aux bohémiens, cherchent refuge dans les bras secrets de la rivière et font glisser leur barque sous le couvert des feuillages.

« Tout à coup devant moi se leva une digue. C'était un haut remblai de terre couronné de peupliers. Je le gravis et je découvris la rivière.

Elle était large et coulait vers l'ouest. Gonflées par la fonte des neiges, ses eaux puissantes descendaient en entraînant des arbres. Elles étaient lourdes et grises et parfois sans raison de grands tourbillons s'y formaient qui engloutissaient une épave, arrachée en amont. Quand elles rencontraient un obstacle à leur course, elles grondaient. Sur cinq cents mètres de largeur, leur masse énorme, d'un seul bloc, s'avançait vers la rive. Au milieu, un courant plus sauvage glissait, visible à une crête sombre qui tranchait le limon des eaux. Et il me parut si terrible que je frissonnai.

En aval, divisant le flot, s'élevait une île. Des berges abruptes couvertes de saulaies épaisses en rendaient l'approche difficile. C'était une île vaste où poussaient en abondance des bouleaux et des peupliers. A sa pointe venaient s'échouer les troncs d'arbres que la rivière charriait.

Quand je ramenai mes regards vers le rivage, je m'aperçus que, juste à mes pieds, sous la digue, une petite anse abritait une plage de sable fin. Là les eaux s'apaisaient. C'était un point mort. J'y descendis. Des troènes, des osiers géants et des aulnes glauques formaient une voûte au-dessus de ce refuge.

Dans la pénombre mille insectes bourdonnaient.

Sur le sable on voyait des traces de pieds nus. Elles s'en allaient de l'eau vers la digue. Les empreintes étaient larges, puissantes. Elles avaient une allure animale. J'eus peur. Le lieu était solitaire, sauvage. On entendait gronder les eaux. Qui hantait cette anse cachée, cette plage secrète ?

En face, l'île restait silencieuse. Son aspect cependant me parut menaçant... »

Henri Bosco,
L'Enfant et la rivière,

L'Ile aux fossiles vivants

Seuls survivants après la chute de leur avion, Jérôme et Gilles ont trouvé refuge sur une île du Pacifique. Ils doivent apprendre à survivre dans un milieu hostile dont ils sont désormais captifs.

« Jérôme fronça les sourcils. Il jeta un coup d'œil vers les falaises qui bordaient la baie. Là, les cocotiers jaillissaient d'une broussaille épaisse. "La jungle... pensa-t-il avec un frisson. Si Gilles disait vrai..."

– Bah ! s'exclama-t-il, comme pour conjurer le sort. Nous ne sommes plus au temps du capitaine Cook. Ni même à celui du Bounty. Aujourd'hui, les indigènes ne reçoivent plus les étrangers à coups de sagaie... D'ailleurs, ils ont la radio...

Jérôme s'efforçait de parler sur un ton léger, apaisant. Mais le couchant allumait dans la lumière de la jungle des buissons ardents. Tantôt on eût dit des incendies, tantôt d'immenses flaques de sang. Et la jungle était menace et mystère... Jérôme se racla la gorge.

– Evidemment, reprit-il sur un ton plus bas, si nous sommes sur une île déserte...

Il n'acheva pas. L'hypothèse était redoutable. Ils étaient démunis de tout. Si l'île était privée d'eau potable, ils étaient condamnés à court terme à une mort atroce. Mais même s'ils trouvaient de quoi étancher leur soif, quels seraient leurs moyens de subsistance ? Ils ignoraient tout de la faune et de la flore de ces terres exotiques. Ils ne disposaient d'aucune arme, d'aucun engin qui pût leur servir pour la pêche. Leur seul espoir tangible était les noix de coco, leur chair et le liquide qu'elles contenaient. Mais pouvait-on vivre longtemps de ces fruits, par ailleurs si difficiles à ouvrir ? Oui, jouer au Robinson poserait un certain nombre de problèmes ardus.

– Si nous disposions au moins d'un couteau, dit Gilles.

Jérôme comprit que son frère ruminait les mêmes réflexions désenchantées que lui-même. Afin de réagir contre le découragement qui le submergeait, il s'efforça d'envisager leur situation sous un angle plus favorable.

Après tout, la planète s'était considérablement rétrécie depuis le temps de Crusoé. Avec les moyens de communication modernes, ils n'auraient pas à attendre des mois et des années avant d'être repérés par un navire ou par un

avion ! Et puis... qui sait ? Peut-être le radio-télégraphiste, à bord de leur Boeing, avait-il eu le temps de lancer un S.O.S. et de signaler les coordonnées du sinistre ? Dans ce cas, à partir du Japon, de l'Australie ou des Philippines, on ne manquerait pas d'envoyer des avions à leur recherche. A vrai dire, Jérôme n'y croyait pas beaucoup. »

André Massepain
L'Ile aux fossiles vivants,

L'Ile du docteur Moreau

A la suite d'un naufrage, Edouard Prendrick a échoué sur l'île que, à l'abri des regards indiscrets, le mystérieux docteur Moreau a peuplée de ses créatures monstrueuses, mi-hommes, mi-bêtes. Il vient de réussir à échapper au docteur et à son étrange assistant.

Dans la soirée, je partis, poussé par une petite brise du sud-ouest, et m'avançai lentement et constamment vers la pleine mer, tandis que l'île diminuait de plus en plus dans la distance et que la mince spirale des fumées de solfatares n'était plus, contre le couchant ardent, qu'une ligne de plus en plus ténue. L'océan s'élevait autour de moi, cachant à mes yeux cette tache basse et sombre. La traînée de gloire du soleil semblait crouler du ciel en cascade rutilante, puis la clarté du jour s'éloigna comme si l'ont eût laissé tomber quelque lumineux rideau, et enfin mes yeux explorèrent ce gouffre d'immensité bleue qu'emplit et dissimule le soleil, et j'aperçus les flottantes multitudes des étoiles. Sur la mer et jusqu'aux profondeurs du ciel régnait le silence, et j'étais seul avec la nuit et ce silence.

J'errai ainsi pendant trois jours, mangeant et buvant parcimonieusement, méditant les choses qui m'étaient arrivées, sans réellement désirer beaucoup revoir la race des hommes. Je n'avais autour du corps qu'un lambeau d'étoffe fort sale, ma chevelure n'était plus qu'un enchevêtrement noir, et il n'y a rien d'étonnant à ce que ceux qui me trouvèrent m'aient pris pour un fou. Cela peut paraître étrange, mais je n'éprouvais aucun désir de réintégrer l'humanité, satisfait seulement d'avoir quitté l'odieuse société des monstres. »

Herbert George Wells,
L'Ile du docteur Moreau,
traduction de Henry Davray

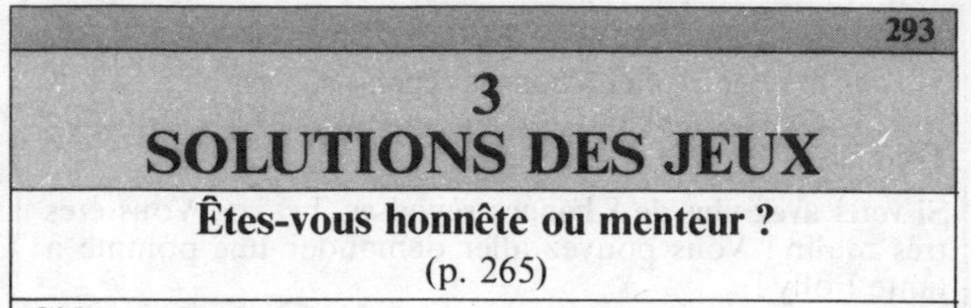

3
SOLUTIONS DES JEUX

Êtes-vous honnête ou menteur ?

(p. 265)

Si les ▲ dominent : avec ou sans mensonge, vous avez du mal à affronter une situation. Ne sachant y répondre, vous esquivez souvent les problèmes, et vous vous croyez malchanceux.

Si les △ dominent : vous aimez faire le malin et cela vous réussit souvent. Au risque de déformer la vérité et de courir des dangers, vous savez exploiter une situation à votre avantage.

Si les ○ dominent : vous mentez comme vous respirez ! Vous ne perdez pas une occasion de tricher !

Si les ● dominent : vous êtes prêt à tout ! Les situations les plus abracadabrantes vous attirent ; mais attention ! ce sont souvent aussi les plus douloureuses ! Ne vous laissez pas emporter par votre imagination galopante !

Si les □ dominent : enfin, quelqu'un d'honnête, de foncièrement honnête ! Mais n'est-ce pas, parfois, à vos dépens ?

S'il n'y a pas de □ : vous avez décidément l'habitude de vivre dans le mensonge ; ce n'est pas toujours généreux !

S'il n'y a pas de ● : il ne faut pas tout prendre au sérieux ! Un peu d'extravagance ne vous ferait pas de mal !

S'il n'y a pas de △ : vous êtes trop modeste, vous allez vous faire oublier.

S'il n'y a pas de ▲ : vous n'avez pas froid aux yeux ! Tant mieux !

S'il n'y a pas de ○ : vous n'aimez vraiment pas mentir... sauf pour la bonne cause !

Etes-vous aussi malin que Tom ?

(p. 268)

1 : C (p. 12) - 2 : B (p. 14) - 3 : B (p. 20) - 4 : B (p. 32) - 5 : C (p. 30) - 6 : A (p. 24) - 7 : A (p. 29) - 8 : C (p. 45) - 9 : B (p. 48) - 10 : C (p. 50)

Si vous avez moins de 4 bonnes réponses, vous auriez pu badigeonner la palissade avec Tom !

Si vous avez entre 4 et 8 bonnes réponses, c'est bien ! Vous en savez assez pour pouvoir lire la suite des aventures de Tom !

Si vous avez plus de 8 bonnes réponses, bravo ! Vous êtes très malin ! Vous pouvez aller demander une pomme à tante Polly !

Jeu de chiffres

(p. 270)

Pour y parvenir, Tom va :
- remplir le bidon de sept litres ;
- le vider dans le seau ;
- remplir de nouveau le bidon ;
- achever de remplir le seau avec une partie de l'eau du bidon (il restera donc trois litres dans le bidon) ;
- vider le seau et y verser les trois litres contenus dans le bidon ;
- remplir le bidon ;
- le vider dans le seau qui va alors contenir 3 + 7 = 10 litres ;
- remplir le bidon ;
- finir de remplir le seau avec l'eau du bidon (il manquait un litre pour faire onze) ;

Il reste donc six litres dans le bidon !

Pourriez-vous être pirate sur l'île Jackson ?

(p. 274)

1 ; C (p. 107) - 2 : B (p. 107) - 3 : C (p. 116) - 4 : A (p. 126) - 5 : B (p. 112) - 6 : B (p. 111) - 7 : A (p. 130) - 8 : C (p. 120) - 9 : B (p. 111) - 10 : A (p. 107)

Si vous avez moins de 4 bonnes réponses, vous préférez sûrement rester à la maison pour jouer avec Sid.

Si vous avez entre 5 et 8 bonnes réponses, vous feriez un bon pirate !

Si vous avez 9 ou 10 bonnes réponses, bravo ! Vous avez vraiment la vocation ! Vous pourriez même devenir capitaine des pirates !

Sept cartes pour un western

(p. 280)

1. Shérif (p. 94) - 2. Lynchage (p. 172) - 3. Indien (p. 216) - 4. Bible (p. 39) - 5. Dépôt clandestin d'alcool (p. 204 et 221) - 6. Dissertations des filles (p. 160 et note p. 165) - 7. Hache (p. 254)

La générosité de Tom se faisant fouetter à la place de Becky est vraiment digne de celle du jeune Washington s'accusant d'avoir coupé un cerisier avec sa hachette, pour sauver du fouet le jeune Noir accusé de ce méfait ! Cette anecdote fut largement diffusée et exploitée dans les manuels de morale tant aux États-Unis qu'en France : même les écoliers de *La Guerre des boutons* la connaissent !

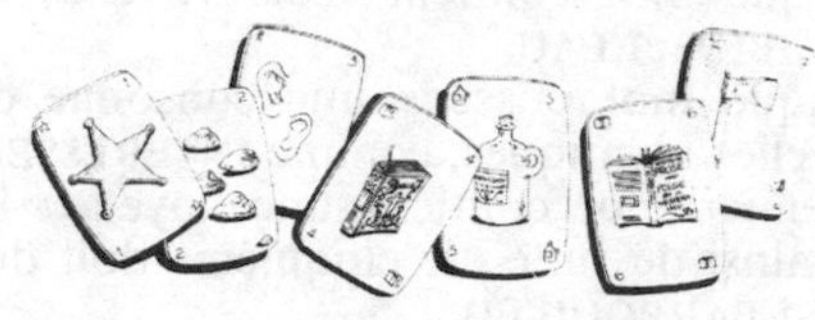

Des labyrinthes en miroir

(p. 282)

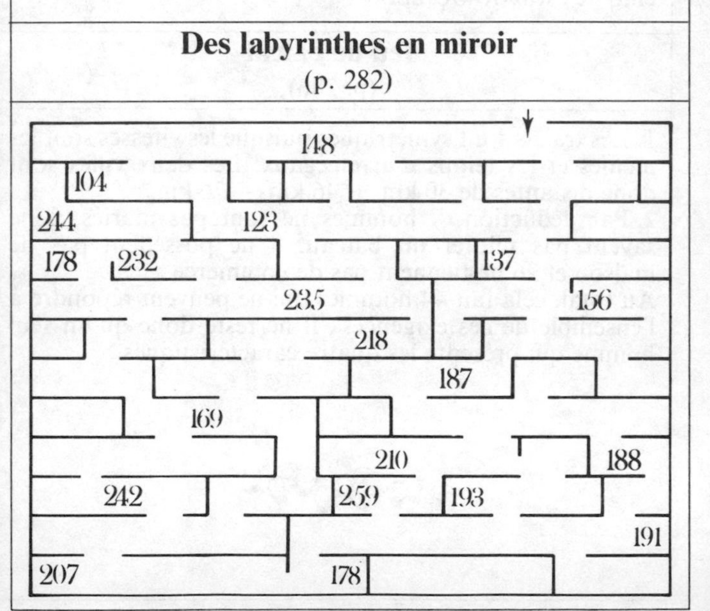

Jeu de mots

(p. 284)

1. Sidney - 2. Thatcher - 3. Jim - 4. Ben - 5. Tom - 6. Potter - 7. Becky - 8. Temple - 9. Joe - 10. Harper - 11. Sawyer - 12. Robinson - 13. Polly - 14. Huck - 15. Murzel - 16. Douglas

On lit verticalement : SAINT-PETERSBOURG, le nom du village de Tom.

Jeux de lettres

(p. 285)

1. TOM
2. a) Chaque mot contient trois voyelles côte à côte, comme MIEUX et EAU.
b) Chaque mot possède une consonne double entre deux voyelles identiques, comme INTERESSER.
3. Le premier mot contient une voyelle ; le deuxième, deux, et ainsi de suite ; le cinquième doit donc en avoir cinq : c'est BARBOUILLE.

Jeu de calcul

(p. 286)

1. Les trajets sont symétriques puisque les vitesses sont les mêmes et les temps d'arrêt égaux. Les deux villes sont donc distantes de 30 km + 46 km = 76 km.
2. Par déduction, 7 hommes ne sont pas mariés, 3 ne savent pas piloter un bateau, 8 ne possèdent pas de maison et 26 ne tiennent pas de commerce.
Au total, cela fait 44 hommes qui ne peuvent répondre à l'ensemble de ces exigences ; il ne reste donc qu'un seul homme qui présente les quatre caractéristiques.